Jane Isigkeit

Engelblut

Roman

Roman »Engelblut«

ISBN 978-3-837041-79-8
Herstellung: Books on Demand GmbH, Norderstedt
Umschlagillustration: Christian Günther
Umschlaggestaltung und Satz: Atelier Tag Eins, Buxtehude

»Ich glaube nicht an den Teufel.«
»Das sollten Sie aber. Er glaubt ja auch an Sie.«

- Constantine

1

»Wenn es irgendwo einen Gott gibt, dann hat er mich vergessen.«

Das tonlose Flüstern war kaum zu hören. Im hinteren Teil des Raumes lärmte der Fernseher.

Es war irgendwann am Abend. Die Nachrichten waren bereits vorbeigerauscht, also musste es schon später sein.

Draußen vor dem Fenster war nichts als Dunkelheit. Niemand bewegte sich auf der Straße vor dem Haus. Die Stadt lag schockgefroren und gesichtslos in einem lethargischen und abweisenden Winterschlaf.

Erinnerungen ersetzten die Gegenwart.

Tausendfach verdrängte Bilder nutzten die Abwesenheit von Leben und sickerten wie stinkende Abwässer aus einer übervollen Kloake in das lahmende, sich nur schwach wehrende Bewusstsein. Keuchender Atem erfüllte die Luft. Gedanken, Blicke, Berührungen öffneten mit heißer Scham die Poren und siedeten das Blut. Die glühende Stirn presste sich an das kühle Fensterglas und empfand doch keine Linderung.

Keine Oberfläche in Sicht. Kein Fluchtweg vor dem tobenden Inferno.

»Ich habe Angst«, presste die gepeinigte Seele durch eine zugeschnürte Kehle.

»Angst.«

Hauptkommissarin Karen Martin drückte eine weitere Zigarettenkippe in dem bereits überquellenden und stinkenden Aschenbecher aus. Ihr geräumiges Büro war durchzogen von kalten Rauchschwaden und als sie sich mit den Händen durch ihr kurzes blondes Haar fuhr, bemerkte sie, dass selbst ihre Finger ekelhaft nach Nikotin rochen.

»Oh Gott«, stöhnte sie, »was für ein Albtraum.«

»Komm schon, Karen«, drängte Kommissar Alexej Storm, »lass uns Feierabend machen und noch was trinken gehen. Heute wird das doch nichts mehr.«

Alexej machte sich Sorgen um seine Vorgesetzte und Freundin. Sie war stark, das wusste er. Stärker als die meisten Menschen, die er kannte, aber diese Geschichte hatte es in sich.

Seit vier Wochen ermittelten sie fast rund um die Uhr. Zwei Tote hatte es bereits gegeben und obwohl es im Tathergang Unterschiede gab, mussten sie davon ausgehen, es mit einem Serientäter zu tun zu haben, der in Kürze erneut zuschlagen würde.

Das erste Opfer war förmlich zu Tode geprügelt worden, während das zweite verblutete, nachdem der Mörder es mit einem Narkosemittel betäubt hatte.

In beiden Fällen handelte es sich um junge Männer, die nackt und kastriert an verschiedenen Orten der Stadt aufgefunden worden waren. Die sauber abgetrennten Geschlechtsteile hatten die Beamten jeweils in einem Mülleimer in der unmittelbaren Umgebung des Tatortes sicherstellen können.

Ansonsten waren die Erkenntnisse eher mager.

Die Experten der Spurensicherung hatten weder Haare, noch Hautpartikel oder sonstige verwertbare Hinweise gefunden. Diese Tatsache hatte die Ermittler zu dem Schluss geführt, dass der Täter intelligent war und peinlich genau darauf achtete, einen nahezu antiseptischen Befund zurückzulassen. Somit gestaltete es sich für die Polizei schwierig, selbst im Falle einer Festnahme den Mörder zweifelsfrei zu überführen, wenn er nicht gestehen oder auf frischer Tat erwischt werden würde.

Alexej hoffte indessen inständig darauf, dass dieses Monster bald einen Fehler beging, der ihn verraten würde. Mittels des genetischen Fingerabdrucks oder anderer hoch geschätzter Ermittlungstechniken waren sie in diesem Fall bis jetzt nicht einen verdammten Schritt weiter gekommen.

Typisch, dachte sich Alexej Storm, kaum hat man eine scheinbar todsichere Ermittlungsmethode gefunden, passten sich die Täter diesem Fortschritt an und die eben noch messerscharfe Waffe aus dem Labor entpuppte sich über Nacht als zahnloser Tiger.

Letztendlich aber war diese Entwicklung keine große Überraschung. Ein Täter, der sein so Vorgehen so sorgsam plante wie dieser, nahm sich Zeit, alle Unwägbarkeiten von Anfang an aus dem Weg zu räumen. Schließlich wusste heutzutage jedes Kind, dass ein Fußabdruck, ein Haar, ein Tropfen Körperflüssigkeit ein so umfassendes Täterprofil abliefern konnten, dass die Spezialisten im kriminaltechnischen Labor den Verursacher der Spur manchmal fast leibhaftig vor sich stehen sahen.

Also ließen zu allem entschlossene Killer keine Spuren mehr zurück. Alexej hatte sich schon oft darüber geärgert, dass im Fernsehen zur besten Sendezeit Verbrechen und deren Aufklärung bis ins kleinste Detail seziert wurden, damit sich mediengeile Pathologen zur Schau stellen konnten. Dass nebenbei umfassend darüber aufgeklärt wurde, was man alles verhindern musste, um für seine Taten nicht zur Verantwortung gezogen zu werden, schien keiner der eitlen Selbstdarsteller für ein Problem zu halten.

Klar, brütete Alexej in sich hinein, aber die Polizei soll es dann bitte ganz schnell richten. Egal wie. Hauptsache, sie präsentierte schnell einen Schuldigen und die von dem realen Verbrechen heuchlerisch schockierte Öffentlichkeit konnte sich wieder beruhigt in ein trügerisch sicheres Leben zurücklehnen.

Aber so wütend Alexej auch war, er hätte gern jedem in der Stadt diesen Gefallen getan, aber leider waren die Erkenntnisse der Polizei bisher sehr begrenzt. Genau genommen tappten sie vollständig im Dunkeln. Ihre Hilflosigkeit wurde mit jedem Tag bedrohlicher, schließlich war nicht davon auszugehen, dass es bei den ersten beiden Toten bleiben würde. Mittlerweile war die Stadt in Aufruhr und die von den Realitäten der Polizeiarbeit weit entfernten Würdenträger vom Polizeipräsidenten bis rauf zum Innensenator machten Karen und ihm langsam das Leben zur Hölle.

Zu allen Überfluss stürzte sich die Presse mit einer Art wollüstigem Ekel auf die sensationelle Story.

Die verschiedenen Tageszeitungen des Boulevards übertrafen sich jeden Tag gegenseitig mit reißerischen Spekulationen, die von einem abartigen Monster, das sich vom Blut unschuldiger Jünglinge ernährte bis zu haarsträubenden Darstellungen dunkler Satanskulte reichten.

»*Großstadtvampir entmannt seine Opfer*«, »*Schlägt der Blut-Teufel wieder zu?*«, »*Polizei jagt irre Sex-Bestie!*«

Solche und ähnliche Schlagzeilen hämmerten den gestressten Beamten jeden Morgen auf den ersten Seiten der beiden großen Tageszeitungen entgegen. Die Polizei hatte eine strikte Nachrichtensperre verhängt, um in der Öffentlichkeit nicht noch mehr Unruhe zu stiften, und so übertrafen sich die Journalisten in immer wilderen Theorien, die erst recht dafür sorgten, dass mittlerweile jeder in der Stadt ein flaues Gefühl der Angst verspürte, wenn er nachts allein unterwegs war, ganz gleichgültig, ob Mann oder Frau.

Bei so einer Bestie konnte man schließlich nie wissen, ob sie ihr Beuteschema nicht plötzlich in einem Anfall von Blutgier ändern würde.

Und mitten in diesem medialen Wahnsinn versuchten Alexej Storm und Karen Martin, ihre Ermittlungen ruhig und kontrolliert durchzuführen.

Sachlich betrachtet konnte von einem Sex-Killer trotz der Kastration keine Rede sein. Es war in keinem der Fälle zum Geschlechtsverkehr gekommen. Das Motiv musste komplizierter sein, tief in der Seele des Täters vergraben und somit umso schwerer nachzuvollziehen.

Wenn man nicht einmal ahnte, warum jemand mordete, gestaltete sich die Suche nach dem Täter zu einem Ratespiel, in dem die Polizisten zwangsläufig den Kürzeren ziehen mussten.

In diesem ungleichen Kampf galt es also in erster Linie, Ruhe zu bewahren und präzise zu ermitteln, in der Hoffnung, plötzlich doch auf den entscheidenden Hinweis zu stoßen.

Gerade Karen behielt in solchen Situationen einen fast unheimlich kühlen Kopf. Alexej hatte sich schon oft darüber gewundert, dass sie in ihrer Arbeit anscheinend Frostschutzmittel in den Adern zu haben schien, während sie auf der anderen Seite, wenn es um ihr privates Gefühlsleben ging, so hoch emotional sein konnte, dass es unmöglich war, vernünftig mit ihr zu reden.

Ihre Ruhe und Kontrolliertheit war für die Abteilung wie das Zentrum eines Wirbelsturms, hier fand jeder Gehör, hier wurde alle Fragen im Detail erörtert und Aufgaben gezielt verteilt.

Sie war eine verdammt gute Chefin. In all dem Chaos blieb sie ein Mensch, obwohl es nicht immer leicht war, unter ihr zu arbeiten. Sie forderte stringentes Arbeiten und erwartete, dass ihre Mitarbeiter ohne Wenn und Aber mit ihr an einem Strang zogen.

Karen Martin war eine von Recht und Gerechtigkeit fast schon besessene Frau. Trotzdem verlor sie nie den Blick für die Frage, warum ein Mensch eines Tages beschließt, einem anderen das Leben zu nehmen. Und ihre Erfolge gaben ihr Recht. Alexej musste sich eingestehen, dass es nicht oft vorkam, dass eine Frau alle männlichen Mitbewerber um eine der raren Beförderungen hinter sich ließ, aber die seltene Kombination von Führungsstärke und intuitiver Einsicht in die menschliche Psyche hatten ihr einen schnellen Aufstieg beschert.

Zu Recht, fand Alexej Storm, sie ist die Beste, die wir haben. Auch, wenn sie mir manchmal ganz entsetzlich auf die Nerven geht.

Karen konnte sich bis zur körperlichen Havarie in einen Fall verbeißen, und sie erwartete, dass ihre Mitarbeiter ebenso unerbittlich all ihre Kraft in den Dienst der Sache stellten. Die Tatsache, dass es Kollegen gab, die ihm Gegensatz zu ihr ein funktionierendes Privatleben hatten, Familien und Kinder, spielte in ihren Gedankengängen eine oft nur untergeordnete Rolle.

Aber sie stellte sich auch vor ihre Untergebenen, wenn die Lage heikel wurde. Sie übernahm die Verantwortung für unbequeme Entscheidungen und förderte fähige Beamte ohne Ansicht der Person und des Ranges. Loyalität und Integrität bedeuteten ihr alles und Karen vermittelte diese Wertanschauung auch ihren Mitarbeitern, so dass sie sich im Laufe der Zeit Respekt und Leistungsbereitschaft erworben hatte und zu einer Ermittlerin geworden war, der man die wirklich üblen Fälle anvertraute.

Und trotzdem regte sich in den letzten Wochen leiser Widerstand gegen ihre Arbeit.

Ob eine Frau mit diesen heiklen Ermittlungen nicht doch überfordert wäre, hörte man die Kollegen immer öfter auf den Gängen tuscheln. Schließlich seien die Opfer doch ausschließlich Männer.

Nicht wenige Kollegen gaben weiblichen Opfern mehr oder weniger unverhohlen stets eine Mitschuld daran, dass irgendjemand es für richtig und notwendig befunden hatte, sie aufzuschlitzen, zu erwürgen oder einfach wie ein lästiges Insekt zu erschlagen.

Aber wenn Männer die Opfer waren, fühlten sie sich in ihrer persönlichen Souveränität angegriffen.

Und dann wurden ihnen von diesem Irren auch noch ihre besten Stücke abgeschnitten. Alexej vermutete, dass diese Verstümmelung für die meisten Polizisten und auch die Öffentlichkeit fast noch ungeheuerlicher war als der Umstand, dass die Männer ihr Leben verloren hatten. Und das Schlimmste war, Karen und Alexej hatten immer noch nicht die geringste Ahnung, wo sie mit ihren Ermittlungen ansetzen sollten.

Alexej Storm riss sich aus seinen Überlegungen, als er sah, dass Karen erneut eine Akte zu sich heranzog und allem Anschein nach fest entschlossen war, diese erneut zu studieren. Er stand auf, ging zur Garderobe neben der Tür und nahm Karens alten Ledermantel vom Haken.

»Ich meine es ernst, Martin, komm her! Es ist fast Mitternacht. Wir gehen jetzt. Wenn du nicht freiwillig mitkommst, zerre ich dich an deinen Haaren hier raus.«

Karen grinste, löschte dann aber erleichtert das Licht auf ihrem Schreibtisch und stand auf. Genau genommen war sie ganz froh, dass jemand die Verantwortung übernahm und sie aus diesen endlosen Grübeleien entließ. Sie zog ihren Mantel an, knotete sich ihren viel zu langen Schal um den Hals und folgte Alexej in die Tiefgarage. Sie stiegen in seinen Wagen und fuhren schweigend durch die frostkalten Straßen bis in den wie ausgestorben daliegenden städtischen Teil des Hafenviertels.

Gemeinhin gab es hier nur Lagerhallen und hohe backsteinrote Speicher, die schon seit dem Mittelalter Schätze aus aller Welt beherbergten. Dazwischen zogen sich unzählige Kanäle, die es erlaubten, die Waren direkt bis an die Speicher heranzuschiffen. Heutzutage erfreuten sich an dieser malerischen Architektur allerdings in erster Linie

Touristen, die an sonnigeren Tagen in lärmenden Booten zu Tausenden über das Wasser gegondelt wurden.

Alexejs Eltern hatten versteckt an einem der Fleete eine Bar, die fast die ganze Nacht geöffnet hatte.

Die einmalige Lage verdankte Karl Storm, Alexejs Vater, einem glücklichen Umstand. Lange Jahre hatte er in einem der Lagerhäuser geschuftet, durch seinen Einsatz und seine Verschwiegenheit erwarb er sich das Vertrauen eines angesehenen Kaufmanns, der in seinen Hallen nicht immer ganz ehrenwerte Geschäfte abwickelte. Als der alte Herr starb, kam es zu Erbstreitigkeiten zwischen seinen drei nur minder wohl geratenen Söhnen und Karl Storm machte ihnen auf dem Höhepunkt der zermürbenden Gefechte einen Vorschlag, von dem alle Beteiligten profitierten.

Er pachtete das Lagerhaus und baute den unteren Teil des historischen Gemäuers zum *Storms* aus.

Die Räumlichkeiten hatten einen Zugang zum Wasser und im Sommer gehörte die begrünte und beleuchtete Terrasse zu den begehrtesten Plätzen der Stadt. Über der Bar hatte sich Karl Storm eine Wohnung ausgebaut, so dass er und seine Frau Tatjana nach anstrengenden und langen Nächten nur eine Treppe hinaufgehen mussten, um in ihre privaten Räume zu gelangen.

Nach der Gesetzeslage war es eigentlich nicht gestattet, in diesem Viertel einen gastronomischen Betrieb zu führen, aber die Familie des Kaufmanns war ebenso vermögend wie einflussreich, und so kam die Genehmigung auf verschlungenen Wegen zu Stande. Karl Storm war diese halbseidene Legalität herzlich gleichgültig.

Er liebte seine Bar, und über die Zeit hatte er sich gemeinsam mit seiner in Russland geborenen Ehefrau einen Namen gemacht. Nicht nur Touristen und Nachtschwärmer bevölkerten die Kneipe, auch Prominente, und solche, die sich dafür hielten, fanden es schick, am Kanal einzukehren.

Und das, obwohl die Stars und Sternchen keinerlei Sonderrechte zu erwarten hatten. Karl Storm behandelte Schauspieler, Sänger und Fußballstars wie jeden anderen Gast, es gab keine verschwiegenen Hinterzimmer und keinen bulligen Aufpasser an der Tür.

Wenn es Ärger zu geben drohte, sorgte in der Regel allein Karls imposante Statur dafür, dass sich die Situation schnell wieder beruhigte. Zwei Meter groß und bullig, genügte meist schon ein strenges Wort von Seiten des stets ruhigen Wirtes, dass potenzielle Störenfriede es vorzogen, sich friedlich weiter zu betrinken.

Karl Storm hatte sich eine Nische geschaffen im hart umkämpften Gastronomiegeschäft der Stadt. Man ließ ihn in Ruhe arbeiten und dass sein Sohn bei der Polizei war, gereichte ihm dabei auch gelegentlich zum Vorteil.

Als Karen und Alexej das *Storms* betraten, waren nicht sehr viele Gäste anwesend. Karl kam ihnen mit ausgebreiteten Armen entgegen und drückte zuerst Karen an seine breite Brust.

»Karen, mein Mädchen, du siehst furchtbar aus.«

»Danke, Karl«, grinste sie, »charmant wie immer.«

»Komm, setz dich an die Bar. Tatjana!« brüllte er. »Karen braucht was Anständiges zu essen. Wenn sie sich weigert, sag ihr, ich halt sie so lange fest, bis sie nachgibt.«

Mit diesen Worten drückte er Karen energisch auf einen Hocker an der Bar, wo sie von Tatjana Storm liebevoll begrüßt wurde. Die sechsundvierzigjährige Russin war ein zarteres und schmaleres Abbild ihres Sohnes. Sie drückte Karens Hände und sagte mit einem sanften Lächeln: »Warte kurz, ich hol dir eine Suppe. Die wird dir gut tun.«

»Und ein Glas Wein«, bat Karen, »von diesem Roten, dessen Namen ich mir nicht merken kann.«

»Aber ja, kommt sofort.«

Alexej war bei seinem Vater stehen geblieben, der ihn, obwohl er selbst hoch gewachsen war, noch um ein gutes Stück überragte. Auch sonst gab es zwischen den beiden keine äußerlichen Ähnlichkeiten.

Karl Storm war nicht Alexejs leiblicher Vater.

»Sie sieht müde aus, Sohn«, sagte Karl jetzt zu ihm, »du musst besser auf sie aufpassen.«

»Du kennst sie doch, Papa. Sie macht sowieso, was sie will, und sie hat sich so sehr in diesen Fall verbissen. Irgendwie scheint es fast so zu sein, als nehme sie die Morde dieses

Irren persönlich. Ich musste sie eben auch schon wieder fast mit Gewalt aus dem Büro prügeln.«

»Habt ihr immer noch nichts?«

»Weniger als nichts. Wir haben nicht den kleinsten Hinweis. Nichts, was die Opfer verbindet, niemand hat was gesehen, keine Spur, die uns weiterhilft. Außer den üblichen Spinnern natürlich, die uns anrufen, von wegen das Ende der Welt ist nah, Gott straft die Ungläubigen und mein Nachbar guckt immer so komisch, der war's bestimmt. Du kennst das ja. Wir drehen uns im Kreis. Und was morgen in der Zeitung steht, möchte ich mir gerade gar nicht vorstellen.«

Mit diesen Worten setzte er sich neben Karen an die Bar, küsste seine Mutter zur Begrüßung und sagte: »Bitte gib mir auch eine Suppe und ein Bier bitte.«

Tatjana lächelte ihm zu und verschwand in der kleinen Küche im rückwärtigen Teil der Bar.

Karen Martin rauchte schon wieder und trank ihren Wein, die dampfende Suppe hatte sie kaum angerührt.

»Karen, du kriegst noch einen Magendurchbruch, wenn du so weitermachst. Du schläfst kaum noch, du rauchst, als wenn es ab morgen verboten wäre und außer Alkohol und Kaffee nimmst du fast nichts zu dir.«

»Du redest wie meine Mutter«, entgegnete Karen.

»Quatsch«, grinste Alexej, »deine Mutter würde dir höchstens sagen, dass dein Lebenswandel dich vorzeitig altern lässt, du überhaupt niemals hättest zur Polizei gehen dürfen, weil das schrecklich unweiblich ist und außerdem schlecht für den Teint.«

Karen musste so plötzlich lachen, dass sie sich fast an ihrem Wein verschluckt hätte.

»Mistkerl. Aber du hast ja Recht. Ich kann diese Sache einfach nicht loslassen. Ich werde noch wahnsinnig. Zwei Tote, Alexej. Und man braucht kein Psychologe zu sein, um zu erkennen, dass es nicht bei diesen beiden bleiben wird. Und wir laufen herum wie Ratten im Versuchslabor. Wir haben keine Ahnung, was als Nächstes passieren wird. Das macht mich krank.«

Tatjana kam mit Alexejs Suppe, und er dankte seiner Mutter mit einem warmen Lächeln. Alexej hatte im

Gegensatz zu Karen einen Mordshunger und so löffelte er hingebungsvoll den heißen und scharfen Eintopf, froh, wenigstens für einen Augenblick nicht über ihre festgefahrenen Ermittlungen nachdenken zu müssen.

2

Der Junge ging allein die dunkle Straße entlang. Er hatte dem hell erleuchteten Hauptbahnhof den Rücken zugekehrt.

Heute läuft da sowieso nichts mehr, dachte er.

Er grub seine Hände tiefer in die kurze, viel zu dünne Windjacke. Er fror und außerdem hatte er seit gestern nichts gegessen. Er hatte keine Ahnung, wo er heute Nacht schlafen sollte. Wenn sich kein zahlungskräftiger Freier fand, war es im Winter noch schwerer als im Sommer, auf der Straße zu überleben.

Aber es gab in dieser frostigen Nacht keine Männer, die auf ein kurzes Abenteuer mit einem hübschen Jungen wert legten. Der Junge wusste, sein Aussehen und seine Jugend waren sein einziges Kapital. Manche Männer schätzten ihn auf fünfzehn oder gar nur vierzehn Jahre alt, und er ließ sie in ihrem Glauben. Je jünger er in ihren Augen war, desto höher sein Preis. Er kannte seine Wirkung auf die einschlägig interessierte Klientel und hatte im letzten Jahr gelernt, sie gewinnbringend einzusetzen.

Der Junge hatte kurzes dunkles Haar und einen sensiblen, sinnlichen Mund. Er war nicht besonders groß und in Verbindung mit seiner schlanken, fast schon mageren Figur strahlte er genau die Art von männlich-kindlicher Erotik aus, die sich in bestimmten Kreisen äußerst gut verkaufen ließ.

Vielleicht versuche ich es mal in einer der Kneipen hinter dem Rathaus, überlegte er. Da ist wahrscheinlich noch was los und vielleicht lässt sich doch noch was klarmachen.

Er lenkte seine Schritte jetzt entschlossener den verlassenen Bürgersteig entlang. Links und rechts von ihm strahlten die teuren Geschäfte der Einkaufsstraße ihre seelenlosen Versprechen von Luxus und Wohlbehagen in die Nacht. Außer ihm war niemand unterwegs, nur ein paar Obdachlose lagen in Schlafsäcken vergraben in den Eingängen der großen Kaufhäuser.

Aus den Augenwinkeln bemerkte der Junge, dass neben ihm ein Auto stoppte. Aber er kümmerte sich nicht darum. Niemand würde um seinetwillen mitten in der Nacht anhalten. Dessen war er sich sicher.

3

Karen Martin war mittlerweile beim zweiten Glas Rotwein angekommen und fing tatsächlich an, sich langsam zu entspannen.

Zum Teufel, fluchte sie innerlich, irgendwann kriege ich den Kerl, und danach fahre ich endlich mal wieder in den Urlaub, so viel ist sicher.

Ein Mann, der sich aufdringlich eng neben Karen an den Tresen lehnte, riss sie aus ihren Überlegungen.

»Na, Hauptkommissarin Martin, was macht die Kunst?«

Karen sah den Mann verständnislos an. »Wer sind Sie und was wollen Sie?«

»Mein Name ist Hartmut Peschel. Ich bin Reporter beim *Morgenkurier*. Ich habe schon ein paar Mal versucht, von Ihnen eine Stellungnahme zu bekommen, aber Sie geben sich zurzeit ja leider sehr zugeknöpft.«

Karen wandte sich dem unangenehm nach Schnaps riechenden Journalisten mit einem Blick zu, als würde sie ihm in der nächsten Sekunde den Kopf abbeißen.

»Hören Sie mal zu, die Ermittlungen in diesem Fall sind auch ohne Ihre Panik-Kampagnen schon schwer genug. Glauben Sie, es hilft, wenn Sie den Menschen Tag für Tag um die Ohren hauen, ein Monster treibe sich in den Straßen rum, das ihnen jeden Moment sonst was aufschlitzen kann?«

»Die Öffentlichkeit hat ein Recht auf Information, Frau ...«

Karen unterbrach ihn rüde.

»Die Öffentlichkeit hat ein Recht darauf, dass wir in Ruhe arbeiten können und auf sonst gar nichts. Es hilft niemandem, wenn die Presse uns mit ihren haltlosen Spekulationen auch noch in den Rücken fällt. Und jetzt lassen Sie mich bitte in Ruhe!«

Alexej war mittlerweile aufgestanden und hatte sich zwischen Karen und Hartmut Peschel gestellt.

»Ah«, spottete jetzt der Reporter, »muss sich Madame jetzt beschützen lassen? Na, dann will ich mal nicht so sein und euch zwei in Ruhe weitertrinken lassen. Man muss sich ja auch mal entspannen.« Mit diesen Worten stemmte er sich vom Tresen ab und wandte sich zum Gehen. Gerade, als Alexej wieder seinen Platz einnehmen wollte, zog der Journalist blitzschnell eine Kamera aus der Manteltasche und fotografierte Karen, die mit hochrotem Kopf in ihr Weinglas starrte, sowie Alexej, der beschwichtigend den Arm um ihre Schultern gelegt hatte.

Bevor irgendjemand ihn aufhalten konnte, war der Journalist bereits aus der Kneipe gerannt. Allerdings nicht, ohne Karen zuzurufen, dass sie sich am Morgen auf eine besonders schöne Schlagzeile freuen dürfe.

Karen kochte vor Wut. »Das hat mir gerade noch gefehlt«, stöhnte sie. Plötzlich hatte sie das Verlangen, allein zu sein.

»Alexej, ich geh jetzt nach Hause.«

»Soll ich dich schnell fahren?«

»Quatsch, es ist ja gleich um die Ecke und ich würde gern ein paar Schritte laufen.«

Sie zog ihr Portemonnaie aus der hinteren Tasche ihrer Jeans, um ihren Wein und die verschmähte Suppe zu bezahlen, aber Alexej legte ihr beschwichtigend die Hand auf den Geldbeutel.

»Wenn du jetzt zahlen willst, bringt mein Vater dich um. Das weißt du doch. Er will dir helfen, du weißt, wie sehr er dich mag und wenn du ihm jetzt Geld anbietest, ist er zu Tode beleidigt.«

Alexej grinste schief.

»Muss an meiner Mutter und mir liegen. In manchen Dingen ist er mittlerweile russischer als wir.«

Karen lächelte, zog ihren Mantel an und verabschiedete sich mit einem müden Winken von Tatjana und Karl, der gerade eine Flasche Champagner an einem Tisch mit aufgekratzten jungen Frauen in für die Jahreszeit viel zu kurzen Röcken servierte, die von Männern flankiert wurden, die lässig in die Polster gelehnt mit Autoschlüsseln teurer Marken wedelten.

»Angebervolk«, knurrte er, als er sich umdrehte und Karen zum Abschied so innig drückte, dass er ihr fast die Rippen brach.

Sie trat hinaus in die sternenklare und schneidend kalte Nacht, wickelte sich ihren Schal fester um den Hals und schritt mit eingezogenem Kopf auf eine der vielen Brücken zu, die das Speicherquartier mit der Stadt verbanden.

Karen Martin wohnte direkt in dem sich anschließenden Hafenviertel. Zwar nicht mit Blick auf den Fluss, diesen Luxus gab ihr Gehalt nicht her, waren die Mieten in der Stadt doch sowieso schon wild entschlossen, Oslo den Rang als teuerste Stadt Europas abzulaufen, aber sie brauchte die Nähe des Wassers.

Sie liebte ihre kleine Wohnung in einem gemütlich heruntergekommenen Altbau. Man kannte sich in der Nachbarschaft, die neben vielen Musikern, Schauspielern und jungen Familien auch einige skurrile Lebenskünstler beherbergte und konnte trotzdem unbeobachtet tun und lassen, was man wollte.

Segen der Großstadt, den Karen, aufgewachsen im provinziellen Kleinstadtmilieu, immer wieder aufs Neue zu schätzen wusste.

Sie erreichte in knapp zehn Minuten ihre Straße, schloss die Haustür auf und begann, die fünf Stockwerke zu ihrer Etage hochzusteigen. Endlich oben angekommen, rang sie ganz erbärmlich nach Luft.

»Mann, Martin«, schnaufte sie, »du bist gerade mal vierunddreißig und keuchst wie eine alte Matrone kurz vor dem Herzinfarkt. Die alte Ausrede mit dem Asthma zieht auch bald nicht mehr. Sport ist angesagt.«

Sie schloss ihre Haustür auf, warf gleich im Flur Mantel, Schal und Stiefel von sich, legte Handy und Schlüssel auf eine kleine Kommode und entledigte sich auf dem Weg ins

Badezimmer Stück für Stück ihrer restlichen Kleidung. Sie stellte sich unter die Dusche, lehnte sich mit gekreuzten Armen an die Wand und ließ das heiße Wasser mit einem wohligen Seufzer über ihren Rücken laufen.

Karen hatte einen kräftigen Körperbau, große Füße und war im Ganzen eher robust als schlank zu nennen. Trieb sie regelmäßig Sport, setzte sie sehr schnell Muskeln an. War sie aber faul, machte sich an Bauch und Hüften ebenso schnell das eine oder andere Kilo zuviel breit.

Karen blieb fast zwanzig Minuten unter der Brause stehen. Dann drehte sie das Wasser ab und zog ihren überdimensionalen Bademantel vom Haken.

Sie kuschelte sich in den weichen Stoff, verknotete den Gürtel und föhnte sich nachlässig die Haare trocken. Sie tapste mit noch feuchten Füßen in den Flur und griff nach ihrem Handy, das in dem Wust aus alten Quittungen vom Pizzaboten, aufgerissenen Briefen, Werbeprospekten und zerknüllten Einkaufsbons, die stets die Flurkommode übersäten, fast verschwunden war, um sich für den Morgen den Wecker zu stellen.

Genau in diesem Moment klingelte das Mobiltelefon.

Karen erschrak sich dermaßen, dass sie es beinahe hätte fallen lassen. An der Anzeige auf dem Display sah sie, dass es sich bei dem Anrufer um Alexej handelte.

Sie grinste und meldete sich mit den Worten: »Na, zu viel getrunken und jetzt auf der Suche nach einem Bett?«

Aber ihr verging die gelöste Stimmung sofort, als sie Alexejs aufgeregte Stimme hörte.

»Wir haben wieder einen, Karen. Und diesmal lebt er noch. Im Alten Park, kurz vor dem großen See. Ich bin in zwei Minuten bei dir.«

»Okay«, erwiderte sie nur.

Dann legte sie auf und sah, dass die Zentrale ebenfalls bereits versucht hatte, sie zu erreichen. Sie musste das Klingeln unter der Dusche überhört haben. Karen hastete in ihr Schlafzimmer, ihre Gedanken überschlugen sich.

Er lebt noch, dachte sie, bitte, lass ihn durchhalten. Er hat einen Fehler gemacht. Irgendwann machen sie immer Fehler. Diesmal kriege ich dich, du Bastard.

Karen zog sich in Windeseile Unterwäsche, Shirt, Jeans und einen dicken Rollkragenpullover an.

Sie schnappte ihren Mantel, stopfte Schlüssel und Handy in die Taschen, stülpte sich eine dunkle Mütze auf das noch feuchte Haar und raste das Treppenhaus hinunter. Sie trat gerade auf die Straße, als Alexej mit quietschenden Reifen vor ihrem Haus hielt. Karen sprang auf den Beifahrersitz und schon fuhr der Wagen wieder an. Sie jagten mit Blaulicht so schnell durch die schlafende Stadt, wie es die Straßenverhältnisse zuließen und kamen knapp zehn Minuten später am Alten Park an.

Alexej bog von der Straße ab und fuhr mit dem Wagen über die große Wiese, die bis fast an den großen See reichte und im Sommer zu Sonnenbädern und Grillabenden einlud. Jetzt allerdings sah das sanft abfallende Terrain eher aus wie kurz nach der Invasion einer fremden Macht.

Alles war bereits durch große Scheinwerfer hell erleuchtet und am linken Rand der Wiese sah Karen einen Rettungswagen stehen. Sie sprang aus dem Auto, kaum, dass es zum Stehen gekommen war und rannte in die Richtung des immer noch mit einem zuckenden Blaulicht gekrönten Wagens.

»Warum sind Sie noch nicht auf dem Weg ins Krankenhaus?« bellte sie einen der Sanitäter in orangefarbener Weste an. »Meinen Sie, Sie können ihn hier auf der grünen Wiese operieren?«

Der Rettungshelfer sah sie mit aschfahlem Gesicht an.

»Er ist gestorben. Als wir ankamen, waren seine Lebenszeichen bereits nur noch sehr schwach.

Wir haben alles getan, was in unserer Macht stand, aber der Junge war nicht gerade kräftig, und er hat einfach zu viel Blut verloren. Zudem ist es heute acht sehr kalt. Da war nichts mehr zu machen. Er ist tot.«

»Scheiße!« entfuhr es Karen.

Sie ging auf die geöffnete Heckklappe des Krankenwagens zu.

»Wer ist hier der behandelnde Arzt?«

Ein Mann von ungefähr vierzig sah sie an.

»Hauptkommissarin Martin, ich habe extra auf Ihr Eintreffen gewartet, nachdem er es nicht geschafft hat.

Dachte, Sie würden ihn gern noch hier sehen, bevor er in die Pathologie gebracht wird.

Dr. Schröder ist schon verständigt, er müsste gleich hier sein.«

»Hallo Dr. Weinberg«, begrüßte Karen den Mediziner, »tut mir Leid, dass ich hier so einen Aufstand gemacht habe, aber ich hatte so gehofft, dass es diesmal einen Punkt für uns geben würde.«

Sie atmete ein paar Mal tief durch und kletterte dann in den Wagen, um sich die Leiche genauer anzusehen.

»Keine Sorge«, wurde sie von Dr. Weinberg informiert, »ich habe einen Ihrer Jungs von der Streife angewiesen, alles zu fotografieren, bevor wir ihn bewegt haben. Die Fotos haben sie sicher morgen auf dem Tisch. Ansonsten haben wir leider viel rumgetrampelt, so dass die Spurensicherung bestimmt nicht gerade ihre helle Freude haben wird. Das Tuch, mit dem ...« Der Notarzt stockte.

»Wurde er auch kastriert?« kam ihm Karen zu Hilfe.

»Ja, wie bei den anderen beiden. Das Tuch, das über seinem Unterleib lag, habe ich Ihren Spezialisten ausgehändigt«.

»Ist Ihnen irgendwas daran aufgefallen?«

»Nein, tut mir Leid. Blütenweiß, zumindest dort, wo es nicht rot war vom Blut des Jungen, sehr leicht. Vermutlich Seide.«

»Ja, vermutlich«, bestätigte Karen. »Würde mich wundern, wenn es in diesem Fall nicht auch feinste weiße Seide sein sollte.«

Sie betrachtete das bleiche Gesicht des toten Jungen, das im grellen Licht der Beleuchtung im Rettungswagen noch unwirklicher aussah. Er sah aus, als ob er schliefe. Keinerlei Schrecken oder Furcht war seinen Zügen abzulesen, er sah sanft und friedlich aus.

»Mein Gott«, flüsterte sie, »das ist ja fast noch ein Kind!«

Karen zog das Leichentuch ein Stück weiter von dem schmalen Körper und stieß zwischen den Beinen des Jungen auf die Wunde, die sie befürchtet hatte.

Die von Dr. Weinberg angelegte Druckkompresse, mit der er die tödliche Blutung hatte stoppen wollen, hatte sich gelöst und gab den Blick frei auf den verstümmelten

Unterleib des Jungen. Der Mörder hatte dem Opfer sowohl den Penis als auch die Hoden abgetrennt. Mit einem einzigen, sauberen Schnitt. Auf dem linken Oberschenkel bemerkte Karen eine gerötete Stelle. Sie zeigte mit dem Finger darauf:»Ist das eine Einstichstelle?«

Dr. Weinberg nickte. »Davon gehe ich aus. Vermutlich wurde ihm so das Betäubungsmittel injiziert.«

Sonst wies der Körper keinerlei Verletzungen auf. Wie bei der zweiten Leiche. Der Mörder verfeinerte sein Vorgehen. Von Mal zu Mal war weniger Gewalt im Spiel. Karen spürte, dass dieses Detail wichtig war.

Ein Teil des Puzzles.

Sie schloss kurz die Augen und wandte sich dann wieder dem Arzt zu.

»Können Sie mir sagen, wie lange er da schon gelegen hat?«

»Schwer zu sagen. Ich würde schätzen, so ungefähr eine halbe Stunde. Aber ich bin kein Pathologe. Warten Sie besser auf Dr. Schröder.«

»Ich komm ja schon«, hörten sie eine tiefe Stimme hinter sich grummeln.

Der Pathologe kam langsam über die vereiste Wiese gestapft. Er ging etwas wankend und versuchte, durch seine schwere Tasche nicht aus dem Gleichgewicht zu geraten. Wer Dr. Matthias Schröder nicht kannte, hätte in für angetrunken halten können, aber keiner der Anwesenden wäre auch nur für einen Moment auf diesen Gedanken gekommen.

Dr. Schröder hatte als junger Mann bei einem schweren Motorradunfall sein rechtes Bein verloren und trug seitdem eine Prothese, die ihm bei glattem oder unebenem Untergrund einen schaukelnden Gang verlieh. Karen begrüßte den Gerichtsmediziner mit einem Kopfnicken und kletterte aus dem Rettungswagen, um ihm Platz zu machen.

»Ich gehe mir den Tatort ansehen«, sagte sie kurz über die Schulter und suchte mit den Augen Alexej, der etwas weiter entfernt stand und mit einer jungen Frau sprach. Karen ging zu den beiden hinüber und Alexej sah sie kurz an. Karen schüttelte fast unmerklich den Kopf.

Nein, fluchte sie im Stillen erneut, er hat es nicht geschafft.

»Das ist Frau Diana Krüger, sie hat den Toten gefunden«, stellte ihr Alexej die verängstigt aussehende Frau vor.

»Hallo, ich bin Hauptkommissarin Martin. Wann haben Sie die Leiche gefunden und was machen Sie so spät noch im Alten Park?« herrschte sie die Frau an. »Das kann gefährlich werden.«

Die Frau sah sie ausdruckslos an, und jetzt erst bemerkte Karen einen gepflegten Golden Retriever, der still zu Füßen seines Frauchens saß.

»Ich konnte nicht schlafen«, hob die Frau stockend zu einer Erklärung an, »da bin ich noch mal mit dem Hund raus. Ich dachte, ein kurzer Spaziergang würde mich müde machen. Ich mache das oft nachts, wenn ich nicht zur Ruhe komme. Ich bin Krankenschwester, und der Schichtdienst bringt mich oft durcheinander. Eigentlich wollte ich auch gar nicht in den Park, ich bin da vorn die Straße entlang gegangen. Aber plötzlich hat Artus, das ist mein Hund hier, sich losgerissen und ist wie ein Wahnsinniger über die Wiese gerannt. Das ist normalerweise gar nicht seine Art. Ich habe gerufen und gerufen, aber er ist nicht gekommen und so habe ich ihn gesucht und dann den Jungen gefunden.«

Bei diesen Worten schlug sich Frau Krüger die Hand vor den Mund und unterdrückte ein Schluchzen.

»Geht's denn?« fragte Karen jetzt milder. Ihr strenger Ton tat ihr schon wieder Leid. Sie wusste ihm Moment einfach nicht wohin mit ihrer Wut.

»Schon gut. Ich habe gleich seinen Puls gefühlt und ihn mit meinem Mantel zugedeckt, um ihn zu wärmen. Dann habe ich über Handy die Polizei und den Notarzt gerufen.«

Karen bemerkte, das die Frau nur im Pullover vor ihr stand und sagte zu Alexej: »Hol doch mal bitte eine Decke aus dem Rettungswagen. Vielleicht hat auch irgendjemand einen Becher Kaffee für Frau Krüger.«

»Geht klar«, erwiderte Alexej.

»Er hat kaum noch geblutet«, fuhr die Zeugin fort, »aber ich habe trotzdem versucht, mit den Händen die Wunde zu schließen.«

Sie besah sich ihre Finger, an denen getrocknetes, fast schwarz wirkendes Blut klebte.

»Ich habe gar nicht nachgedacht, sondern einfach nur gehandelt. Das bin ich so gewohnt«, schluchzte sie jetzt haltlos, als ihr bewusst wurde, in welcher Gefahr sie geschwebt hatte, war es doch gut möglich, dass der Mörder noch in der Nähe gewesen war, als sie sich um den sterbenden Jungen gekümmert hatte.

»Ist Ihnen irgendetwas aufgefallen? Ist Ihnen jemand begegnet, haben Sie vielleicht einen Wagen bemerkt oder ein Geräusch gehört?«

»Nein«, antwortete die Frau und nahm dankbar die Decke an, die Alexej ihr gerade über die Schultern legte. Er drückte der frierenden Frau einen Plastikbecher mit einer dampfenden Flüssigkeit in die Hand.

»Der Notarzt möchte Sie gleich noch untersuchen, Frau Krüger. Er denkt, dass Sie unter Schock stehen, und Sie sollten jetzt nicht einfach allein zu Hause sein.«

Karen bekräftigte diesen Vorschlag.

»Haben Sie jemanden, der sich heute Nacht um Sie kümmern kann?«

»Ja«, stammelte die Frau und trank in kleinen Schlucken aus dem Plastikbecher, »ich rufe gleich meine Schwester an. Sie wohnt nicht weit von hier und kann mich sicher abholen.«

»Das ist nicht nötig«, erwiderte Karen. »Sie lassen sich jetzt vom Arzt untersuchen und wenn er meint, dass Sie nicht in die Klinik sollen, rufen Sie Ihre Schwester an und sagen Ihr, dass ein Beamter von uns sie gleich vorbeifahren wird. Morgen kommen Sie dann bitte im Laufe des Vormittags auf das Revier am Großen Markt und geben Ihre Aussage zu Protokoll. Hier ist meine Karte.«

Karen nickte der Frau zu und wandte sich an Alexej.

»Kümmerst du dich um Frau Krüger? Ich gehe mir den Fundort der Leiche ansehen.«

Alexej nickte und führte die Frau behutsam in die Richtung eines Polizeitransporters, bei dem Dr. Weinberg bereits auf sie wartete. Beide wollten ihr den Anblick des toten Jungen auf keinen Fall ein zweites Mal zumuten. Alexej übergab Frau Krüger in die Hände des Arztes und wies einen uniformierten Kollegen an, sie nach Hause zu fahren, sofern keine ärztlichen Einwände bestanden.

Dann ging er zum etwas abseits stehenden Rettungswagen und öffnete die Hecktür.

»Wie sieht's aus, Dr. Schröder?«

»Wie soll es schon aussehen«, entgegnete der Pathologe, »tot sieht es aus, weil es auch tot ist. Ich lasse ihn mir jetzt gleich auf den Tisch fahren und mache mich ans Werk. Den Bericht hat Karen morgen früh auf dem Tisch, ich weiß ja, wie sehr ihr in dieser Sache unter Druck steht. Außerdem möchte ich nicht in der Presse lesen, dass der verantwortliche Gerichtsmediziner sich nach einem kurzen nächtlichen Ausflug wieder in die Federn gelegt hat. Schnelligkeit ist unser Service.«

Alexej wusste, dass sich Dr. Schröder gerade bei dem Anblick von toten Kindern oder Jugendlichen gern in Zynismus flüchtete, damit er sich die notwendige Objektivität erhalten konnte. Auch nach fast zwanzig Berufsjahren hatte sich der erfahrene Pathologe an die Tatsache, dass auch junge Menschen gewaltsam zu Tode kamen, nicht gewöhnen können.

»Okay«, sagte Alexej, »nur eins noch: Wie lange hat er ungefähr schon da gelegen? Dr. Weinberg meint, circa eine halbe Stunde.«

Dr. Schröder packte seine verschiedenen Utensilien zusammen und zog die Stirn in Falten.

»Schwer zu sagen. Bei den Temperaturen und dem Blutverlust, ich denke, eher weniger, aber genauer geht es wirklich erst nach der großen Säge.«

Mit diesen Worten stieg er umständlich aus dem Rettungswagen und sagte zu Dr. Weinberg: »Fahren Sie ihn einfach zu mir oder soll ich noch die Geier anrufen?«

»Nicht nötig, Dr. Schröder, es ist ruhig heute Nacht und ich kann ihn direkt zu Ihnen in die Pathologie bringen.«

»Gut«, murmelte der Gerichtsmediziner, wandte sich grußlos um und ging vorsichtig zurück zu seinem Auto.

Alexej nickte Dr. Weinberg zu. »Sie sehen wir dann auch morgen auf dem Revier, okay? Wir brauchen Ihre Aussage.«

»Alles klar, ich melde mich morgen bei Ihnen.«

Alexej schlug die Tür des Rettungswagens zu und machte sich in Richtung Tatort auf den Weg.

Karen kniete vor einer Hecke, in deren Ausbuchtung eine Parkbank stand. Dahinter war ein kleiner Raum entstanden, wo das gefrorene Gras niedergedrückt war und eine große dunkle Lache verriet, dass hier jemand sein Leben ausgeblutet hatte. Ansonsten gab es keine Spuren. Der gefrorene Boden gab keine brauchbaren Fußabdrücke her. Karen hätte viel darum gegeben, wenn es geschneit hätte, aber in dieser Stadt schneite es so gut wie nie. Und schon gar nicht, wenn die Polizei zwecks Spurensicherung darauf angewiesen war.

Sie wandte sich an einen der uniformierten Beamten. »Haben Sie die abgetrennten Geschlechtsteile gefunden?«

Der angesprochene Polizist sah sie unbehaglich an.

»Kommen Sie schon«, herrschte Karen ihn an, » es ist ja nicht Ihr Ding.«

Alexej warf ihr einen erstaunten Blick zu. Er verstand, dass Karen enttäuscht und wütend darüber war, dass noch ein junger Mensch sterben musste, ohne dass sie es hatten verhindern können. Er fühlte sich genauso. Aber er hielt es nicht für angebracht, eine schockierte Zeugin oder einen Kollegen dafür mit ungerechtfertigter Härte verantwortlich zu machen.

Sie kann manchmal verdammt ungerecht sein, dachte er, wirklich verdammt ungerecht. Wenn sie mit sich selbst nicht im Reinen ist, sieht sie Feinde, wo gar keine sind.

»Ja«, antwortete der angesprochene Beamte jetzt, »die Spurensicherung hat sie in einem Papierkorb gleich da vorn an der Ecke gefunden, sie waren nicht sonderlich gut versteckt.«

Der Polizist zeigte mit dem Finger auf einen grünen Mülleimer, der an einer Laterne befestigt war und sich ungefähr zwanzig Meter vom Tatort entfernt befand.

Karen erhob sich wortlos und wandte sich Alexej zu.

»Wie hat er ihn herbekommen?« Karen sah ihren Kollegen fragend an.

»Wenn er wie wir mit dem Wagen über die Wiese gefahren wäre, müsste man das zumindest erkennen können. Aber die Spurensicherung sagt, alle Reifenspuren, die zu erkennen sind, lassen sich unserem Auto oder denen der Ärzte zuordnen. Mehr ist da nicht. Außerdem wäre es doch zu auffällig gewesen, mitten in der Nacht auf freiem Gelände im Park zu stehen. Irgendjemand hätte ihn sehen können. Jemand, der so wie Frau Krüger einfach mit dem Hund unterwegs ist.«

»Entschuldigung, Hauptkommissarin Martin«, wandte sich ein weiterer Streifenpolizist an Karen, »wir haben auch da vorne geparkt, bei dem Ausflugslokal. Von dort sind es nicht mal fünfzig Meter bis zu diesem Platz. Und an beiden Seiten sind hohe Hecken. Von der Straße ist der Weg schon am Tage nicht einzusehen, nachts besteht da gar keine Chance.«

»Zeigen Sie mir bitte den Weg«, wies Karen den Beamten an.

Sie folgte ihm gemeinsam mit Alexej und musste dem Polizisten Recht geben.

»Genauso hat er es gemacht«, sagte sie zu Alexej. »Er hat hier auf dem Schotterplatz geparkt. Hier musste er auch keine Angst vor Reifenspuren haben. Der Untergrund ist gefroren und so drückt sich das Profil der Reifen nicht durch. Dafür ist der Schotter zu grob. Und hier stehen oft nachts Wagen herum, darüber macht sich niemand Gedanken. Ich habe hier früher mal gewohnt und wenn ich spät noch laufen war, habe ich hier oft Autos gesehen, mich aber nie darum gekümmert. Angestellte des Lokals, dachte ich, Liebespärchen, was auch immer.«

»Kein Blut«, bemerkte Alexej, »auf dem ganzen Weg nicht.«

»Nein, wie bei den anderen. Aufgeschnitten werden sie erst an Ort und Stelle. Er trägt sie aus einem Wagen an den Platz, den er sich vermutlich vorher schon ausgesucht hat und geht dann erst ans Werk. Die Opfer sind betäubt. Sie wehren sich nicht. Das einzige, was wir sagen können, ist, dass wir es vermutlich mit einem eher kräftigen Täter zu tun haben. Eine bewusstlose Person ist schwer. Andererseits, wenn man zu allem entschlossen ist, spielt das Gewicht auch keine große Rolle mehr.«

Karen atmete tief ein, stemmte die Hände in die Hüften und drückte ihren Rücken durch. Sie warf ihren Kopf in den Nacken und versuchte, ihre verspannten Muskeln wenigstens etwas zu lockern.

Dabei sah sie für einen Moment in den Himmel. Er war tiefschwarz und von teilnahmslosen Sternen übersät.

So viele Sterne, schoss es Karen in den Sinn, mitten in der City. Die sieht man doch normalerweise gar nicht.

Es kam ihr vor, als würde sich das Leben jede Nacht mehr verdunkeln. Als befände sich die Stadt in einem Krieg mit sich selbst. Dann sah sie Alexej an.

»Komm, wir fahren aufs Revier, hier gibt es nichts mehr zu tun.«

»Ach ja«, wandte sie sich erneut an den zuvor zurechtgewiesenen Beamten, »Dr. Weinberg sagte mir, die Leiche wurde in ihrer ursprünglichen Lage fotografiert. Sorgen Sie dafür, dass ich die Bilder so schnell wie möglich bekomme.«

Schweigend ging sie daraufhin mit Alexej zum Auto. Bevor sie losfuhren, legte Alexej die Arme auf das Lenkrad und sah Karen mit ruhigem Blick an. »Sag mal, musste das eben sein?«

»Wieso? Was denn?« entgegnete Karen unbeherrscht. »Was hab ich denn gemacht?«

»Du zickst den Kollegen an, als wäre es seine Schuld, dass der Junge gestorben ist. Meinst du, das geht nur dir an die Nieren?«

»Ach Gott, wirklich, Alexej. Der stellt sich an, als würde ich gleich mit dem Messer auf ihn losgehen, um ihm seinen Schwanz abzuschneiden. Das ist doch wirklich Kinderkram.«

»Karen, holst du jetzt die lila Latzhose raus oder was? Wenn das Opfer eine Frau wäre und jemand sie derart verstümmelt hätte, wärest du dann auf eine schockierte weibliche Beamtin genauso losgegangen? Dürfen nur Frauen Gefühle zeigen?«

»Ich bitte dich, dass ist doch nicht dein Ernst. Jetzt leg mal nicht jedes Wort von mir auf die Goldwaage. Ich erwarte Professionalität. Und das hat ja wohl nichts mit Mann oder Frau zu tun.«

»Okay, wenn das so ist, dann verhalte du dich auch professionell. Wir können es uns gerade jetzt wohl nicht leisten, dass die leitende Ermittlerin einen Ruf bekommt als zickige Emanze, die jeden Mann für einen potenziellen Macho hält.«

»Spinnst du?! fuhr Karen jetzt aus der Haut. »Ich hab doch nur gesagt, er soll sich nicht so anstellen. Seit wann bist du so empfindlich?«

»Seit du mit zweierlei Maß zu messen scheinst. Und bevor du jetzt total ausrastest, denk mal kurz darüber nach.«

Alexej startete den Wagen und fuhr langsam über die Wiese. Karen starrte wortlos aus dem Seitenfenster.

Als sie eine Weile fuhren und ihr langsam wieder wärmer wurde, sagte sie leise: »Die Abstände werden kürzer, Alexej. Der erste vor vier Wochen, der zweite vor zehn Tagen, der dritte heute. Wir müssen uns beeilen. Ich weiß nicht, wo wir anfangen sollen, aber ich habe das Gefühl, dieser Irre schlachtet bald jeden Tag einen ab, wenn wir ihn nicht vorher schnappen.«

Alexej antwortete nicht.

In Gedanken versunken sah sie erst wieder auf, als der Wagen vor ihrer Tür anhielt.

»Was soll das?« fragte sie Alexej erstaunt, »los, fahr ins Präsidium!«

Alexej Storm wurde die Sache langsam zu bunt. Er war müde, seine Schläfen pochten und er verspürte den dringenden Wunsch, sich zu Hause einen Whisky einzuschenken und für eine Weile sinnlos durch das Fernsehprogramm zu zappen, um auf andere Gedanken zu kommen.

»Karen, geh ins Bett«, sagte er deshalb entschlossen. »Es gibt heute Nacht nichts mehr zu tun. Es ist niemand da, den du verhören kannst und der Junge hatte keine Papiere dabei. Wer er ist, finden wir jetzt auch nicht mehr raus. Ruh dich verdammt noch Mal aus, morgen wird der Tag hart genug.«

Während der letzten Worte hatte er seine Stimme erhoben und Karen genügte ein Blick, um zu erkennen, dass sie auch mit noch so energischem Protest nichts mehr würde ausrichten können.

»Hallo, Kommissar Storm, der Chef bin immer noch ich«, gab sie lächelnd zurück, »aber du hast ja Recht. Bis nachher dann.«

Sie stieg aus und bevor sie die Wagentür zuschlug, beugte sie sich noch einmal kurz zu Alexej hinunter und flüsterte: »Hey ...« Alexej sah sie an, die Hand schon am Wagenschlüssel um den Motor zu starten. »Ich wollte nicht ...«

»Passt schon, Karen«, lächelte Alexej versöhnlich. »Und jetzt geh um Gottes Willen schlafen.«

Karen schlug die Autotür zu und betrat ihr Wohnhaus.

In Gedanken versunken stapfte sie zum zweiten Mal in dieser Nacht die Stufen hoch.

Plötzlich spürte sie, dass sich die Atmosphäre im Treppenhaus verändert hatte. Es war still wie immer um diese Zeit, und das Licht war so trübe wie gewöhnlich, aber irgendetwas veranlasste sie dennoch, wachsam zu sein. In ihrem Magen breitete sich ein Kribbeln aus. Sie zog ihre Mütze vom Kopf und lauschte angestrengt in die Stille.

Langsam erklomm sie eine Stufe nach der anderen. Jemand bewegte sich in dem Stockwerk über ihr. Jemand stand vor ihrer Tür. Sie hielt den Atem an und verfluchte ihr klopfendes Herz.

Sei nicht albern, Martin, schoss es ihr durch den Kopf, du siehst schon Gespenster. Trotzdem wollte sie vorsichtig nach ihrer Waffe tasten, bevor ihr einfiel, dass sie sie bei ihrem hastigen Aufbruch vergessen hatte.

Alexej hat Recht, schoss es ihr durch den Kopf. Ich bin wirklich kein Vorbild was Professionalität angeht.

Dicht an die Wand gedrängt schlich sie die letzten Stufen zu Ihrer Wohnung empor und blieb plötzlich mit einem erleichterten Aufseufzen auf dem letzten Treppen-absatz stehen.

»David«, flüsterte sie, »was tust du denn hier?«

4

Ab morgen würde alles anders sein. Niemand würde sie mehr hänseln. Sie würde bei allen beliebt sein und jeder würde sich darum reißen, etwas mit ihr zu unternehmen. Sie konnte ihr Glück noch gar nicht fassen. Ihr Magen fuhr schon seit dem frühen Nachmittag kopfüber Achterbahn und jetzt, da sie sich auf den Weg gemacht hatte, wurde ihr vor Aufregung fast schlecht.

Der Wintertag war schneidend kalt, tief hängende graue Wolken tauchten den Weg durch die Felder in ein unwirkliches Licht. Sie musste gelegentlich aufpassen, wohin sie ihre Füße setzte, um nicht auf der überfrorenen Straße auszurutschen. Aber ihr Herz hüpfte vor Freude. Einerseits wäre sie am liebsten gelaufen, um die Strecke so schnell wie möglich hinter sich zu bringen, andererseits konnte es ihr gar nicht weit genug sein, um ihre Vorfreude so lange wie möglich auszukosten.

Sollte es wirklich wahr werden?

Aber warum hätte Jonas sie sonst einladen sollen? Ja, er hatte sie eingeladen, ausgerechnet sie. Endlich war ihr Traum wahr geworden. Er hatte erkannt, wie toll sie war, anders als die anderen, die immer nur blöde kichernd um Jonas herumstanden und ihn anhimmelten.

Sicher, auch sie betete ihn an, aber sie hielt sich mit ihrer Schwärmerei in der Öffentlichkeit zurück. Zu Hause, wenn sie allein war, schrieb sie seinen Namen wieder und wieder auf ein Blatt Papier, malte Herzen drum herum und dachte sich die schönsten Dinge aus, die sie einst gemeinsam erleben würden.

Er hatte so wunderbare blaue Augen und ein so strahlendes Lächeln, dass ihr jedes Mal die Knie weich wurden, wenn er mal wieder seinen ganzen Charme spielen ließ, um zu erreichen, was er sich gerade in den Kopf gesetzt hatte. Sei es eine bessere Note von einer Lehrerin, einen Schokoriegel von einer Klassenkameradin oder die Erlaubnis, abschreiben zu dürfen, wenn er mal wieder zu beschäftigt gewesen war, seine Hausaufgaben zu erledigen.

Jonas spielte in der Schulmannschaft Fußball, und wenn er mit seinen siebzehn Jahren athletisch und wieselflink über den Rasen jagte, befanden sich unter den begeistert johlenden Zuschauern bisweilen mehr Mädchen als Jungen.

Unter den hübschen Mädchen in der Schule galt es als Sport, Jonas zu erobern, und sei es nur für einen langsamen linkischen Tanz auf einer der Veranstaltungen im örtlichen Jugendzentrum. Von ihm auserkoren zu werden, glich einem Ritterschlag, und sie wünschte sich nichts sehnlicher, als zu den Erwählten zu gehören. Und jetzt war es passiert.

Nach der Schule hatte er auf sie gewartet und war dann wie selbstverständlich ein Stück neben ihr hergegangen. Ihr Herz hatte wie rasend geklopft, sie war nicht in der Lage gewesen, zusammenhängend zu denken. Er war fast einen Kopf größer als sie und mit seinem blassen Gesicht, den blauen Augen und den fast schwarzen Locken, die sich unter seiner Wollmütze hervorkringelten, war er in ihren Augen fast zu schön, um ein Mensch aus Fleisch und Blut zu sein.

»Sag mal, hast die eigentlich schon für die Mathe-Klausur geübt, die wir übermorgen schreiben?« fragte er sie, während sie nebeneinander hertrotteten.

»Ja«, antwortete sie nervös.

»Hm, klar, hätte ich mir denken können.«

Sie schluckte und warf ihm von der Seite einen unsicheren Blick zu. Hielt er sie auch für eine Streberin, wie es die meisten in ihrer Klasse taten? Aber Jonas grinste sie nur freundlich an und blieb dann mit einem nachdenklichen Gesichtsausdruck stehen.

»Ich weiß ja nicht, ob du heute Nachmittag Zeit hast, aber ...«

Er brach den Satz ab und schien nach Worten zu suchen. In ihrem Kopf drehte sich alles. Wollte er sich mit ihr verabreden? Nein, das konnte nicht wahr sein. Aber wieso sollte er sich sonst dafür interessieren, ob sie Zeit hatte? Wahrscheinlich nahm er sie nur auf den Arm. Sie sah hoch und zuckte in demselben Augenblick zusammen, als ihr unsicherer Blick offen von Jonas erwidert wurde. Verlegen drehte er mit den Fingern in einer Locke, die sich über seinem linken Ohr kringelte.

»Weißt du, ich hab's ja nicht so mit Mathe und wenn ich noch mal eine Klausur verhaue, werde ich vielleicht nicht versetzt. Also, ich meine, wenn es dir nichts ausmacht, wäre es klasse, wenn du heute mit mir lernen würdest. Wenn du mir den Kram erklärst, bekomme ich es bestimmt leichter in meinen Schädel.«

Sie traute ihren Ohren nicht. Er meinte es tatsächlich ernst. Er blickte sie fast flehentlich an und obwohl das Blut in ihren Ohren rauschte und sie sich fühlte, als bewegte sie sich in einer unwirklichen Zwischenwelt, schaffte sie es irgendwie, ihm zu antworten.

»Klar, ich kann mit dir lernen. Mach ich doch gern.«

Jonas strahlte sie erleichtert an.

»Mann, da bin ich aber froh. Willst du so gegen vier Uhr zu mir kommen? Meine Eltern sind zurzeit mal wieder unterwegs, und so könnten wir bei mir in Ruhe lernen. Wenn es dir passt natürlich«, fügte er hastig hinzu, »ich komme auch gern zu dir.«

Bei dem Gedanken, Jonas in die trostlose Wohnung bitten zu müssen, die sie sich mit ihrer Mutter teilte, wurde ihr fast schwindelig. Die Vorstellung, mit ihm an dem armseligen Esstisch zu sitzen, an dem sie gewöhnlich ihre Hausaufgaben erledigte, da sie in ihrem kleinen Zimmer keinen eigenen Schreibtisch hatte, verursachte ihr eine schlagartige Übelkeit. Sie hätte ihm außer einem Glas billiger Limonade nichts anbieten können und vor ihrem inneren Auge sah sie sich ihm völlig verkrampft gegenüber sitzen, bei jedem Geräusch aus dem Treppenhaus befürchtend, es sei ihre heimkehrende Mutter, die ihr dann vor Jonas Augen aus irgendeinem nichtigen Anlass eine Szene machen würde. Allein die Möglichkeit versetzte sie beinahe in Panik.

»Nein«, beteuerte sie deshalb schnell, »nein, ich komme gern zu dir. Vier Uhr passt mir gut.«

Sie war sich sicher, dass Jonas das Angebot, sich bei ihr zu treffen, nur aus Höflichkeit gemacht hatte. Ihre häuslichen Verhältnisse waren in der Schule kein Geheimnis. Dabei störte es sie nicht, arm zu sein. Was sie zutiefst beschämte und verletzte war nicht die Bescheidenheit, in der sie lebte, sondern die Lieblosigkeit. Nichts in ihrem

Leben war schön. Ihre Kleidung war nicht nur billig, sondern auch hässlich und in ihrem Zuhause mangelte es an jeglicher behaglichen Wärme oder Fröhlichkeit.

Ihre Mutter war eine verbitterte und herzlose Frau. Sie trug ihr Unglück wie ein Schild vor sich her und ließ ihre Tochter und jeden, der ihren Weg im falschen Moment kreuzte, darunter leiden, dass sie sich vom Leben nach Strich und Faden betrogen fühlte.

Früher hatte sie ein paar Mal Freunde von der Schule mit nach Hause gebracht, aber ihre Mutter billigte diese Besuche nicht und ließ ihren Unwillen nicht nur sie, sondern auch ihre Freunde deutlich spüren. Sie verbot ihr, ihren Gästen etwas anzubieten, sie beschwerte sich über den Dreck, den sie angeblich machten und schimpfte über ihre Gäste gerade so laut, dass diese die Schmähungen hörten, daraufhin alsbald gingen und in der Folge nicht mehr wiederkamen.

Und heute werde ich Jonas besuchen, dachte sie ungläubig. Den tollsten Jungen auf der Welt.

Sie war von dem Gedanken so überwältigt, dass sie fast nicht bemerkt hätte, wie er auf sein Rad stieg und in die Straße einbog, die zu dem Haus seiner Eltern führte.

»Dann bis nachher«, rief er ihr noch zu, »ich freu mich.«

Als sie zu Hause ankam, war sie zu aufgeregt, um etwas zu essen. Sie hatte ihren Kleiderschrank geöffnet und überlegte, was sie anziehen sollte. Zum tausendsten Mal wünschte sie sich, so schöne Sachen zu besitzen wie die anderen Mädchen in ihrer Klasse. Dabei musste sie sich insgeheim eingestehen, dass es ihr auch nicht leicht gefallen wäre, sich hübsch zu kleiden, wenn sie mehr Geld zur Verfügung gehabt hätte, als es der Fall war.

Sie war klein und gedrungen, ihr Busen hatte sich in der letzten Zeit rasant entwickelt und die großen Brüste bereiteten ihr ernsthaften Kummer.

Vor ein paar Wochen hatte ihre Mutter ihr einen unförmigen, fleischfarbenen Büstenhalter auf das Bett geworfen.

»Hier, den brauchst du jetzt. Sonst hängt das alles rum. Wie sieht das denn aus? Du bist sowieso viel zu fett.«

Sie war beim Anblick des monströsen Wäschestücks in heiße Tränen der Scham ausgebrochen und um ihre Rundungen so gut es ging zu verbergen, trug sie Pullover, die ihr viel zu weit waren und drückte beim Gehen die Schultern nach vorn, um von ihrem wogenden Busen abzulenken.

Zudem hatte ihr die fettreiche Küche ihrer Mutter einigen Speck auf den Hüften beschert und doch hatte sie ihr ganzes Leben schon das Gefühl, niemals wirklich satt zu werden. Mehr als einmal kam es vor, dass sie sich nachts, wenn sie sicher sein konnte, dass ihre Mutter schlief, in die Küche schlich und so schnell wie möglich etwas Essbares an sich raffte, das sie dann in ihr Zimmer trug und hastig verschlang. Wenn sie aß, fühlte sie sich für einen Moment lang gut. Es war, als würde der Abgrund, der sich in ihr befand, geschlossen werden und in ihrer Seele Frieden herrschen.

Aber dieses Glücksgefühl war trügerisch und hielt nie lange an. Danach fühlte sie sich schlechter als zuvor und schwor sich jedes Mal, jetzt endlich eine Diät anzufangen, schlank zu werden, besser noch dünn, um endlich beliebt, begehrt und glücklich zu sein.

Nach langem Probieren und Betrachten der verschiedenen Kleidungsstücke, die sie zur besseren Übersicht auf ihr Bett gelegt hatte, entschied sie sich schließlich für eine blaue Jeans, die durch häufiges Tragen fast so gut abgewetzt war wie die Modelle, die für viel Geld zu kaufen waren und einen blauen Rollkragenpullover, der locker über ihrem Oberkörper hing und somit ihre Figur eher verbarg als betonte, was ihr sehr recht war. Sie band ihr Haar zurück, tuschte sich die Wimpern und trug etwas blassrosa Lippenstift auf.

Als sie sich im Spiegel betrachtete, gefiel sie sich und fühlte sich sicher genug, Jonas gegenüberzutreten. Selbstverständlich hatte er sie schon unzählige Male in der Schule gesehen, aber diesmal war es etwas Besonderes. Sie traf sich allein mit ihm. Vielleicht wollte er ja in Wirklichkeit gar nicht lernen. Je länger sie darüber nachdachte, desto wahrscheinlicher erschien ihr die Möglichkeit. So musste es sein. Sie setzte sich auf die Bettkante und starrte angespannt ins Leere.

Eigentlich war er verliebt in sie. Jonas, der Schwarm aller Mädchen, der Fußballstar und beliebteste Mitschüler, interessierte sich für sie. Sie hatte es immer gewusst. Und morgen würden es alle erfahren.

Sie nahm ihre Lieblingsjacke aus dem Schrank, steckte ihre Mathematikbücher und -hefte in eine Umhängetasche und vergewisserte sich, dass sie auch nichts vergessen hatte. Dann schloss sie die Wohnungstür ab und verließ das Haus. Sie wohnte in den Randbezirken der kleinen Stadt und hätte eigentlich mit dem Bus fahren müssen, aber wenn sie jetzt zur Haltestelle ging, würde sie viel zu früh bei Jonas ankommen. Aber sie konnte es nicht abwarten, sich auf den Weg zu machen und so hatte sie beschlossen, den ganzen Weg zu Fuß zu laufen. Dieses Vorhaben half ihr, ihre Nervosität in den Griff zu bekommen und es verlängerte die Vorfreude auf die wunderbarsten Stunden ihres Lebens.

Während sie durch die Felder lief, schwirrte ihr der Kopf von all den wunderbaren Veränderungen, die dieser Nachmittag mit sich bringen würde. Sie würde ganz locker sein, ganz cool. Sie würde ihm zuhören und ihn verstehen. Genau das brauchte er, jemanden wie sie, der seine Gedanken mit ihm teilte und ernsthaft an seiner Persönlichkeit interessiert war. Sie hatte Jonas durchschaut. Sie hatte entdeckt, dass er hinter seiner ganzen fröhlichen Fassade, die er in der Schule an den Tag legte, eigentlich ein ernsthafter und melancholischer Charakter war.

Sie hatte ihn als Einzige erkannt. Und er hatte gesehen, dass sie ihn verstand. Deshalb hatte er sie eingeladen. Ihr Herz hämmerte härter, je näher ihr Weg sie der Begegnung brachte. Die Straße führte nun steil bergauf, da das Haus von Jonas Eltern an einem Hang lag, so dass man von der großzügigen Terrasse am vorderen Teil des Hauses einen wunderbaren Blick über die Flussebene hatte.

Auch hier musste sie aufpassen, wohin sie trat, denn die Straße war vereist und einen Fußweg gab es nicht. Sie konnte sich vorstellen, dass es Jonas nichts ausmachte, hier mit dem Fahrrad in einem halsbrecherischen Tempo hinauf oder hinunter zu fahren, ganz gleich, wie die Straßenverhältnisse waren.

Sie malte sich aus, wie sie im Frühling gemeinsam die Straße entlang jagen würden, sie saß auf Jonas Stange und breitete lachend die Arme aus, während er seinen Kopf in ihre Halsbeuge legte und wie ein Verrückter in die Pedale trat. Sie spürte den warmen Wind auf ihrem Gesicht und roch fast das Sonnenöl, das auf seinen nackten braunen Armen verteilt hatte. Sie waren auf dem Weg ins Schwimmbad. Sie war leicht wie eine Feder und sprang grazil vom Sprungturm in das blaue Wasser, während Jonas am Rand des Schwimmbeckens auf sie wartete, ihr die nassen Haarsträhnen aus dem Gesicht strich und sie bewundernd anstrahlte.

»Das hätte ich mich nicht getraut«, flüsterte er ihr ins Ohr.

Sie lachte und dann half er ihr, aus dem Bassin zu klettern und ging mit ihr zum Kiosk, um ihr ein Eis zu spendieren.

Mittlerweile schlug ihr das Herz bis zum Hals. Die Vorstellung, ganz nah bei ihm zu sitzen, machte sie fast schwindelig. Er würde wie zufällig mit seinem Arm ihren Arm berühren. Er würde mit ihr sprechen und dabei würde sein Gesicht ganz nah an ihrem Gesicht sein. Und dann würde er versuchen, sie zu küssen.

Genauso würde es sich abspielen. Deshalb hatte er sie eingeladen. Sie konnte die folgenden Stunden vor ihrem inneren Auge so deutlich sehen, als hätte sie sie bereits erlebt und rufe eine aufregende Erinnerung ab.

Sie öffnete das Gartentor und ging um das Haus herum zum vorderen Eingang. An dieser Seite wurde das Grundstück durch hohe Tannen abgeschirmt. Still standen die Bäume in der frostigen Luft, und obwohl es vor einer Woche zum letzten Mal geschneit hatte, hatte sich der Schnee auf den schattigen Ästen gehalten und ließ die Bäume wie die verzauberten Wälder in den Märchenbüchern ihrer Kindheit erscheinen.

Es war vollkommen still. Sie hörte nur ihre Schritte auf dem Kiesweg. Sie hatte immer gewusst, dass dieser Tag kommen würde. Es war wie in den Filmen, in der die Heldin erst einsam und allein war und von allen schlecht behandelt wurde, bevor sie schließlich als strahlende Siegerin triumphieren konnte. Morgen würde sie die Königin der Schule sein. Sie würde auf alle Partys eingeladen werden.

Die Mädchen, die heute noch hinter ihrem Rücken über sie lachten, würden sich morgen in der Pause um sie scharen und mit ihr tratschen und scherzen.

Sie stand jetzt vor Jonas' Haustür. Sie holte tief Luft und drückte auf den Klingelknopf. Im Haus blieb es still. Verunsichert überlegte sie, ob sie vielleicht doch noch zu früh war. Sie sah auf ihre Armbanduhr. Nein, sie war ganz genau pünktlich. Hätte sie später kommen sollen? Ihn warten lassen?

»Mist«, presste sie verärgert hervor.

Sie hätte mindestens eine halbe Stunde später kommen sollen, aber sie hatte es einfach nicht mehr abwarten können.

Sie kam sich vor wie ein Idiot.

Vielleicht schlief er? Was, wenn er ihr Klingeln nicht hörte? Sie konnte die Enttäuschung nicht ertragen. Ihr Herz raste. Fast schon panisch drückte sie erneut auf den Klingelknopf, diesmal eine Spur länger als zuvor.

Bitte sei da, betete sie stumm. Bitte, sei da und mach die Tür auf. Komm gefälligst her und mach sofort die Tür auf! Gott, bitte, er soll jetzt kommen. Er ist da, er muss da sein!

Durch die dicken Butzenscheiben der Eingangstür konnte sie das Innere des Hauses nur schemenhaft erkennen. Plötzlich hörte sie Schritte. Jemand stieg eine Treppe hinauf.

Fast im selben Augenblick wurde die Haustür geöffnet und dann stand Jonas auch schon vor ihr.

Er fuhr sich mit der Hand verlegen durch die dunklen Locken und strahlte sie an.

»Mensch, ich hätte das Klingeln beinahe überhört. Stehst du schon lange hier?«

Unendlich erleichtert schüttelte sie nur stumm den Kopf. Jonas machte einen Schritt zur Seite und bat sie mit einer gespielt förmlichen Handbewegung, das Haus zu betreten.

»Komm rein, schön, dass du da bist.«

Sie betrat einen geräumigen Flur, von dem rechts eine Treppe in die oberen Stockwerke führte. Sie vermutete, dass sich Jonas' Zimmer dort oben befinden musste. Gegenüber der Haustür befand sich eine große Flügeltür, durch die man ins Wohnzimmer kam. Zu ihrer Linken war eine große Garderobe in die Wand integriert, in einem mannshohen Spiegel konnte sie sehen, dass ihr Gesicht vor Kälte und Aufregung glühte. Die Diele war mit Terracottafliesen ausgelegt, auf denen ein dicker Teppich in warmen Rot- und Goldtönen lag, der dem Raum eine freundliche Ausstrahlung verlieh.

In dicken Keramiktöpfen blühten auch jetzt im Winter exotische Pflanzen in leuchtenden Farben. Auf der Treppe standen auf jeder dritten Stufe prächtige Weihnachtssterne in roten Übertöpfen mit goldenen Rändern. Mehrere kleine Wandlampen tauchten die Diele in ein freundliches Licht. Wahrscheinlich brennen die Lampen immer, dachte sie, auch, wenn niemand zu Hause ist oder alle schlafen. Sie werden einfach angeschaltet gelassen, weil es so schön aussieht und man sich gleich zu Hause fühlt, wenn man durch die Tür kommt.

Sie dachte an ihre Mutter, die ihre Wohnung am liebsten völlig im Dunkeln ließ, um nur ja keinen Strom zu verschwenden. So saß sie abends im Wohnzimmer, in dem nur der Fernseher lief und sein kaltes graues Flimmern bis in den schmalen Flur drang und die Wohnung wie ein Geisterhaus erscheinen ließ.

»Weißt du, ich habe mir gedacht, wir lernen am besten im Keller. Da ist es gemütlich und es herrscht nicht so ein Chaos wie in meinem Zimmer.« Jonas grinste sie an.

»Klar«, antwortete sie und zeigte auf eine Tür unterhalb der Treppe. »Geht es da runter?«

»Bevor wir runter gehen, holen wir uns in der Küche noch Verpflegung. Gib mir mal deine Jacke.«

Sie zog ihre Jeansjacke aus und reichte sie Jonas.

»Mensch, die ist ja fast steif gefroren. Ist dir nicht kalt?«

»Nö, geht schon«, gab sie lächelnd zurück. »Ich friere nicht so schnell.«

Natürlich war die Jacke für die Witterung viel zu dünn, aber sie wäre lieber gestorben, als die hässlich gemusterte Winterjacke zu tragen, die ihre Mutter neulich von einem Besuch bei Verwandten für sie mitgebracht hatte. Die Jacke hatte vorher einer ihrer Cousinen gehört und ihre Mutter war der Ansicht, dass sie dankbar sein sollte, schließlich sei das Stück noch völlig in Ordnung und was man geschenkt bekomme, das müsse man nicht kaufen.

Nachdem Jonas ihre Jacke an die Garderobe gehängt hatte, hielt er ihr die Tür ins Wohnzimmer auf, an dessen rechter Seite sich eine helle und großzügige amerikanische Küche anschloss.

Er öffnete einen großen Kühlschrank und fragte sie über die Schulter gewandt: »Was möchtest du trinken? Cola, Limo, Saft? Oder soll ich vielleicht einen Tee kochen?«

»Och, ist mir egal. Irgendwas.«

Jonas klemmte sich eine Flasche Cola unter den Arm, nahm zwei hohe Gläser aus einem Regal und lachte sie über das ganze Gesicht an, während ihm eine seiner störrischen Locken in die Stirn fiel.

Seine Augen leuchteten in der fahlen Wintersonne, deren letzte Strahlen die Küche für einen flüchtigen Moment zum Glühen brachten. Sie folgte ihm wie in Trance zurück in den Flur.

»Machst du mir mal die Kellertür auf?« fragte Jonas.

Sie öffnete die Tür und als er an ihr vorbei die Treppe hinunterging, streifte sein angewinkelter Arm, der die Flasche hielt, zart und wie zufällig ihre Schulter.

Es war fast nur ein Hauch. Aber sie wusste genau, dass er sie absichtlich berührt hatte.

Er konnte es gar nicht erwarten. Sie fühlte sich wunderbar. Stark und machtvoll.

Die Prinzessin erhörte ihren Bewunderer. Aber sie würde ihn noch ein wenig zappeln lassen, beschloss sie, als sie Jonas in den Keller folgte. Er sollte sich um sie bemühen. Es war endlich so weit. Das Märchen wurde wahr.

5

Was für ein hübscher Bursche.
Und so ganz allein.

6

Karen Martin lag in ihrem Bett. Sie stützte sich auf den linken Ellenbogen und betrachtete den schlafenden David.

»Du bist so schön«, flüsterte sie. »So wunderschön.«

Wie schon oft zerriss es ihr fast das Herz, wenn sie sein Gesicht, seinen Körper betrachtete.

Sein kurzes Haar war durch den Schlaf zerzaust und das schmale Lederband mit den Holzperlen, das Karen ihm einmal zum Geburtstag geschenkt hatte, hing schief an seinem Hals. David hatte ein ebenmäßiges Gesicht, ernste braune Augen und einen sinnlichen Mund, der ungeheuer hinreißend lächeln konnte. Karen streckte ihre Hand aus und berührte sanft seinen Arm.

»So weiche Haut.«

Davids muskulöser Oberkörper hob und senkte sich ruhig im Takt seiner tiefen und regelmäßigen Atemzüge. Er war schon immer ein Langschläfer gewesen.

Wenn es nach Karen gegangen wäre, hätte sie bis in alle Ewigkeit einfach nur daliegen und ihn ansehen können. Fast zwei Jahre kannten sie sich jetzt. Und es gab nichts, was sie nicht für diesen Mann getan hätte. Es war mehr als Liebe, es war das Gefühl, den fehlenden Teil zu sich selbst gefunden zu haben. Sie waren seelenverwandt. Zwei Hälften, die zusammen ein Ganzes ergaben. Davon war sie fest überzeugt.

Und genau da lag auch das Problem.

David war gerade zweiundzwanzig gewesen, als sie sich kennen gelernt hatten.

Karen ermittelte damals in einem Mordfall an der Universität. Ein Professor für Alte Geschichte hatte seine junge Sekretärin vergewaltigt und anschließend erwürgt und im Zuge ihrer Befragungen traf sie auch auf den jungen Psychologiestudenten David Behrendt.

Sie hatte sich vom ersten Moment an zu ihm hingezogen gefühlt, es kam ihr so vor, als hätte sie ihr ganzes Leben nur gelebt, jede zurückliegende Entscheidung nur getroffen, um ihm in diesem Moment zu begegnen.

Aber David war über zehn Jahre jünger als Karen und der Heftigkeit ihrer Liebe nicht gewachsen. Er hatte die Beziehung stets unverbindlich gehalten und mehrmals schon hatte es lange Phasen gegeben, in denen sie sich nicht gesehen hatten. Wenn sie sich wieder einmal getrennt waren, verging nicht ein Tag, an dem Karen ihn nicht verzweifelt vermisste.

Es gab kein Mittel, dass es ihr ermöglichte, den Verlust zu verarbeiten. Kein anderer Mann hatte seitdem mehr eine faire Chance, Davids Platz einzunehmen.

»Wenn du einmal im Paradies gewesen bist«, hatte sie Alexej an einem Abend geantwortet, an dem er wieder einmal versucht hatte, sie davon zu überzeugen, diese zerstörende Liebe zu vergessen, »kannst du dich nicht mehr mit weniger zufrieden geben. Das ist mein Schicksal, damit muss ich leben. Und ich bedaure keine Sekunde, die ich mit ihm verbracht habe oder noch verbringen werde.«

Jetzt war er wieder aufgetaucht, nach Monaten der Abwesenheit. Einfach so, mitten in der Nacht. Sie hatte ihn nicht gefragt, woher er gekommen war und warum er plötzlich vor ihrer Tür gestanden hatte. Zwischen ihnen existierte eine eigene, geheime Sprache, die nur sie verstanden und an deren Regeln sie sich beide hielten.

Karen hatte einfach nur die Wohnung betreten und er war ihr gefolgt. Alle Erschöpfung, alle Depression über die gerade aufgefundene Leiche hatten sich sofort verflüchtigt.

Sie umarmten sich und alles war im Gleichgewicht. So war es jedes Mal. Wenn sie mit David zusammen war, gab es draußen keine Welt mehr. Karen wollte mit David zusammenziehen, wollte ihn heiraten und für immer mit ihm zusammen sein. Er war der einzige Mann, dem sie aus tiefstem Herzen hätte schwören können, ich bleibe bei dir, bis dass der Tod uns scheidet.

Aber David wollte nicht.

Er floh immer wieder vor ihr, vor ihrer Liebe, ihrer Beziehung.

Er fühlte sich überfordert, oft war ihm Karen sogar unheimlich, denn zwischen ihnen beiden entstand sofort, wenn sie einander berührten, eine magische Anziehungskraft. Heilend und zerstörend gleichermaßen. Wenn sie miteinander schliefen, war es immer fast unwirklich schön und hatte bei aller Hemmungslosigkeit und Leidenschaft doch niemals etwas Gewöhnliches. David war Karens Lindenblatt, ihr verwundbarster Punkt und ihre größte Stärke und sie würde ihn lieben, bis sie starb.

Jetzt hauchte sie ihm einen zärtlichen Kuss auf die Stirn und wühlte sich aus den Kissen in ihrem großen Bett. Die Fenster in ihrer Wohnung waren von Eisblumen belagert und durch die alten undichten Türen zog es erbarmungslos.

Karen ging ins Badezimmer und stellte sich unter die Dusche. Dann putzte sie sich die Zähne und ging in die Küche, um Kaffee zu kochen.

Gerade, als sie Wasser in die Kanne laufen ließ, klingelte ihr Handy. Sie nahm ab und meldete sich: »Ja, Martin.«

»Karen, wo bleibst du denn?« hörte sie Alexejs aufgeregte Stimme. »In einer halben Stunde ist große Lagebesprechung, der Chef tanzt hier alle fünf Minuten an und fragt nach dir, und ich weiß nicht, was ich ihm sagen soll. Der Typ gestern, der Zeitungsheini, du weißt schon, der … Ich meine, was ist los, hast du verschlafen oder was?«

Karen fuhr zusammen. »Mist«, entfuhr es ihr, »ist es denn schon so spät?«

»Spät? Bist du besoffen oder was? Mensch, Karen, es ist gleich elf! Du hättest schon vor mindestens zwei Stunden hier sein sollen. Wir müssen in die Pathologie, der Junge von letzter Nacht ist noch nicht identifiziert, und überhaupt, was machst du zu Hause?«

Karen schloss kurz die Augen und setzte dann ungerührt die Kaffeemaschine in Gang.

»Ich komm gleich, Alexej. Verleg die Besprechung auf zwölf, sag, ich wäre beim Zahnarzt oder auf einer Beerdigung oder erzähl, was du willst. Ich komme gleich.«

»Karen«, schrie Alexej in den Hörer, »bist du verrückt geworden?«

Aber sie hatte bereits aufgelegt. Sie ging zurück in ihr Schlafzimmer und sah, dass David aufgewacht war. Er hatte wie immer am Morgen verschlafene kleine Augen und sah so noch jünger aus, als er ohnehin war.

»Ärger?« fragte er sie, als Karen wieder zurück ins Bett kroch, während die alte Kaffeemaschine in der Küche röchelnde Geräusche von sich gab.

»Ach was«, antwortete sie, während sie zu ihm unter die Decke kroch und sich an seinen warmen Körper schmiegte, »ich muss nur gleich los.«

Mit diesen Worten küsste sie ihn und wie immer reagierten ihre Körper sofort aufeinander. Die Wirklichkeit verschwand aus Karens Kopf für weitere kostbare Minuten und es war ihr vollkommen gleichgültig, was außerhalb dieses Zimmers vor sich ging. Was einzig zählte, war dieser Moment, dieser Mann. Sein Geruch, seine Berührungen und das Gefühl, nicht mehr unvollständig zu sein.

7

Als sie schließlich ins Präsidium kam, war es bereits nach zwölf Uhr und Alexej war kurz davor, Amok zu laufen. Er sprang auf, als Karen das Büro betrat, aber bevor er irgendetwas sagen konnte, kam sie ihm zuvor. »David war da. Lassen wir die anderen nicht mehr länger warten.«

Alexej klappte seinen bereits geöffneten Mund wieder zu und stand mit einem Seufzen auf. Es war sinnlos, mit ihr über diese Beziehung zu diskutieren. Es gab nichts mehr, was er ihr nicht schon gesagt hatte.

Stattdessen hielt er nur die neueste Ausgabe des *Morgenkurier* in die Höhe. »Bevor du gleich dem Boss unter die Augen trittst, solltest du dir vielleicht das hier noch ansehen.«

Karen drehte sich um und riss ihm die Zeitung aus der Hand. Auf der ersten Seite prangte ein großformatiges Foto von ihr an der Theke des *Storms* mit der Schlagzeile »Leitende Ermittlerin sucht die Sex-Bestie im Weinglas«. Karen schloss kurz die Augen und atmete tief ein. »So ein

Arschloch. Was denkt der sich dabei? Ich meine, so eine Scheiße, ich bring den Kerl um!«

»Karen, es tut mir Leid, aber es wäre wirklich hilfreich gewesen, wenn du heute morgen pünktlich gekommen wärest. Der Chef hat einen Tobsuchtsanfall und hier klingeln die Telefone heiß, denn jetzt wollen auch die anderen Medien wissen, warum du abends in aller Seelenruhe in der Kneipe sitzt, während alle Welt den Killer sucht.«

»Ach? Ist das jetzt in der letzten Nacht alles meine Schuld geworden, oder was?«

»Hallo, Karen, ich bin es, Alexej! Ich weiß, dass das hier,« Alexej riss Karen die Zeitung aus der Hand und wedelte damit in der Luft herum, »das ist ungerecht und Müll und darüber brauchen wir auch gar nicht zu reden. Aber es kann auch nicht angehen, dass du zur Arbeit kommst, als wärest du Student und könntest auftauchen, wann es dir passt. Damit machst du alles schlimmer.«

Karen wollte gerade etwas erwidern, als Marc Hagenberg, der junge Polizeischüler in Karens Team, den Kopf in die Tür steckte. »Wenn ihr jetzt nicht kommt, sind wir glaube ich in fünf Minuten alle Mann arbeitslos. Der Chef geht die Wände hoch.«

Karen klappte ihren Mund wieder zu. Sie sah Alexej an. »Okay, lass uns später reden. Jetzt heißt es erstmal auf in den Kampf.«

Als Karen und Alexej den Besprechungsraum im ersten Stock des Polizeireviers betraten, waren bereits alle anderen Teilnehmer anwesend. Die Beamten saßen an nicht zu einander passenden Tischen oder standen in gespannter Erwartung an die Wände gelehnt.

»Frau Krüger war da, um ihre Aussage zu Protokoll zu geben«, raunte Alexej ihr noch zu, bevor sie den Raum betraten. »Ich habe sie aufgenommen und auf deinen Tisch gelegt.«

Karen lächelte ihn dankbar an. »Danke, lese ich später«, konnte sie noch flüstern, bevor sie ins offene Messer ihres Vorgesetzten lief.

»Frau Martin«, polterte der Chef der Mordkommission, Dr. Konstantin Graf los, sobald er Karen sah, »wo bleiben Sie denn? Ich muss mich doch sehr über Sie wundern. Wissen Sie eigentlich, was hier heute Vormittag schon los war? Die Presse ist bereit, uns zu schlachten, der Polizeipräsident ruft mich ununterbrochen an, der Innensenator will sofort einen Bericht und Sie gehen abends in die Kneipe und morgens in aller Ruhe zum Zahnarzt?«

»Entschuldigen Sie bitte, Dr. Graf, aber was ich in meiner Freizeit mache, geht weder Sie noch den Innensenator etwas an. Und der Besuch heute Morgen ließ sich nicht vermeiden. Leider hat es etwas länger gedauert als geplant. Deshalb sollten wir wohl am besten sofort anfangen.«

Mit diesen Worten begab sie sich an einen leeren Tisch an der linken Seite des Raumes, breitete ihre Unterlagen aus und sah ihren Vorgesetzten strahlend freundlich und erwartungsvoll an.

Alexej konnte sich ein Grinsen nicht verkneifen. Kaum jemand in der gesamten Kriminalpolizei ging derart respektlos mit Konstantin Graf um wie Karen Martin. Sie blieb zwar stets freundlich, aber jeder, der Augen und Ohren hatte, nahm ihre Geringschätzung war. Dr. Konstantin Graf gehörte indes nicht dazu. Er war so von sich selbst überzeugt, dass es ihm niemals in den Sinn gekommen wäre, jemand könnte ihn nicht für überragend, hochintelligent und bewundernswert halten.

Dabei hatte er sich in seinem bisherigen Werdegang nicht gerade mit Ruhm bekleckert, und seine hohe Stellung in der Polizei verdankte er mehr altem Geld und neuen Kontakten als seinen doch recht dürftigen Befähigungen. Sicher, er hatte Jura studiert und sich in verschiedenen Ämtern nach oben gedient, aber von Polizeiarbeit und Menschenführung verstand er schlicht so gut wie nichts.

Karen verabscheute den Mann zutiefst und konnte sich auch nach fast fünfjähriger Arbeit unter Konny, wie sie ihn spöttisch nannte, nicht damit abfinden, einen Idioten als Chef zu haben und gelegentlich regte sie sich so über seine unsinnigen Anweisungen und sein arrogantes Verhalten auf, dass in ihrem Büro die Wände wackelten. Alexej riet ihr stets zu mehr Gelassenheit, hatte aber ansonsten vollstes Verständnis für ihre Gefühle.

Die Abneigung, die Karen für Dr. Graf empfand, wurde von diesem allerdings auch inbrünstig erwidert. Karen war ihrem Vorgesetzten zu laut, zu selbstbewusst, zu erfolgreich.

Und überhaupt, seiner Meinung nach hatten Frauen höchstens im Streifendienst etwas zu suchen oder vielleicht noch bei der Sitte, wo man sie doch ganz hervorragend als Lockvögel im horizontalen Gewerbe einsetzen konnte.

Eigentlich aber sah er weibliche Beamte nur gern beim Verteilen von Strafzetteln und als Schreibkräfte in den Sekretariaten. Karen dagegen hätte er lieber heute als morgen aus dem Polizeidienst entfernt. Aber selbst mit seinen hervorragenden Beziehungen war es ihm bisher nicht möglich gewesen, ihr größere Steine in den Weg zu legen. Dafür war sie einfach zu gut. Karens Instinkt und ihre oft unkonventionellen, aber umso hartnäckigeren Ermittlungen machten sie zu einer ungeheuer erfolgreichen Kommissarin. Darauf konnte eine Stadt nicht verzichten.

Aber Konstantin Graf gab nicht auf. Er lauerte nur darauf, diese schreckliche Person loszuwerden und der momentane, so im höchsten Maße unappetitliche Fall schien ihm die bisher beste Gelegenheit zu sein, Karen in ein schlechtes Licht zu rücken. Ihre Ermittlungen traten auf der Stelle, das war allen Anwesenden im Raum klar. Und dass die leitende Kriminalbeamtin so dumm gewesen war, sich selbst der Presse zum Fraß vorzuwerfen, spielte ihm dabei nur allzu gut in die Karten.

Graf richtete sich jetzt zu voller Größe auf und ging langsam und mit hoch erhobenem Kopf an die Stirnseite des Raumes, um das Wort an seine versammelte Mannschaft zu richten. Diese Gesten hielt er besonders dazu angetan, seine Selbstsicherheit und Überlegenheit zu demonstrieren. Es entging ihm deshalb generell, dass sich fast jeder in seiner Abteilung schon mal über seine Erscheinung lustig gemacht hatte.

Konstantin Graf ging wie eine Ente. Er war groß, hatte extrem lange Beine und einen sehr kurzen Oberkörper. Seine Füße drehte er beim Gehen fast wie Charly Chaplin nach außen und das gab seinem Gang etwas Watschelndes, was umso lächerlicher aussah, da er stets bemüht war, gewichtig und bedeutend auszusehen.

Dr. Konstantin Graf baute sich jetzt vor seinen Untergebenen auf und begann mit einem geringschätzigen Blick auf Karen seine Ansprache.

»Auch, wenn einige den Ernst der Lage anscheinend noch nicht begriffen haben, bin ich mir sehr bewusst, dass Ihre bisherigen Anstrengungen nicht im Geringsten ausgereicht haben, um diese höchst unerfreulichen Morde aufzuklären.«

Mit arrogantem Blick setzte er seine Ausführungen fort, die im Wesentlichen immer nur in abgewandelten Phrasen davon handelte, dass es eine Frechheit von der gesamten Mordkommission war, ihn persönlich durch mangelnden Fahndungserfolg in ein schlechtes Licht zu rücken.

Karen hatte sich bereits nach dem ersten Satz keine Mühe mehr gegeben zuzuhören. Ihre Gedanken schweiften zurück zu David.

Sie hatten sich erst vor ein paar Minuten vor Karens Haustür verabschiedet. Karen war es unmöglich gewesen, ihn nicht noch einmal zu berühren. Sie musste ihn fühlen, musste seinen Atem an ihrem Hals spüren, wenn er sie in den Arm nahm. Sie wollte sich nicht trennen. Diese Momente gehörten zu den schrecklichsten für Karen. Nie wusste sie, wann sie ihn wiedersehen würde. Sie wollte ihn an der Hand nehmen, mit ihm zurück in ihre Wohnung gehen und für immer dort bleiben. Karen war eine intelligente, eine eigensinnige und stolze Frau. Aber in Davids Nähe schwand ihre Unabhängigkeit wie ein Eisberg, den es durch eine Laune der Natur in tropische Gewässer verschlagen hatte. Sie konnte nichts dagegen tun. Sie verlor die Kontrolle über ihre Sehnsucht.

David hatte sie kurz an sich gedrückt und war gegangen. Manchmal sah er aus, als hätte er ein schlechtes Gewissen sich selbst gegenüber, weil er wieder die Nacht bei ihr verbracht hatte.

Andere Frauen hätten ihn für sein Verhalten vermutlich in die Wüste geschickt. Karen jedoch kam es immer so vor, als klänge das Echo seines Handelns und Denkens tief in ihrer Seele nach. Wenn sie sich mit David stritt, dann höchstens am Telefon. Von Angesicht zu Angesicht war es ihnen schier unmöglich. Es war wie verhext. Oder verzaubert. Sobald sie einander in die Augen sahen, war die Welt wieder in Ordnung und keiner von beiden konnte sich mehr daran erinnern, worüber sie sich entzweit hatten.

Karen vergrub jetzt die Nase im Kragen ihres Rollkragenpullovers, während Konstantin Graf immer noch zu seinen Untertanen sprach.

Sie roch noch immer nach David, obwohl sie an diesem Morgen zweimal geduscht hatte. Er klebte an ihr, es war ihr nicht möglich, sich aus seinem Bann zu befreien. Und sie wollte es auch gar nicht.

Sie schreckte aus ihren Gedanken auf, weil die Atmosphäre im Raum sich verändert hatte.

Konny Graf hatte seine Proklamation beendet und offensichtlich warteten alle Anwesenden darauf, dass jetzt Karen ihren Beitrag leistete.

»Frau Martin«, richtete Graf das Wort an sie, »leiden Sie noch unter den Folgen Ihres Zahnarztbesuches heute morgen? Oder langweile ich Sie so, dass es Ihnen nicht möglich ist, der Besprechung zu folgen?«

Dr. Graf war sich nicht im Geringsten bewusst, wie nahe er mit seiner letzten Bemerkung der Wahrheit gekommen war.

Karen Martin stand auf und konzentrierte sich kurz, um die bisher zusammengetragenen Fakten ihren Mitarbeitern und Kollegen zu präsentieren.

»Okay, Sie wissen alle, worum es geht. Heute Nacht hat unser Mörder erneut zugeschlagen. Das dritte Opfer wurde noch lebend im Alten Park gefunden, ist aber leider noch am Tatort seinen Verletzungen erlegen.«

»Na, das ist ja vielleicht auch besser so«, hörte sie einen älteren Polizisten aus den hinteren Reihen flüstern, »so ohne sein Ding.«

Einige der Umsitzenden lachten.

Karen wandte sich dem Zwischenrufer zu. »Ich weiß ja nicht, wie es Ihnen geht, aber mir ist ein Junge auch ohne seinen Schwanz lebendig lieber als tot!«

»Frau Martin«, richtete Konstantin Graf pikiert das Wort an sie, »ich muss doch sehr bitten. Achten Sie auf Ihre Ausdrucksweise.«

Jetzt platzte Karen der Kragen.

»Bitte, Dr. Graf, da draußen läuft ein Irrer herum, der junge Männer betäubt, sie verschleppt und ihnen die Genitalien abschneidet, um anschließend seelenruhig zuzusehen, wie sie verbluten. Wenn einige der werten Kollegen ihre Gedanken vor lauter Kastrationsängsten nicht auf die Fakten konzentrieren können, ist das ein Problem. Meine Ausdrucksweise dürfte da doch eher von untergeordneter Bedeutung sein.«

Graf war viel zu verblüfft, um zu antworten. Er starrte Karen mit offenem Mund an.

»Also jetzt zurück zu den Fakten.« Karen drehte sich um und pinnte drei großformatige Fotos an die Wand.

»Die bisherigen drei Opfer. Der Erste«, mit diesen Worten zeigte sie auf das Bild eines lachenden jungen Mannes mit kurzem dunklen Haar und blendend weißen Zähnen, »Sebastian Marschner, zweiundzwanzig Jahre alt und Student der Betriebswirtschaft. Er wurde zum letzten Mal im *Almost* gesehen, einer Bar im Vergnügungsviertel. Er traf sich dort mit Freunden und ist gegen zwei Uhr nachts allein gegangen. Laut Aussage der damals Anwesenden war er ziemlich betrunken und in etwas gedrückter Stimmung. Er wollte nach Hause, weil er erst kürzlich von seiner Freundin verlassen worden war und dieser Beziehung wohl noch nachtrauerte.

Nachdem er die Kneipe verlassen hatte, hat ihn niemand mehr lebend gesehen. Aufgefunden wurde er am folgenden Morgen am südlichen Segelhafen. Was diese Tat von den anderen beiden unterscheidet, ist die Vorgehensweise. Sebastian Marschner starb durch mehrere harte Schläge auf den Kopf.

Es sieht fast aus wie eine Tat im Affekt. Betäubungsmittel wurden in seinem Blut nicht gefunden. Dieser Umstand und die Tatsache, dass er so zugerichtet war, lässt die Vermutung zu, dass der Mörder diese erste Tat nicht geplant hat. Es muss irgendetwas passiert sein, dass den Tötungsimpuls ausgelöst hat. Eine Bemerkung, eine

Erinnerung. Allerdings wurden auch Sebastian die Geschlechtsteile entfernt. Im Gegensatz zu den folgenden Opfern aber ist er nicht durch diese Verletzung verblutet, sondern bereits vorher durch die Kopfverletzungen gestorben. Aber auch hier ist der Fundort gleich Tatort.« Karen wandte sich dem nächsten Foto zu.

»Das zweite Opfer ist Felix Steffens.«

Die Abbildung an der Wand zeigte einen Mann mit leuchtend grünen Augen und sehr kurzem Haar, der so selbstbewusst und gleichzeitig scheu in die Kamera lächelte, dass er direkt dem Hochglanzfoto in einem Modemagazin hätte entsprungen sein können.

»Felix war neunzehn Jahre alt und wurde zwei Wochen nach dem ersten Opfer auf dem Parkplatz des Stadions gefunden. Er ist lebendig kastriert worden, war aber mit einem Narkosemittel betäubt.«

Bei diesen Worten verzogen die meisten der anwesenden Männer ihre Gesichter, als ob man sie gezwungen hätte, in Zitronen zu beißen.

Manchmal kam es Karen so vor, als wäre die größte Angst aller Männer, es könnte jemand daher kommen und ihnen einfach das Gemächt abschneiden. Was war es bloß, dass die Kerle veranlasste, sich derart mit diesem Körperteil zu identifizieren?

Karen runzelte die Stirn, verscheuchte dann aber derart müßige Grübeleien aus ihrem Gehirn, um mit ihren Ausführungen fortzufahren.

»Den abgetrennten Penis und die Hoden haben wir wie beim ersten Toten in einem Papierkorb in der Nähe gefunden. Der Täter ist also kein Trophäenjäger. Es geht ihm um etwas anderes.«

»Wahrscheinlich irgend so eine frustrierte Alte«, hörte sie erneut ein Flüstern von dem dicken Störer.

Karen verlor langsam die Geduld.

»Der Ansatz, nach der Bezugsquelle des Narkosemittels zu suchen und darüber den Täter zu finden, hat sich bisher als sinnlos erwiesen. Der Stoff wird eigentlich nur noch in der Tiermedizin verwendet, bekommen kann das Zeug aber letztendlich jeder, der klug genug ist, im Internet zu recherchieren. Dann wird es einem ganz bequem nach

Hause geliefert. Das ist zwar nicht ganz koscher, wird aber nun mal gemacht. Zudem kommen natürlich alle Personen in Frage, die legal mit dem Mittel zu tun haben. Also Tierärzte, Helfer, Mitarbeiter von Tierschutzvereinen sowie so ziemlich jeder Dealer in der Stadt.

In Verbindung mit Alkohol potenziert sich die betäubende Wirkung. Soviel ist wenigstens sicher, gelitten haben die Opfer nicht.

Wenn sie verstümmelt wurden, waren sie ebenso narkotisiert wie bei einer Operation im Krankenhaus. Dies legt den Schluss nahe, dass es sich bei den Morden nicht um Taten handelt, die durch Hass motiviert sind. Der Mörder hat ein tiefgreifenderes Motiv. Nur wissen wir leider nicht, welches.«

Karen machte eine Pause. Sie blickte in die Runde. Die meisten sahen sie an, als wäre sie gerade vor aller Augen verrückt geworden. Sie konnte es den Kollegen nicht mal verdenken. Sie wusste, wie seltsam sich »nicht durch Hass motiviert« anhören musste, wenn es sich um verstümmelte Leichen handelte.

»Felix Steffens machte eine Ausbildung zum Krankenpfleger. Er arbeitete in der Tatnacht bis drei Uhr nachts und verließ dann die Kinderstation des Zentralkrankenhauses. Laut Aussage seiner Kollegin, die vor der Tür stand, um eine Zigarette zu rauchen, ist er mit seinem Fahrrad weggefahren. Das Rad wurde uns von seinen Eltern sehr genau beschrieben, wir haben es am nächsten Tag vor dem *Vogue* gefunden, eine Bar, nicht weit von der Klinik entfernt. Das Rad war noch angeschlossen, der Schlüssel fand sich später bei Felix' Sachen. In dem Laden selbst konnte uns niemand groß weiterhelfen. Der Barkeeper hat uns nur berichtet, dass Felix ziemlich schnell einige Tequilas getrunken und ihm dabei erzählt hatte, dass am Nachmittag auf seiner Station ein kleines Mädchen gestorben war. Felix war deprimiert und übernächtigt. Er wurde in kurzer Zeit betrunken, verließ die Bar und wurde danach nicht mehr lebend gesehen. Die Identität des dritten Opfers ist bis jetzt noch nicht geklärt.«

Karen hielt inne, um ihre Unterlagen zu sortieren und einen Augenblick Luft zu schöpfen.

Tod, Grausamkeit, Gleichgültigkeit und Resignation schienen den Raum zu füllen wie giftige Gase.

»Die einzige Verbindung zwischen den Opfern scheint bisher die Tatsache zu sein, dass es zumindest Sebastian und Felix an dem Abend ihres Todes nicht besonders gut ging, deshalb habe ich Ihnen die Gründe für ihre schlechte seelische Verfassung noch einmal deutlich gemacht. Vielleicht hat ihre Trauer sie erst zu Opfern gemacht.«

Konstantin Graf riss die Augen auf. »Wie darf ich das verstehen, Frau Martin? Ich habe mich in der Tat schon gewundert, warum sie uns die rührseligen Geschichten über Liebeskummer und tote kleine Mädchen erzählen. Mir will beim besten Willen nicht einleuchten, was das mit unseren Ermittlungen zu tun haben soll.«

Karen sah ihn ruhig und fast mitleidig an. Du bist so ein Idiot, dachte sie.

»Dr. Graf, wenn ich das wüsste, hätte ich den Täter vermutlich schon. Aber ich denke, bis es so weit ist, könnte doch schlicht alles von Bedeutung sein, oder nicht?«

Ihr Chef hielt es nicht für nötig zu antworten. Vielleicht war er auch einfach zu verblüfft. Karen wandte sich ungerührt wieder ihren Unterlagen zu.

»Die Panik in der Öffentlichkeit ist sowieso schon groß genug, und das Letzte, was wir jetzt brauchen, ist noch mehr Aufruhr durch die Medien. Deshalb sollten wir versuchen, das Opfer von heute Nacht möglichst ohne großes Aufsehen zu identifizieren. Nummer drei ist vermutlich zwischen sechzehn und achtzehn Jahre alt.«

Karen wies auf das dritte Foto hinter ihr. Ein Foto des unbekannten Jungen, aufgenommen noch auf seinem Totenbett im Alten Park liegend.

Schwarz das Haar, die Haut weiß wie der ihn umgebende Schnee. Weil es sich um ein Porträtfoto war, war die blutrote Lache aus seiner schrecklichen Wunde nicht zu sehen.

Gott, dachte Karen, ich kann niemals mehr an Schneewittchen denken, ohne dass mir schlecht wird. Und plötzlich sirrte eine Ahnung in ihrem Kopf. Als würde eine eingesperrte Fliege gegen ihre Schädeldecke fliegen. Und dann war es weg. Stille. Karen seufzte.

»Das wäre für den Moment alles.«

Sie räumte ihre Unterlagen zusammen und begab sich wieder auf ihren Platz.

Jetzt trat Dr. Ulrich Karsten nach vorn. Karsten war Psychologe und hatte die Kriminalpolizei schon mehrmals bei ihren Ermittlungen unterstützt. Karen hielt ihn für einen selbstverliebten Schwätzer, aber das war aufgrund seiner engen Freundschaft zu Konstantin Graf ihrer Meinung nach auch nicht anders zu erwarten.

Geduldig fügte sie sich daher in ihr Schicksal, noch eine weitere halbe Stunde in dem stickigen Raum verbringen zu müssen und tauchte so lange wieder in angenehmere Gedanken ab, um später dann die Experten befragen zu können, deren Erkenntnisse und Ansichten sie für fundierter hielt.

8

Fremd in der Stadt?
Du siehst nicht besonders glücklich aus.

9

Als der Fall an der Universität damals aufgeklärt war, hatte sie mit David in einem Studentencafe gesessen und Bier getrunken. Es hatte sich einfach so ergeben. Sie hatten gelacht und sich verstanden, als würden sie einander schon ein Leben lang kennen. Sie hatten sich spät in der Nacht ziemlich betrunken voneinander verabschiedet, sich getragen von der ausgelassenen Stimmung und dem unerklärlich tiefen Vertrauen, das von Anfang an zwischen ihnen entstanden war, in den Arm genommen und festgehalten. Plötzlich hatten sie sich geküsst.

Nur zaghaft und fast wie aus Versehen, aber beide sahen sich in die Augen und wussten, dass dieser Kuss den Bruchteil einer Sekunde zu lang gewesen war, um nur eine flüchtige Berührung zwischen fast noch Fremden zu sein. Sie sahen sich für ewige Sekunden in die Augen und ließen dann fast gleichzeitig voneinander ab. Verwirrt, überwältigt und auf eine merkwürdige Weise schuldbewusst. Karen war sich verlegen durch die Haare gefahren und hatte ihm schon halb im Gehen ihre Karte entgegengestreckt.

»Ruf mich mal an, wenn du Lust hast. Dann gehen wir mal wieder ein Bier trinken.«

»Okay«, hatte er geantwortet, »mach ich.«

Dann hatte er ihr noch einmal unsicher zugelächelt und war gegangen. Karen sah im nach, wie er die dunkle Straße entlang ging und wusste, dass sie verloren war. Auch, wenn ihr Verstand sich vehement gegen diese Erkenntnis sträubte. Sie fand in dieser Nacht keinen Schlaf und es sollten noch viele weitere Nächte folgen, in denen sie wach in ihren Kissen lag und sich den Kopf zermarterte, während ihr Herz und ihr Körper sich nach David sehnten.

Dr. Karsten hatte seine ermüdenden Ausführungen beendet und das Wort erneut an Konstantin Graf übergeben. »So, meine Herren und natürlich auch meine Damen«, er bedachte Karen mit einem süffisanten Seitenblick, »das wär's fürs Erste. Und jetzt an die Arbeit, ich will Ergebnisse sehen.«

Als Karen gemeinsam mit Alexej und Marc Hagenberg in ihrem Büro angekommen war, steckte sie sich eine Zigarette an und machte sich an der Kaffeemaschine zu schaffen.

»Mann, der Graf ist eine solche Niete. Ich fasse es einfach nicht, dass ausgerechnet der Kasper Chef der Mordkommission geworden ist. Ich kann mich einfach nicht daran gewöhnen.«

Alexej sah sie ruhig an. »Karen, wegen vorhin, ich hab das ernst gemeint. Dein Verhalten lässt uns alle schlecht aussehen. Und das gerade jetzt.«

Karen sah ihn an. Er hatte Recht. Sie wusste, dass er Recht hatte. Sie hatte sich unmöglich benommen.

»Es tut mir Leid. Aber ich habe mich so gefreut, David zu sehen. Das musst du doch verstehen. Roman ist doch auch schon so lange weg.«

Alexej war immer noch verärgert, hatte aber keine Lust mehr, die Diskussion fortzuführen. Deshalb warf er Karen mit gespieltem Ernst einen abgekauten Bleistift an den Kopf. »Lass mein Privatleben aus dem Spiel, wenn du eine Entschuldigung brauchst, okay? Ansonsten möchte ich das jetzt wirklich gern abbrechen.«

Alexej Storm war homosexuell und seit mehreren Jahren mit einem Musicaltänzer zusammen, den sein Beruf oft lange Zeit aus der Stadt führte. Er hatte aus dieser Beziehung nie ein Geheimnis gemacht, und daher grenzte es fast an ein Wunder, dass in einem homophoben Männerbund, wie es die Polizei noch in weiten Teilen war, niemand Notiz davon nahm, dass ein schwuler Kollege unter ihnen Dienst tat. Zum einen lag diese erstaunliche Tatsache wohl daran, dass Alexej mit seiner stattlichen Größe und den breiten Schultern nicht dem Stereotypen eines Schwulen entsprach, das die meisten Polizisten in ihrem Kopf hatten.

Ein ganzer Mann ist nicht homosexuell, nur die Zarten und Weichen, die Muttersöhnchen lassen sich von einem anderen Kerl begrapschen.

Zum anderen waren die meisten Kollegen aber einfach mehr oder weniger verhohlen der Meinung, dass Karen und Alexej miteinander schliefen und hatten sich so eine feste Meinung gebildet, die vermutlich nicht einmal zu erschüttern gewesen wäre, wenn Alexej öffentlich direkt vor dem Polizeipräsidium Roman das Jawort in einem weißen Tütü gegeben hätte.

Karen und Alexej waren sich indes darüber einig, dass man ihnen weitaus Schlimmeres hätte nachsagen können, als eine Beziehung miteinander zu haben.

10

Schlaf, mein Engel, schlaf.
Bald ist es vorbei.

11

»Es liegt keine Vermisstenanzeige vor, die auf das Opfer von heute Nacht passt«, informierte Marc Hagenberg Karen Martin und Alexej Storm.

»Wie kann das sein?« fragte Karen, während sie sich eine Zigarette anzündete. »Der Junge ist wahrscheinlich noch nicht einmal volljährig, da muss es doch jemandem auffallen, wenn er nicht nach Hause kommt. Hast du bundesweit nachgeforscht, Marc?«

Marc Hagenberg zog seine Augenbrauen hoch und machte ein beleidigtes Gesicht.

»Hauptkommissarin Martin, ich bin noch in der Ausbildung, schon klar, aber die ist in sechs Monaten zu Ende und ich weiß bereits, wie man die Datenbank benutzt. Ja, ich habe das ganze Land einbezogen, vielen Dank.«

Karen grinste. »Na klasse. Alexej du hast einen schlechten Einfluss auf unseren Herrn Hagenberg. Der wird schon genauso frech wie du.«

Dann wandte sie sich an ihren jungen Kollegen.

»Tut mir Leid, Marc. Du hast Recht. Ich hör mich schon fast an wie Konny Graf. Dieser Fall macht mich wirklich noch fertig.«

»Okay«, fügte sie hinzu, während sie aufstand, um sich frischen Kaffee zu holen, »ihr zwei fahrt in die Pathologie und sprecht mit Dr. Schröder. Ich werde sehen, ob Melanie Steiner Zeit für mich hat. Diesen Dr. Karsten kann man in der Pfeife rauchen und langsam brauchen wir wirklich ein Profil, mit dem man auch was anfangen kann.«

»Was machen wir mit dem Pressefritzen?« fragte Alexej seine Vorgesetzte.

»Ignorieren, schlag ich vor. Je mehr wir uns über dieses Schwein aufregen, desto schlimmer wird es vermutlich. Also los, Männer. Auf in den Kampf.«

12

»Gute Story, Alter, aber nicht ganz ungefährlich.«

Hartmut Peschel sah von seinem Computer auf. Ein Kollege aus der Lokalredaktion stand vor seinem Schreibtisch und hielt ihm seine eigene Schlagzeile entgegen. Nur der Name des Mannes wollte ihm nicht einfallen. Er musste dringend was trinken.

»Wie meinst du das?«

»Es ist nicht gut fürs Geschäft, wenn man es sich mit der Polizei verdirbt. Das nächste Mal, wenn wir Informationen brauchen, beißen wir bei der Martin bestimmt auf Granit. Das meine ich damit.«

»Du bist doch nur neidisch, dass dein Name nicht unter dem Artikel steht.« Peschel funkelte den Mann wütend an.

»Ach bin ich das? Hör zu, Hartmut, wir alle wissen, dass du Glück gehabt hast letzte Nacht. Du wohnst doch in am Tresen und wenn du lange genug in der Kneipe abhängst, die den Eltern von dem Typen der Kripo gehört, stolperst du auch irgendwann über die Kommissarin. Keine große Kunst, ihr dann die Kamera ins Gesicht zu halten.«

Peschel war bei den letzten Worten aufgestanden.

»Hör mal...«

»Nee, du hörst jetzt mal. Du bist ein versoffener Dreckskerl, der beim Chef schon längst auf der Abschussliste steht. Und du weißt das und jetzt versuchst du, deinen Arsch zu retten. Aber glaub mir, deine Tage hier sind gezählt. Spätestens, wenn dieser ganze Wahnsinn vorbei ist, bist du draußen.«

Mit diesen Worten knallte er Hartmut Peschel die Ausgabe des *Morgenkurier* auf den Schreibtisch und verließ sein Büro.

Peschel kochte vor Wut. Er knallte seine Bürotür zu und drehte den Schlüssel um. Dann eilte er an seinen Schreibtisch und zog aus einer Schublade eine Flasche billigen Whiskey. Hastig öffnete er den Verschluss und nahm einen tiefen Schluck und dann noch einen.

»Dir werde ich es zeigen«, flüsterte er. »Euch allen werde ich es zeigen. Ich bin noch lange nicht weg vom Fenster. Noch lange nicht.«

13

Die Praxis von Dr. Melanie Steiner lag in einem der besten Viertel der Stadt. Aus dem Empfangsraum hatte man einen traumhaften Blick über den Innenfluss, der jetzt durch die lange Kälte mit großen, träge dahin treibenden Eisschollen bedeckt war.

Während Karen Martin in Gedanken versunken aus dem Fenster sah, öffnete sich hinter ihr leise eine der hohen Türen.

Dr. Melanie Steiner hatte vom ersten Moment an eine tiefe Zuneigung für Karen empfunden.

Im Gegensatz zu vielen anderen Menschen sah sie die tiefe innere Zerrissenheit, die sie mit sich herumtrug. Beide hatten in der Vergangenheit gelegentlich beruflich miteinander zu tun gehabt und Melanie Steiner wusste, dass sich auch Karen eines Tages ihren Dämonen würde stellen müssen.

»Hauptkommissarin Martin«, sprach sie Karen jetzt an, »wie schön, Sie zu sehen. Womit kann ich Ihnen helfen?«

Karen drehte sich um und wandte sich der Psychologin zu. Dr. Steiner war hoch gewachsen und hatte flachsblondes Haar, das sich mit einer großen Spange am Hinterkopf gebändigt hatte. Sie hatte einen sehr hellen Teint und ruhige braune Augen. Ihre ganze Erscheinung gab nicht nur ihren Patienten, sondern allen Menschen, die mit ihr zu tun hatten, das Gefühl, ernst genommen zu werden.

»Hallo, Dr. Steiner.« Karen ging ein paar Schritte auf die Ärztin zu und gab ihr die Hand.

»Leider ist dies kein Freundschaftsbesuch. Wir haben eine dritte Leiche. Der Junge ist vermutlich noch keine achtzehn und als er gefunden wurde, hat er sogar noch gelebt.«

Melanie Steiner schloss kurz die Augen, als wollte sie sich vor dem Elend und der Grausamkeit der Welt verschließen und bat Karen dann in ihr Arbeitszimmer.

»Bitte, nehmen Sie Platz«, forderte sie Karen auf und setzte sich selbst hinter ihren Schreibtisch.

»Ich will Ihnen nichts vormachen«, begann Karen das Gespräch, »ich bin inoffiziell hier. Mein Chef hat seinen eigenen Stammpsychologen und ist für eine zweite Meinung nicht offen. Ich kann Ihnen also kein Honorar anbieten. Aber ich brauche Ihre Hilfe.«

»Wer ist denn der Haus-und-Hof-Berater?«

»Dr. Ulrich Karsten.«

Melanie Steiner zog scharf die Luft ein und grinste dann über das ganze Gesicht.

»Himmel, ja, dann haben Sie tatsächlich ein Problem.«

»Sie kennen Dr. Karsten?«

»Das kann man so sagen. Wir haben zusammen studiert, oder besser, ich war dabei, als er sich von Semester zu Semester gemogelt hat. Seine Familie hat Geld, müssen Sie wissen. Viel Geld. Ein Teil des Neubaus links des alten Vorlesungsbaus ist von seiner Familie gesponsert worden. Universitäten haben kein Geld, und da werden solche edlen Spenden gern angenommen. Wen stört es da schon, wenn die unausgesprochene Bedingung lautet, den einzigen Sohn der Familie nicht als völligen Versager zu entlarven. Und so ist es Karsten gelungen, einen guten Abschluss hinzulegen, obwohl er meiner Meinung nach über keinerlei Fähigkeiten verfügt, die ihn dazu berechtigen, sich als Psychologe zu bezeichnen. Es wundert mich nicht, dass er sich lieber mit zweifelhaften Gutachten und Täterprofilen beschäftigt, als eine Praxis zu führen. Patienten wäre er wirklich nicht gewachsen.«

»Der Mann ist überhaupt nichts gewachsen, wenn Sie mich fragen«, antwortete Karen. »Aber es ist nichts auszurichten gegen ihn, er wird immer noch protegiert. Aber ich brauche ein Profil, das mir hilft, den Täter einzukreisen. Dr. Steiner, wir tappen wirklich vollkommen im Dunkeln. Es gibt keinerlei Spuren, dass einzige, was wir sicher wissen, ist, dass die Abstände zwischen den Morden kürzer werden.«

»Das kann ich mir denken. Das ist eine typische Verhaltensweise bei Serienmördern.«

»Werden Sie mir helfen? Ich weiß, Sie haben viel zu tun.«

»Ich bitte Sie«, unterbrach sie Melanie Steiner, »selbstverständlich helfe ich Ihnen. Es ist nicht nur so, dass ich ethisch dazu verpflichtet bin, ich werde diesem Killer auf keinen Fall dadurch Unterstützung verschaffen, indem ich Ihnen meine Hilfe verweigere. Ich habe heute Morgen keine Patienten, ich wollte ein paar Zwischenberichte schreiben, aber die können ebenso gut warten. Also, bitte, erzählen Sie mir, was Sie haben.«

Karen Martin atmete erleichtert aus und bückte sich, um aus ihrer schwarzen Umhängetasche einige mitgebrachte Unterlagen und Fotos zu ziehen, die sie der Psychologin zeigen wollte.

»Möchten Sie vielleicht einen Kaffee?« fragte Dr. Steiner, während Karen auf ihrem Schoß noch ein paar lose Blätter sortierte.

Karen sah auf und lächelte dankbar. »Sehr gern, Dr. Steiner. Vielen Dank.«

Alexej Storm und Marc Hagenberg kamen im dichten Stadtverkehr nur langsam voran. Waren die Straßen auch schon bei gutem Wetter fast ständig verstopft, herrschte bei Schnee und Eis auch in minderer Ausprägung grundsätzlich ein nahezu apokalyptischer Ausnahmezustand, als würde die Nähe zum Meer die Bewohner der Stadt unfähig machen, mit Wasser in einem anderen Aggregatzustand als dem flüssigen umzugehen.

Alexej ließ sich durch das Nerven zerrende Anfahren und wieder Abbremsen jedoch nicht aus der Ruhe bringen. Während Karen beim Autofahren zu massiven Fluchattacken neigte, betrachtete Alexej das Chaos auf den Straßen als nicht der Mühe einer Gefühlsregung wert.

Marc Hagenberg saß neben ihm und sah gedankenverloren aus dem Fenster. Er hatte vor ein paar Minuten einen Anruf von seinem Vater erhalten, der sich darüber informieren wollte, ob sein Herr Sohn denn auch daran denken würde, am Sonntag zum obligatorisch einmal im Monat stattfindenden Familienessen zu erscheinen.

Nebenbei hatte Curt Hagenberg es aber auch dieses Mal nicht lassen können, Marc darauf hinzuweisen, dass die Arbeitszeiten eines Polizisten seiner Meinung nach äußerst familienfeindlich waren und die Bezahlung sowieso ein Witz und wann er es endlich einsehen würde, dass er die falsche Wahl getroffen hatte.

Marcs Vater hatte nicht gewollt, dass sein Sohn Polizist wurde. Selbst ein erfolgreicher Anwalt für Wirtschaftsrecht, hatte er für seinen einzigen Sohn andere Pläne gehabt. Seiner Ansicht nach hätte Marc ebenfalls Jura studieren sollen, um anschließend in die Kanzlei seines Vaters einzusteigen und diese zu gegebener Zeit zu übernehmen und so die Tradition der Familie fortzusetzen.

Dass Curt Hagenberg auch noch eine Tochter hatte, die auf dem besten Wege war, eine brillante Juristin zu werden, übersah er gern geflissentlich.

Marcs Berufswahl hatte zu erbitterten Streitigkeiten zwischen Vater und Sohn geführt und obwohl sich seine Ausbildung langsam dem Ende näherte, hoffte der alte Herr immer noch, Marc die Flausen schon noch auszutreiben, damit sich am Ende doch alles so fügte, wie er es sich vorstellte. Er wurde aus seinen Grübeleien gerissen, als Alexej den Wagen abstellte.

Marc Hagenberg stieg aus und folgte seinem Vorgesetzten in die Pathologie.

Dr. Schröder empfing sie in seinem mit Büchern, Unterlagen und dubiosen Papieren vollgestopften Raum. Der Gerichtsmediziner hielt nichts davon, mit den ermittelnden Beamten direkt in seinem Seziersaal zu sprechen, während alle Beteiligten um die Leiche herumstanden und sich unwohl fühlten.

Ein im Gesicht langsam grün werdender Polizist, der dann plötzlich überstürzt aus dem Raum rannte, um sich im nächst besten Papierkorb zu erbrechen, gehörte in Dr. Schröders Augen in die Witzabteilung schlechter Vorabendkrimis.

»Kommen Sie rein, kommen Sie rein«, grantelte er, nachdem seine Sekretärin Alexej und Marc Hagenberg angemeldet hatte.

Die beiden Beamten nahmen gegenüber des Pathologen am Schreibtisch Platz und warteten, bis Dr. Schröder das Wort an sie richtete. Es war ein reiner Erfahrungswert, dass es nichts nutzte, ihn mit Fragen zu bombardieren, dadurch erhielten sie ihre Informationen auch nicht schneller. Es führte nur dazu, dass Dr. Schröder schlechte Laune bekam und seinem beißenden Zynismus freien Lauf ließ. Der Gerichtsmediziner war einer der besten seiner Zunft und im In- und Ausland als eine Kapazität anerkannt. Menschlich jedoch war er schwierig und so hatte man zu warten, bis seine Heiligkeit sich zu einer Auskunft herabließ.

Dr. Schröder wandte sich jetzt Alexej zu.

»Das Opfer von heute Nacht ist höchstens achtzehn Jahre alt. Etwas mager, aber sonst körperlich in einem ganz guten Zustand, wenn man davon absieht, dass ihn jemand betäubt und kastriert hat und danach verbluten ließ. Der Junge hat hervorragende Zähne, dies, und der Umstand, dass wir keinerlei Drogen in seinem Körper nachweisen konnten, lässt mich zu dem Schluss kommen, dass es sich nicht um einen verwahrlosten Junkie handelt. Allerdings habe ich Spermaspuren, Analverletzungen und andere Hinweise darauf gefunden, dass der Junge regelmäßig Sex mit Männern hatte. Ein Stricher, nehme ich an. Genaueres teile ich Ihnen mit, wenn die Ergebnisse aus dem Labor eingetroffen sind.

Die Todesursache ist dieselbe wie bei unserem zweiten Opfer. Zuerst wurde er betäubt, dann in den Park getragen, entkleidet und kastriert. An den Folgen dieser Verletzung ist er gestorben. Gespürt hat er davon meines Erachtens nichts. Das abgetrennte Genital wurde mit einem scharfen, glatten Gegenstand abgeschnitten, ein Messer, ein Skalpell oder so etwas in der Art. Bringen Sie mir die Tatwaffe, und ich sage ihnen, ob sie das Richtige haben.«

Dr. Schröder rückte seine Brille zurecht.

»Im Unterschied zu den beiden anderen Opfern befand sich kein Alkohol im Körper des Jungen. Dafür hatte er neben dem Betäubungsmittel ein starkes Schlafmittel im

Blut, dass ihm oral zugeführt wurde. Da in seinem Magen nur Kaffee war, den er kurz vor seinem Tod getrunken haben muss, gehe ich davon aus, dass er so die Barbiturate zu sich genommen hat.« Dr. Schröder machte eine Pause und nahm seine Brille ab.

»Wenn Sie mich fragen, hat der Täter darauf zurückgegriffen, weil das Opfer nicht schon betrunken genug war, um ihm die Spritze verpassen. Zwar wirkt die Narkose in ein paar Sekunden, aber sie müssen trotzdem erstmal den richtigen Moment erwischen. Und wer bleibt schon ruhig sitzen, wenn ein wildfremder Mensch mit einer Injektionsnadel hantiert?

Das Narkosemittel sorgt zudem dafür, dass sich der Blutdruck und der Puls beschleunigen.

Das wiederum führt dazu, dass der Blutverlust nach der Kastration noch heftiger ist, als es ohnehin der Fall wäre. Das Herz pumpt das Blut sozusagen wie unter Hochdruck aus dem Körper. Praktisch, wenn man möchte, dass jemand schnell und unkompliziert verblutet. Mehr kann ich Ihnen nicht sagen. Die Identität des Jungen lässt sich anhand der aufgefundenen Kleidungsstücke nicht feststellen.«

Dr. Schröder ordnete die einzelnen Berichtseiten, legte ein paar Fotos des toten Jungen dazu, bündelte die Unterlagen in einem giftgrünen Ordner und händigte ihn Alexej aus.

»Sehen Sie zu, dass Sie den Schweinehund bald kriegen. Als meine Assistentin die Leiche des Jungen gesehen hat, hat sie gesagt, er sähe so friedlich aus. Als würde er nur schlafen. Wie ein Engel.«

14

Dr. Steiner hatte die verschiedenen Berichte der bisherigen drei Mordfälle aufmerksam und sorgfältig studiert. Jetzt wandte sie sich wieder Karen Martin zu.

»Sie haben es mit einem Verrückten zu tun«, bemerkte sie, »so viel ist sicher. Obwohl es mir als Psychologin eigentlich nicht zusteht, derart reduzierte Begriffe zu verwenden. Der Mörder tötet nicht aus Lust, er will etwas mitteilen und er ist der Überzeugung, dass er seine Botschaft nur auf diese Weise klarmachen kann.«

Melanie Steiner stand auf und begann, im Raum auf und ab zu gehen. Karen verhielt sich ruhig, um die Konzentration der Ärztin nicht zu stören.

»Er tötet ausnahmslos Männer. Junge, gut aussehende Männer. Durch die Entfernung der äußeren Genitalien soll etwas verändert werden, das er nicht für vollkommen hält. Serienmörder, die ihre Opfer lebendig verstümmeln, wollen es quälen, sie erhalten ihre Befriedigung aus der Angst und dem Schmerz und haben sich meistens über Jahre an die eigentliche Tat herangetastet. Am Ende wird aus einer bloßen Gewaltphantasie eine bis ins Detail verfeinerte sadistische Inszenierung, die das Opfer entmenschlicht. Der Täter sieht in seinem Opfer kein menschliches Wesen mehr, sondern nur noch ein Objekt zur Befriedigung seiner Lust und seiner Triebe. Somit fehlt ihm bei den Taten jegliche Empathie, jegliches Mitgefühl. Der Mörder braucht diesen Kick immer und immer wieder, sein Vorgehen kann dabei so raffiniert sein, dass er jahrelang, in manchen Fällen sogar jahrzehntelang, töten kann, ohne erwischt zu werden. Dies trifft auch auf ihren Täter zu. Wenn Sie ihn nicht festnageln, wird er weiter morden. Allerdings geht es in diesem Fall nicht um Erniedrigung, wie man auf den ersten Blick meinen könnte, weil die Opfer kastriert werden. Im Gegenteil. Die Opfer werden sehr zärtlich behandelt, Sie entschuldigen diesen Ausdruck, Hauptkommissarin Martin, aber mir fällt kein anderer Begriff ein, der dem Vorgehen des Täters sonst gerecht werden könnte.

Bis auf das erste Opfer werden die Männer vor der eigentlichen Tat betäubt, danach bedeckt er die Wunde mit einem weißen Tuch, als könnte er es selbst nicht mit ansehen. Weiß. Die Farbe der Unschuld. Der Reinheit.«

Dr. Steiner blieb am Fenster stehen und sah in ihren Betrachtungen versunken hinaus auf die vereiste Stadt.

Karen Martin war überrascht, wie sehr sich die Gedankengänge Dr. Steiners mit den ihren glichen.

Ein zärtlicher Mörder. Eine verschlüsselte Botschaft. Gott, es schien so einfach zu sein. Aber sie kam nicht hinter das Geheimnis.

Als sie bemerkte, wie ihre Überlegungen sich erneut anschickten, sich ohne erkennbares Ziel im Kreis zu drehen, wanderten ihre Gedanken erneut zu David. Sie wusste, dass sie sich äußerst unprofessionell verhielt, aber sie konnte nichts dagegen tun. Sobald ihre Aufmerksamkeit nicht mehr von ihrer Arbeit in Anspruch genommen wurde, geriet sie ins Träumen.

In diesem Moment durchströmte Karen ein so unbeschreibliches Glücksgefühl, dass sie fürchtete, man könnte ihren Herzschlag bis in den Nebenraum schlagen hören. Ihr Verstand wusste, dass das, was sie empfand, weder von Dauer noch gesund sein konnte. Aber diese Erkenntnis half ihr nicht, ihre Gefühle in Zaum zu halten. Jeder Moment, den sie mit ihm verbrachte, machte sie über alle Maßen glücklich. Gedanken an David lösten in ihr heiße, alles rationale Denken verschlingende Gefühle aus, die sich jeder distanzierten Betrachtungsweise widersetzten.

Vielleicht ist es gar keine Liebe, hörte sie Alexej in ihrem Kopf fragen. Menschen verwechseln Sex mit Liebe, Abhängigkeit mit Liebe, Unzufriedenheit und Bedürftigkeit mit Liebe. Du sagst, du schläfst so gern mit ihm.

Nein, konterte Karen wiederholt in ihrem geistigen Gefecht, ich habe gesagt, dass meine Zerrissenheit verschwindet, wenn wir zusammen schlafen. Nichts ist dann mehr von Bedeutung.

Es ist ein fast überirdisches Erlebnis.

So sollte es immer sein, beharrte sie auch jetzt. Wer es so nicht erlebt, hat nie geliebt. Ich weiß, was es bedeutet, wirklich zu lieben, den einzigen Menschen auf der Welt getroffen zu haben, der zu mir passt. Mit dem jeder einzelne Moment ein Fest ist, jeder Kuss eine Offenbarung, jede Berührung ein flüchtiges Erblicken der für immer verloren geglaubten Tür zum Paradies.

Spätestens an dieser Stelle ihres Vortrages schwiegen ihre jeweiligen Zuhörer stets. Ergriffen von der Inbrunst, mit der sie ihre Liebe verteidigte, und peinlich berührt von der offensichtlichen eigenen Unfähigkeit, diese emotionalen Höhen zu erklimmen.

Einzig Alexej ließ sich von Karen nicht in die Irre führen. Er kannte sie zu gut und war fest davon überzeugt, dass sie sich etwas vormachte. Alexej war David nur ein- oder zweimal begegnet und hatte sich sein eigenes Bild über die große Liebe seiner Freundin gemacht. Sicher, er war ein bildhübscher junger Mann, klug, charmant und unterhaltsam. Aber er war auch unentschlossen, ein Blatt im Wind und durch seine eigene Undefiniertheit zuweilen grausam gegenüber seiner Umwelt. Und diese Rücksichts- losigkeit schloss sein Verhalten gegenüber Karen nicht nur ein, es traf gerade sie ganz besonders hart. Denn Karen hatte David in seinem Innersten erkannt. So weit stimmte auch Alexej ihr zu.

David konnte ihr nichts vormachen. Sie wusste, wie sehr er unter seiner Vergangenheit litt und wie sehr ihm diese schmerzhaften Erfahrungen auch heute noch einen entspannten Weg in die Zukunft verbauten. Und aus diesem Grund brauchte er Karen. David Behrendt war ein Adoptivkind.

Als seine Adoptiveltern ihn an seinem sechzehnten Geburtstag erzählt hatten, dass seine leiblichen Eltern ihn mit drei Jahren weggegeben hatten, war in David eine Welt zerbrochen. Bis heute weigerte er sich, den Kontakt zu seinen wirklichen Eltern zu suchen.

»Sie wollten mich nicht und jetzt will ich sie nicht«, pflegte er standhaft zu behaupten.

Karen hatte am Anfang ihrer Beziehung versucht, ihn davon zu überzeugen, dass die Traurigkeit, die er immer wieder in heftigen Schüben empfand, daraus resultierte, dass er sich weigerte, das Loch in seiner Seele zu akzeptieren, aber sie hatte schnell begriffen, dass nicht einmal sie mit David über diesen Punkt vernünftig reden konnte.

»Ich habe kein Loch, Karen. Es ist alles in Ordnung. Meine Eltern sind die, die ich mein ganzes Leben lang dafür gehalten habe. Sie lieben mich, und ich liebe sie. Mehr muss ich nicht wissen. Und jetzt Schluss damit. Quatsch du mich nicht auch noch damit voll. Ich habe wirklich genug darüber geredet. Warum glaubt mir eigentlich keiner, dass ich okay bin, verdammt noch mal?«

Karen hatte sein Verhalten akzeptiert und das Thema nie wieder angesprochen. Sie half ihm auf ihre Art. Sie gab David den lang ersehnten Spiegel seiner selbst, in ihren Augen konnte er sich selbst erkennen. Nach diesem Gefühl war er süchtig. Aber es machte ihm auch Angst. Und deshalb verließ er sie immer wieder. David und Karen waren wie die so tragisch besungenen Königskinder, die nicht zueinander finden konnten. Aber sie konnten auch nicht ohne einander leben und nach Alexejs Einschätzung war dieser Zustand weit entfernt von Liebe.

Hier trafen zwei verlassene Kinder aufeinander, die sich körperlich magisch anzogen, die sich geistig ergänzten und trotzdem unfähig waren, sich außerhalb ihres Paradieses auch nur eine Stunde gegenseitig auszuhalten. In einer Welt, in der es Aufgaben gab, die zu erledigen waren, Wege, die es zu beschreiten galt, und Widrigkeiten, denen zu trotzen man bereit sein musste, konnten David und Karen nicht bestehen. Wenn die Tür des Gartens Eden zufiel und die Wirklichkeit sie unbarmherzig umschloss, scheiterten sie. Plötzlich gab es Schuldgefühle, Eifersucht, Angst, Unterstellungen.

Karen war bereit, sich diesen Drachen zu stellen, aber für David waren diese Momente immer wieder Anlass zu gehen.

Nur war Karen Martin Argumenten dieser Art nicht zugänglich. Sie sehnte sich so sehr nach dem Teil, der sie ihren eigenen Mangel vergessen ließ, dass sie bereit war, den verzehrenden Brand, der in ihrem Inneren wütete, mit Benzin zu löschen.

Die Stimme der Psychologin riss Karen Martin so plötzlich aus ihren Tagträumereien, dass sie sich unwillkürlich an die zerplatzenden Gedankenblasen unsanft gestörter Zeichentrickhelden erinnert fühlte.

»Wir müssen uns also fragen, was der Mörder anstrebt, welches Ziel er verfolgt und was ihn antreibt. Sie haben es meiner Meinung nach richtig erkannt, wenn Sie sagen, dass er nicht aufhören wird zu töten, bis er geschnappt wird.

Dafür sind die Inszenierungen zu ausgefeilt. Er findet Gefallen an dem, was er tut. Mit jedem Mal mehr. Also wird er es immer wieder tun.«

Melanie Steiner setzte sich wieder an ihren Schreibtisch.

»Der Täter, den Sie suchen, ist unauffällig. Er geht einem Beruf nach, der es ihm erlaubt, nachts lange unterwegs zu sein. Er ist intelligent, fühlt sich vom Leben benachteiligt, weil er vermutlich meint, er hätte etwas Besseres verdient. Er lebt in einer Traumwelt, in der er die Hauptperson ist und die Geschicke der anderen Menschen steuert. Er lebt allein, da er vermutlich nicht in der Lage ist, im wirklichen Leben eine Beziehung zu einem anderen Menschen aufzubauen. Ich nehme an, ihr Täter ist über dreißig, eine Tat mit einer derartigen Verstümmelung ist eher untypisch für einen jüngeren Menschen. Was also war der Auslöser?

Ihr Täter, Hauptkommissarin Martin, handelt aus einem inneren Druck heraus, der sich sicher über eine sehr lange Zeit aufgebaut hat und sich jetzt aus irgendeinem Grund nicht mehr anders bewältigen lässt als durch die Ermordung und Verstümmelung junger Männer.«

Die Psychologin griff nach ihrer Tasse. Der darin befindliche Kaffee war mittlerweile nur noch lauwarm, aber die Psychologin trank, ohne mit der Wimper zu zucken. Sie war es gewohnt, sich durch ihre Patienten und den damit verbundenen Ausarbeitungen und Analysen derart ablenken zu lassen, dass sie es gelassen ertrug, vermutlich in naher Zukunft an einem Magengeschwür zu erkranken.

»Was kann diesen Tötungsimpuls ausgelöst haben?« fragte Karen Martin.

»Nun, das kann verschiedene Gründe haben. Die Wurzeln dieses Handelns können weit in die Vergangenheit reichen. Sehen Sie, kein Mensch wird von einem Tag auf den anderen zum Mörder. Jedenfalls nicht zum Serienmörder.«

Dr. Steiner zog drei großformatige Farbfotos aus dem Stapel Papiere, der sich vor ihr auf dem Schreibtisch türmte. Sie drehte sie so, dass Karen Martin sie richtig herum betrachten konnte.

»Sehen Sie«, fuhr die Psychologin fort, »wie schön sie sind? Nicht nur, weil es sich um ausgesprochen attraktive Männer handelt, sondern gerade, weil sie auf diese Weise in Szene gesetzt wurden. Der Mörder lässt sie ausbluten. Dadurch erscheint ihre Haut unnatürlich weiß.

Die Gesichter sind durch die starke Betäubung entspannt und friedlich. Fast sehen sie aus, als würden sie schlafen. Die Glieder sind in keiner Weise obszön gespreizt oder verrenkt. Im Gegenteil.

Sie sind anmutig angewinkelt, der Kopf liegt in der linken Armbeuge. Dazu das weiße Tuch, das die blutende Wunde bedeckt. Dieses Blut bringt als einziges Element Farbe ins Bild. Alles andere ist blass, grau, schwarz oder weiß.«

»Sie sehen aus wie Engel«, flüsterte Karen Martin wie zu sich selbst.

Da war der Gedanke wieder, der vorhin in ihrem Kopf aufgeblitzt war.

»Was haben Sie gesagt?«

»Wie Engel«, wiederholte Karen und sah der Psychologin in die Augen.

»Unschuldig, geheimnisvoll und wunderschön.«

Als Karen Martin ins Präsidium zurückkehrte, war sie immer noch in Gedanken versunken.

Sie wunderte sich über sich selbst. Es war ihr vor den Ausführungen der Psychologin tatsächlich nicht ernsthaft in den Sinn gekommen, dass es sich bei dem Mörder der jungen Männer um eine Frau handeln könnte.

Blind bin ich gewesen, dachte sie. Genauso blind wie die anderen, denen ich immer vorwerfe, nicht alle Möglichkeiten in Betracht zu ziehen.

Trotz dieser Überlegungen beschloss sie, ihre neuen Erkenntnisse vorerst nur Alexej mitzuteilen.

Sie wollte nicht riskieren, dass die gesamte Polizei inklusive Öffentlichkeit und Medien von einer Art Hexenjagd erfasst wurden.

Sie betrat ihr Büro und fand Alexej an seinem Schreibtisch vor. Er brüllte gerade ins Telefon, dass man hätte meinen können, das gesamte Gebäude erzittere unter seiner Stimme.

»Nein, Sie können nicht schreiben, dass der Mörder uns an der Nase herumführt. Hören Sie...«

Alexej schnappte nach Luft.

»Alles, worum ich Sie bitte, ach was, ich bitte Sie nicht, ich fordere Sie auf, das Foto des dritten Opfers zu veröffentlichen, damit sich jemand melden kann, der den Jungen kennt. Ist das zuviel verlangt? Dann werde ich das gern an höherer Stelle zur Sprache bringen. Mal sehen, was Ihr Chefredakteur davon hält, dass Sie die Polizei daran hindern, ihre Arbeit zu tun.«

Während er Karen ansah und dabei die Augen verdrehte, lauschte er angespannt in den Hörer.

»Ja, ich verlasse mich darauf. Und wenn ich morgen auch nur einen Satz lese, den ich nicht gesagt habe, wird das Konsequenzen haben. Die Sache sollte selbst Ihnen zu wichtig sein, als das alles, woran Sie denken können, eine auflagenträchtige Schlagzeile ist.«

Mit diesen Worten knallte er den Hörer auf und schnaufte hörbar durch.

»Alexej, lass die Jungs von der Presse leben. Wir brauchen sie noch.«

»Ach, ist doch wahr. Drehen einem das Wort im Mund um, unterbrechen, hören nur die Hälfte und wollen immer genau das schreiben, was am wenigsten der Wahrheit entspricht. Ich geh dabei an die Decke. Als wenn das alles nicht schon schwierig genug wäre.«

Karen setzte sich Alexej gegenüber an ihren Schreibtisch.

»Okay, jetzt hol mal tief Luft und erzähl mir, was Dr. Schröder herausgefunden hat.«

Alexej setzte Karen schnell über die bisher noch ungeklärte Identität ihres letzten Opfers ins Bild und teilte ihr mit, dass in der morgigen Ausgabe der größten Tageszeitung der Stadt ein Foto des toten Jungen erscheinen würde, in der Hoffnung, es würde dann jemandem auffallen, dass ein ungefähr siebzehnjähriges Kind nicht nach Hause gekommen war.

»Dr. Schröder ist der Ansicht, dass unser Unbekannter auf den Strich gegangen ist. Er hatte häufig Verkehr und war ein wenig unterernährt und ungepflegt.«

»Ein Stricher? Na, das hat uns ja gerade noch gefehlt.«

Karen konnte sich lebhaft vorstellen, mit welcher Wonne sich die Presse auf dieses Detail stürzen würde, wenn es ihnen nicht gelang, die Informationssperre aufrecht zu erhalten.

»Okay, wir behalten das erstmal für uns, Alexej. Kein Wort zu niemandem, außer zu Marc. Ich will nicht, dass uns der Fall vollends um die Ohren fliegt, weil Konny Graf irgendwelche sinnlosen Razzien in den einschlägigen Lokalen durchführt. Es würde ihm sicherlich Freude bereiten.«

Karen verzog das Gesicht zu einer Grimasse.

»Schließlich verteufelt er alles, was nicht bürgerlich, konservativ und sauber ist, aber sein geliebter blinder Aktionismus würde uns die Arbeit noch mehr erschweren und den Mörder womöglich derart verschrecken, dass er seine Vorgehensweise ändert, vielleicht sogar die Stadt verlässt und wir weniger haben als ohnehin schon.«

»Du hältst mich heute aber wirklich für blöd, oder?«

Karen sah Alexej verständnislos an.

»Bitte? Was ist denn jetzt los?«

»Also, ehrlich, Karen. Du erklärst mir gerade unsere Arbeit. Ich bin zwar noch kein Hauptkommissar, aber ich kann auch schon lesen und zählen. Glaubst du, ich weiß nicht, was passiert, wenn Graf Amok läuft? Oder die Presse? Du behandelst mich wie einen Schuljungen.

Das passt mir nicht. Komm mal wieder zu dir. Vielleicht solltest du mal schlafen. Manchmal hilft das.«

Alexej sah sie verärgert an. Karen schluckte. Er hatte Recht. Sie war zu weit gegangen.

»Sorry, Alexej. Das war blöd. Aber jetzt schmoll hier nicht rum, okay? Verzeih deiner geliebten Kollegin und lass uns weitermachen.«

»Aber nur unter Vorbehalt. Wenn du weiter so allwissend oberklug daherkommst, nenne ich dich in Zukunft nur noch Konny Martin. Auch in der Öffentlichkeit.«

Sie grinsten sich an. Dann berichtete Karen ihm von ihrem Gespräch mit Dr. Steiner.

»Deine Super-Psychologin in allen Ehren, Karen, aber so wirklich neu ist das jetzt auch nicht, oder?.«

»Nein, du hast Recht. Auf den ersten Blick nicht. Aber ich weiß, dass der Auslöser für den ersten Mord der Schlüssel zur Lösung ist. Ach was, komm, lass uns für heute Schluss machen. Morgen sehen wir hoffentlich klarer.«

»Gehen wir noch was essen?« fragte Alexej, während er seinen kurzen schwarzen Wollmantel vom Haken der Garderobe nahm.

»Nein, heute nicht«, erwiderte Karen, »irgendwann muss selbst ich mal schlafen. Hast du ja gerade selbst so treffend festgestellt.«

Sie lächelte ihren Freund breit und etwas verlegen an. Bei aller Gefühlsverwirrung war Karen sich darüber klar, dass ihr Verhalten am heutigen Tag selbstverständlich indiskutabel gewesen war.

»Ich hole mir auf dem Weg was vom Thailänder und dann hau ich mich ins Bett.«

»Braves Mädchen. Erhol dich gut. Wir sehen uns morgen.«

15

Siehst du, jetzt ist doch gleich viel besser.
Das Messer fuhr leicht durch die blasse Haut des bewusstlosen Jungen.
Das brauchst du jetzt nicht mehr. Jetzt bist du schön.

Das viele Blut störte jedes Mal.

16

Karen fuhr durch die kalte und dunkle Stadt. Sie sah die Lichter der Straßenbeleuchtung und nahm aus den

Augenwinkeln die die Straßen entlang hastenden Menschen wahr. Sie fühlte sich, als hätte sie eine unsichtbare, aber wohl wollende Hand in Watte gepackt.

Nichts drang wirklich zu ihr durch. Ihre Gedanken stahlen sich immer wieder zu den Stunden der letzten Nacht, ganz gleich, wie sehr sie auch versuchte, sich auf den Straßenverkehr zu konzentrieren. Sie konnte Davids Berührungen spüren, fühlte seine Küsse auf ihrer Haut. Während sie versonnen vor sich hin lächelte, ertappte sie sich an einer roten Ampel dabei, wie sie tief und lustvoll seufzte. Gewaltsam riss sie sich von ihren angenehmen und doch quälenden Gedanken los. Sie wusste nicht, wann sie David wiedersehen würde. Karen überlegte, ihn spontan anzurufen und zum Essen einzuladen. Warum nicht, dachte sie. Es war so schön letzte Nacht. Wir könnten in das kleine italienische Restaurant gehen und danach zu mir.

Bevor ihr Verstand auch nur in der Lage war, gegen ihre Träume Protest einzulegen, hatte sie bereits ihr Handy in der Hand und wählte Davids eingespeicherte Nummer. Nervös lauschte sie dem Klingeln am anderen Ende. Plötzlich wünschte sie sich, er wäre nicht da. Ihr Herz schlug ihr bis zum Hals und sie bekam feuchte Hände.

Oh Gott, jagte es durch ihren Kopf, ich werde noch verrückt. Was zum Teufel soll das alles? Ich meine, ich bin erwachsen, ich bin im Job so tough, aber bei ihm drehe ich durch. Ich benehme mich schlimmer als ein Teenager. Ich bin hilflos, musste sie sich nicht zum ersten Mal eingestehen. Völlig am Ende. Ob das jemals wieder besser werden würde?

»Ja?« meldete sich eine Stimme am anderen Ende der Leitung.

Und obwohl Karen selbst den Anruf getätigt hatte, erschrak sie so, dass sie ihr Mobiltelefon beinahe hätte fallen lassen.

»David?« fragte sie und hoffte, man würde ihr nicht anhören, wie durcheinander sie war.

»Ja«, hörte sie erneut. »Wer ist denn da?«

»Ich bin es, Karen. Ich wusste nicht, ob du am Apparat bist oder dein Mitbewohner. Ich kann eure Stimmen nicht auseinander halten.«

David lachte. »Wenn jemand nur ja sagt, bin ich es. Moritz meldet sich immer korrekt mit Vor- und Nachnamen. Und außerdem ist er gerade gar nicht da. Er macht ein Praktikum auf Hawaii. Kommt erst in ein paar Monaten zurück. Keine schlechte Idee im Winter. Vielleicht hätte ich auch Meeresbiologie studieren sollen. Die machen wirklich coole Exkursionen.«

»Gut, ich werde es mir merken. Sag mal«, fuhr sie hastig fort, als hätte sie die Hoffnung, seine Zusage, sich mir ihr zu treffen, würde umso wahrscheinlicher kommen, je schneller sie ihren Vorschlag formulieren konnte.

»Hast du jetzt was vor?«

»Nein«, antwortete er, »warum?«

»Naja, ich komme gerade vom Dienst und habe einen Bärenhunger. Und da dachte ich, wir könnten vielleicht zusammen was essen gehen. Zu dem Italiener bei mir um die Ecke, wo es diese riesigen Pizzen gibt, weißt du, ich habe dir davon erzählt.«

»Die, die immer über den Teller hängen und dafür sorgen, dass der Tisch hinterher aussieht wie nach einem Massaker, weil sich die Soße gleichmäßig in alle Richtungen verteilt?«

»Genau der. Danach steht mir jetzt der Sinn. Was ist, hast du Lust? Hunger hast du doch bestimmt«, grinste Karen, »du hast immer Hunger.« Sie konnte durch ihr Telefon spüren, dass David lächelte. Ihr wurde warm. Sie liebte diesen Mann. Diesen furchtbar jungen Mann. Daran war nichts zu ändern. Wahnsinn hin oder her.

»Warum nicht«, hörte sie ihn sagen, »willst du jetzt gleich essen?«

»Ja, am besten. Willst du direkt hinkommen oder soll ich dich abholen?«

»Nein, du brauchst mich nicht abzuholen. Ich spring gleich in die U-Bahn und treffe dich dann da.«

»Okay, bis gleich. Ich freu mich.«

Karen legte ihr Telefon auf den Beifahrersitz und betrachtete sich im Rückspiegel. Sie sah, wie ihre Augen leuchteten. Müdigkeit und Erschöpfung waren wie weggeblasen. Sie stellte das Radio an und suchte sich einen schönen Song zum Mitsingen. Dann drehte sie die

Lautstärke auf und fuhr herzhaft und falsch singend durch die Straßen. Als sie ihren Wagen geparkt hatte, blieb sie noch einen Moment sitzen und lauschte den letzten Klängen des Liedes.

Dann klappte sie die Sonnenblende des Beifahrersitzes herunter, kramte in ihrer Umhängetasche nach ihrem Schminketui und verrenkte sich in dem engen Wagen so, dass sie sich in dem beleuchteten Schminkspiegel sehen konnte. Sie begann, Lippenstift aufzutragen und sich die Wimpern frisch zu tuschen. Karen fuhr sich ein paar Mal durch die Haare, lächelte sich selbst strahlend an und verspürte plötzlich den unbändigen Drang, vor Glück zu schreien.

Sie saß in ihrem Auto, trampelte mit den Füßen und konnte sich gerade noch beherrschen, nicht tatsächlich in lautes Gebrüll auszubrechen.

Das Viertel, in dem Karen wohnte, kam nie wirklich zur Ruhe und um diese noch recht frühe Abendstunde waren die Bürgersteige trotz der kalten Witterung nicht leer. Menschen strebten den Restaurants und Bars zu, um sich im warmen Kerzenschein bei südländischem Essen zu treffen und gegenseitig Kraft zu geben, um den Winter auch in diesem Jahr zu überstehen.

Sicherlich hätte es die Passanten nicht wenig verwundert, wenn sie eine erwachsene Frau in ihrem Auto gesehen hätten, die aus irgendeinem Grund herumschrie und sich wie eine Verrückte aufführte.

Karen stieg schließlich aus und ging die Straße entlang bis zur nächsten Ecke, wandte sich dann nach rechts und konnte in einiger Entfernung schon das Schild ihres Lieblingsitalieners sehen.

Die Straße traf am Ende auf den Fluss und vor dem dunklen und sternenklaren Himmel hob sich die Silhouette eines riesigen Kreuzfahrtschiffes ab, dass am frühen Morgen im Hafen fest gemacht hatte. Sie erinnerte sich daran, einige Kollegen am Nachmittag darüber reden gehört zu haben.

»So eine Kiste«, hatte es geheißen, »aber damit würde ich ja nicht im Winter herumfahren. Ich meine, da wirfst du denen ein Vermögen in den Rachen und dann stehst du den ganzen Tag auf dem Kasten rum und frierst dir die Eier ab.«

Zustimmendes Gelächter hatte die Aussagen des wortführenden Beamten begleitet.

Idiot, hatte Karen gedacht. Du wirst es dir in deinem ganzen Leben nicht leisten können, eine Kreuzfahrt zu machen, ganz egal, zu welcher Jahreszeit.

Aber der Kollege fuhr fort, sich darüber lustig zu machen, wie blöd diese Penner doch waren, die ihr Geld für eine Reise zu irgendwelchen Eisbergen ausgaben, statt sich durch die Südsee schippern zu lassen und sich den ganzen Tag in einem Liegestuhl zu räkeln und Cocktails zu trinken.

Karen betrachtete das fast obszön große Schiff und fragte sich, ob man auf so einem Ozeandampfer überhaupt noch mitbekam, dass man auf dem Wasser war. Aber eine Kreuzfahrt zur Mitternachtssonne stellte sie sich wunderschön vor. Mit David an ihrer Seite. Sie würden in dicken Jacken und mit Wollmützen auf dem Kopf an der Reling stehen und zwischen den Eisbergen nach Pinguinen Ausschau halten.

Karen hatte den Eingang des Lokals erreicht und drückte die Glastür auf. Sofort wurde sie von Marco Algeri, dem Inhaber des kleinen Restaurants stürmisch begrüßt.

»Commissaria, welch eine Ehre, Sie wieder bei mir begrüßen zu dürfen.«

Karen grinste. »Na na na, mal nicht so förmlich, Marco. Du weißt doch, dass ich es höchstens ein paar Wochen ohne deine Pizza aushalte.« Sie sah sich um und entdeckte auf den ersten Blick keinen freien Tisch. Marco sah ihr enttäuschtes Gesicht.

»Keine Sorge, Bella, hinten ist noch ein Tisch frei. Für meine besonderen Gäste.« Er nahm sie galant am Arm und führte sie im rückwärtigen Teil des Raumes ein paar Stufen hoch. »Isst du allein?« »Nein, ich erwarte noch einen Freund.«

»Ah, einen Freund«, bemerkte Marco vielsagend. »Kenne ich ihn?«

Karen wühlte sich aus ihrem Schal und spürte, dass sie tatsächlich rot wurde.

»Nein, du kennst ihn nicht. Du musst ja schließlich nicht alles wissen.« Sie setzte sich an einen kleinen Tisch in der rechten Ecke, Marco entzündete die Kerze und entfernte sich dann, um umgehend mit einem Korb frischem Brot und einem kleinen Töpfchen Kräuterbutter zurück zu kommen. Beides stellte er mit einem Teller und einem Messer vor Karen auf den Tisch. »Schon etwas zu trinken, Signora?«

»Si, Maestro. Ich hätte gern eine kleine Karaffe Rotwein. Und Marco, wenn jemand hereinkommt, der einen suchenden Eindruck macht, dunkelhaarig ist und männlich, sag ihm bitte, dass du mich in das Hinterzimmer verbannt hast.«

Marco grinste breit, verbeugte sich mit gespielter Ernsthaftigkeit und ging wieder in den vorderen Teil des Restaurants, um Karens Wein zu holen.

Karen war nervös. Sie wusste, dass es unsinnig war, sich Gedanken darüber zu machen, ob David sie hier finden würde. Genauso unsinnig, wie die Spekulationen, ob ihn vielleicht plötzlich die Lust verlassen haben könnte, sich mit ihr zu treffen oder dass ihm etwas dazwischen gekommen sein könnte. Aber sie konnte sich bei aller Vernunft dieser unreifen Ängste nicht erwehren. Nicht, wenn es um David ging.

Ihr rationales Denken wurde grundsätzlich ausgeschaltet und sie war ihren Gefühlen hilflos ausgeliefert. Vor kurzem hatte sie im Fernsehen einen Film über eine Frau gesehen, die einen Mann mit ihrer Leidenschaft und Liebe verfolgt und drangsaliert hatte. Um ihn zu erobern, schrak sie nicht einmal vor Mord zurück. Am Ende des Filmes wies der Mann sie endgültig zurück, die bildhübsche junge Frau hatte daraufhin rot gesehen und ihn niedergeschlagen und lebensgefährlich verletzt.

Sie wurde verurteilt und auf unbestimmte Zeit in eine Nervenheilanstalt eingewiesen. Die Diagnose lautete Erotomanie, die krankhafte Fokussierung auf eine Person, von der der kranke Mensch glaubt, sie werde von diesem Menschen geliebt und es seien nur äußere Umstände oder andere Menschen, die verhindern, dass sie zusammen sein können. Die meisten Menschen, die von dieser Krankheit betroffen sind, sind Frauen. Sie richten ihr Leben völlig auf den Angebeteten aus und scheuen keine persönliche oder finanzielle Anstrengung, um den angebeteten Mann für sich zu gewinnen.

Nach dem Film konnte Karen lange nicht einschlafen.

Sie saß in ihrem Bett, rauchte eine Zigarette nach der anderen und fragte sich, ob sie von David vielleicht ebenso besessen war.

Am Ende der Nacht musste sie sich eingestehen, dass ihre Empfindungen zumindest in Ansätzen Züge einer nicht normalen Faszination hatten. Sicher, er erwiderte ihre Gefühle, zumindest auf seine Weise. Aber es war ihr ebenso klar, dass sie sich ohne zu zögern für ihn vor einen Zug werfen würde oder auch ihren Beruf aufgeben, um mit ihm auf einer Südseeinsel fortan Surfbretter zu verleihen.

Und diese Überlegungen entsprachen in ihrer Vehemenz weder ihrem sonstigen Charakter, noch dem, was David sich für seine Zukunft vorstellte. Karen konnte den Gedanken an ein Leben ohne ihn nicht aushalten. Sie hatte das Gefühl, sterben zu müssen, wenn sie eines Tages die Tatsache akzeptieren müsste, ihn niemals wiederzusehen oder, was für sie fast noch schlimmer war, in den Armen einer anderen Frau zu wissen. Auf der anderen Seite genoss sie auf eine fast schon perverse Art das Besondere ihrer Beziehung zu David.

Sie sah sich um und studierte die Menschen, die an den anderen drei Tischen in dem kleinen Raum saßen. Links von ihr saß ein Paar, schätzungsweise Mitte dreißig. Er trug einen sehr schicken Anzug zu einem weißen Hemd, hatte in seinem schwarzen Haar reichlich Gel verteilt und redete ausladend gestikulierend auf sein weibliches Gegenüber ein. Die Frau hörte ihm aufmerksam zu und strich sich von Zeit zu Zeit eine Strähne ihrer langen blonden Haare aus dem Gesicht. Ihr weißer Pullover spannte sich aufreizend über ihren großen festen Brüsten.

In ihren Ohren trug sie kleine Perlenohrringe und ihre sorgfältig gepflegten Hände spielten mit der Serviette. Ein perfektes Paar, dachte Karen. Attraktiv, der Kleidung nach zu urteilen beruflich erfolgreich, sorglos und so interessant wie eine leere Packung Magerquark.

An dem Tisch, der Karens gegenüber stand, saß ein Mann, der mit der einen Hand achtlos Pasta in sich hineinschaufelte, während er mit der anderen ebenso unaufmerksam in einem Nachrichtenmagazin blätterte. Der Mann war höchstens vierzig, trotzdem waren ihm bereits ein Großteil seiner Haare ausgegangen und offensichtlich zu stolz, die Reste einfach konsequent ganz zu entfernen, hatte er die übrigen Strähnen wachsen lassen und im Nacken zu einem kümmerlichen Zopf gebunden.

Vielleicht fühlt er sich so männlicher, überlegte Karen.

An dem Tisch nahe dem Durchgang zum vorderen Teil des Restaurants saßen zwei Frauen, die sich derart schick gemacht hatten, dass man hätte denken können, sie kämen oder gingen gleich zu einer Opernpremiere. Beide waren bereits über fünfzig und während sie sich unterhielten, schielten sie immer mal wieder zu dem allein essenden Mann hinüber, der sie scheinbar keines Blickes würdigte. Tja, dachte Karen, niemand ist gern allein. Ob ich auch einmal so verzweifelt werde, dass ich nicht einmal mit einer Freundin eine Portion Spaghetti essen gehen kann, ohne rechts und links nach einem Mann Ausschau zu halten? Sie saß in Gedanken versunken an ihrem Tisch und trank Rotwein, als Marco die kleine Treppe hinauf kam und David an ihren Tisch geleitete.

»Signora, ich glaube, der junge Mann will zu dir.« Karen strahlte David an, der sich zu ihr hinunterbeugte und sie umarmte. Es fühlte sich gut an, als er sie berührte, es fühlte sich immer gut an. Karen schloss die Augen, drückte David an sich und küsste ihn auf den Hals. Als sie sich voneinander lösten, stand Marco immer noch da und obwohl er versuchte, sich seine Verwirrung nicht anmerken zu lassen, entging Karen nicht, dass er offensichtlich konsterniert war.

Das passierte nicht zum ersten Mal. David war jung, zu jung, wie wohl die meisten Menschen meinten. Dass er außerdem noch viel jünger aussah, als er tatsächlich war, machte die Sache nicht einfacher. Wie immer in solchen Situationen fühlte Karen eine Mischung aus Scham und Zorn. Ein älterer Mann, der mit einem Mädchen zusammen war, dass zehn, fünfzehn oder gar zwanzig Jahre jünger war als er, war ein toller Hecht. Eine Frau mit einem jüngeren Liebhaber war eine zumindest suspekte Person mit seltsamen Neigungen. Karen sah Marco herausfordernd an. Er wich ihrem Blick aus und wandte sich David zu. »Etwas zu trinken, Signor?«

David zog sich seine blaue Wollmütze vom Kopf und hängte seine schwere Jacke über den Stuhl. Während er im Sitzen einige Verrenkungen absolvierte, um sich einen dunkelgrünen Pullover über den Kopf zu ziehen, der ihm jetzt im gut geheizten Restaurant offensichtlich zu warm war, lächelte er Karen an und fragte sie: »Was trinkst du?«

Sie wies auf ihr Glas und die kleine Karaffe. »Cola mit Rum. Siehst du doch.«

»Aha. Dann mach ich mal mit bei deinem Karibikabend und nehme auch Rotwein.«

Karen schenkte Marco ihr strahlendstes Lächeln und sagte: »Bring uns bitte eine große Karaffe und noch ein Glas.«

Marco nickte und drehte sich ohne ein weiteres Wort um.

Mittlerweile hatte David es geschafft, sich aus seinen warmen Sachen zu schälen und saß in einem abgewetzten dunkelblauen T-Shirt vor ihr. Sein Hals ragte aus dem ausgeleierten Kragen und der dünne Stoff spannte sich über seinen Schulter- und Armmuskeln. Karens Herz setzte für einen Schlag aus, als sie ihn ansah. War es vielleicht nur seine Schönheit, die sie so schwach machte? War alles andere in Wirklichkeit nur Einbildung?

David kramte aus seiner Jackentasche eine zerknüllte Packung Zigaretten heraus, steckte sich eine an und richtete seinen aufmerksamen Blick auf sie. Sie sprachen nicht. Sahen sich nur in die Augen.

Und das Restaurant verschwand. Es gab niemanden und nichts mehr auf diesem Planeten außer ihnen beiden.

17

Noch vor Mitternacht wurden die ersten Zeitungen des folgenden Tages verkauft. Händler in auffälligen weißen Overalls tingelten von Kneipe zu Kneipe und boten die druckfrischen Neuigkeiten an. Später am Morgen würde es eine aktualisierte Ausgabe geben, die zusätzlich einen Teil des Weltgeschehens der Nacht berücksichtigen würde. Doch auch jetzt in der Dunkelheit beherrschte nur ein Thema die erste Seite der städtischen Nachrichten.

Der Kastrationsmörder hat wieder zugeschlagen! Horror-Morde gehen weiter! Warum tut die Polizei nichts? Wer kennt das dritte Opfer des Schlitzers?

Die reißerische Polemik sprang dem Leser selbst bei einem nur flüchtigen Blick auf die nahezu unanständig großen, schwarzen und blutroten Buchstaben ins Auge. Daneben war ein Bild des in der letzten Nacht ermordeten jungen Mannes abgebildet. Man hatte es in der Gerichtsmedizin aufgenommen. Das Foto hatte nichts Erschreckendes. Das Gesicht der Leiche wies keine Wunden auf. Es war jung, sanft und wie im Schlaf entrückt.

Als Mischa von der Toilette der schummrigen kleinen Bar im Bahnhofsviertel zurück an den Tresen trat, hatte der feiste Kerl neben ihm eine Zeitung in der Hand.

Oh Mann, dachte sich Mischa, wenn ich nicht wirklich dringend Geld bräuchte, würde ich mir das hier echt nicht geben. Wie der schwitzt und dieses eklige fette Grinsen. Aber was soll's, machte er sich selbst Mut, einfach Augen zu und durch. Ist ja nicht das erste Mal. Und hinterher schön zu Claudia und einmal großes Bauernfrühstück bestellen. Und eine Cola. Schön im Warmen sitzen, essen und danach eine rauchen, Kaffee trinken und mit Claudia reden, wenn die Schlachter wieder bei der Arbeit sind und sie Ruhe hat.

Mischa freute sich auf diese schönen Aussichten und nahm sich vor, den Job mit dem fetten Typen so schnell wie möglich hinter sich zu bringen. Er betete nur, dass der Kerl sich nur einen blasen lassen wollte.

Da konnte man die Augen zumachen und an etwas anderes denken, während man so tat, als hätte man tatsächlich Freude an der Sache. Wenn er es allerdings darauf abgesehen hatte, ihn in den Arsch zu ficken, sah die Sache anders aus. Man musste sich dem Typen ausliefern und jede Sekunde spürte man nur allzu deutlich, dass das, was man gerade erlebte, eine große Scheiße war.

Mischa zwang sich dazu, seine Aufmerksamkeit wieder auf den potenziellen Freier zu richten.

Der Mann lehnte sich mit beiden Ellenbogen auf den Tresen und las offenbar konzentriert einen Artikel über die Verpflichtung eines neuen Wunderstürmers des in früheren Zeiten glorreichen, jetzt allerdings schon seit einigen Jahren im trüben Mittelmaß dahindümpelnden Fußballclubs der Stadt. Mischa linste auf den Bericht und dachte bei sich, dass dieser neue Transfer es auch nicht bringen würde. Die packen das wieder nicht mit der Meisterschaft. Aber was soll's, ich habe sowieso kein Geld fürs Stadion.

Früher war Mischa gern und oft in der großen Fußballarena am Rande der Stadt gewesen. Damals, als sein Vater noch bei ihm lebte. Kurz erinnerte er sich an fröhliche Samstagnachmittage mit Limonade, die immer ein bisschen zu gelb aussah, und Bratwürsten, die zu groß waren, als dass er sie allein in seinen kleinen Fäusten halten konnte, so dass sein Vater sie ihm lachend in zwei Stücke zerbrach und sich danach die mit Fett und Ketchup bekleckerten Hände an einer Serviette abwischte.

Der dicke Typ riss ihn aus seinen Gedanken. Er fühlte, wie sich ihm eine speckige Hand auf die Hüfte legte. Mischa lächelte den Mann an.

»Lass mal los, Junge«, hörte er ihn in einem breiten ostdeutschen Dialekt nuscheln, »ich muss morgen früh raus und wir wollen doch noch ein bisschen allein sein und es uns gemütlich machen, nicht wahr?«

Nein, wollen wir nicht, dachte Mischa angewidert.

»Klar«, lächelte er den Mann an. Der Typ legte die Zeitung wieder ordentlich zusammen, und Mischa konnte die den Bericht auf der Titelseite erkennen. Von einer Sekunde auf die andere wich ihm alle Farbe aus dem Gesicht. Er musste sich mit einer Hand am Tresen festhalten, während sein Gehirn sich weigerte, die Botschaft, die seine Augen sahen, in eine Erkenntnis umzuwandeln.

Er riss die Zeitung unter dem Arm des Typen weg, der gerade dabei war, die Rechnung beim Wirt zu begleichen. Durch Mischas heftige Bewegung kam der Mann fast aus dem Gleichgewicht, klar, nüchtern war er nach all den Bieren nicht mehr.

»Hey«, raunzte er Mischa schwankend an, »pass doch auf.«

Aber Mischa reagierte nicht. Er sah die Schlagzeile, die über dem Foto eines Jungen, der aussah, als würde er schlafen, in großen Lettern verkündete: *Drittes Opfer des Schlitzers!* und las dann die darunter stehende Meldung, ohne dass er wirklich verstand, was die Worte bedeuteten.

»Wer kennt diesen Mann? Die unbekleidete männliche Leiche wurde in der letzten Nacht im Alten Park aufgefunden. Die Tatumstände lassen vermuten, dass der bisher unbekannte Mann Opfer des Kastrationsmörders geworden ist, der unsere Stadt seit Wochen in Atem hält. Der Mann ist 1,72 Meter groß, hat dunkle Haare und braune Augen. Hinweise auf die Identität nimmt die Sonderkommission unter der Leitung von Hauptkommissarin Karen Martin sowie jede Polizeidienststelle entgegen. Die Polizei weist darauf hin, dass alle Hinweise auf Wunsch vertraulich behandelt werden.«

Mischa spürte, wie ihm schlecht wurde. Das konnte einfach nicht wahr sein. Nicht Kai.

»Komm jetzt«, drängte der dicke Typ, »lesen kannst du später noch.«

Er packte Mischa am Arm und versuchte, ihn mit sich zu ziehen. Aber Mischa riss sich los und wollte mit der Zeitung unter dem Arm aus der Kneipe rennen. Das war allerdings nicht so einfach, den der Laden war trotz der späten Stunde sehr gut besucht und mehrere Grüppchen sich unterhaltender Menschen versperrten ihm in dem schmalen Schankraum den Weg nach draußen.

»Hey hey hey«, hörte er den Typen hinter sich, »nicht so schnell, mein Junge. Ich habe doch nicht den ganzen Abend deine Drinks bezahlt, damit du dich jetzt so einfach vom Acker machst.«

Aber Mischa reagierte nicht, fast panisch versuchte er, sich den Weg zur Tür frei zu boxen.

»Warte, du kleine Kröte, ich lass mich von dir doch nicht verarschen!«

Mischa schwitzte, er konnte nicht denken, er wusste nur, dass er raus wollte, an die frische Luft, irgendwohin und seine Gedanken ordnen.

Hinter sich hörte er das Keuchen des Typen und er erkannte, wenn der Mann ihn noch einmal anfassen sollte, und sei es nur am Arm oder an der Schulter, würde er um sich schlagen und nicht mehr aufhören können zu schreien. Also kämpfte er sich weiter Richtung Ausgang und als sich vor ihm plötzlich eine Lücke auftat, weil ein paar der Gäste ebenfalls die Kneipe verlassen wollten, nutzte er seine Chance, stürmte zur Tür und stand einen Augenblick später in der schneidenden Nachtluft. Aber Mischa spürte die Kälte nicht.

Ohne darauf zu achten, wohin er lief, rannte er über die Straße, bog um die nächste Ecke und lief, bis er keine Luft mehr bekam. Keuchend blieb er stehen und hielt sich die rechte Seite, die heftig schmerzte. Er sank kraftlos auf eine Bank an einer Bushaltestelle und ließ die Zeitung achtlos auf den Boden fallen, während sein Oberkörper kraftlos auf die Knie sank und er heftig nach Luft rang.

Er zitterte am ganzen Leib und in seinem Inneren brannte ein Feuer, das ihn fast zu verschlingen drohte. Er hatte dieses Gefühl schon seit Jahren nicht mehr verspürt. Es war so lange her, dass er vergessen hatte, dass nur Tränen ihm Erleichterung würden verschaffen können. Mischa hatte das Weinen schon vor langer Zeit verlernt.

Karen Martin stand am Tresen und wartete darauf, bei Marco ihre Rechnung bezahlen zu können. Sie hatte einen Moment abgepasst, an dem David kurz auf die Toilette verschwunden war, damit er nicht mitbekam, wie viel sie zu zahlen hatte. Für Karen war es selbstverständlich, dass sie David einlud. Erstens hatte sie ihn gefragt, ob er mit ihr essen gehen wollte und zweitens hatte sie deutlich mehr Geld zur Verfügung als David, der sich wie die meisten Studenten mehr schlecht als recht über Wasser hielt. Trotzdem reagierte er immer empfindlich, wenn Karen für ihn bezahlte.

Klar, dachte sie, wenn ein Mann eine Frau einlädt, ist das völlig normal, aber wenn eine Frau bezahlt, hat der Kerl immer noch den Eindruck, er würde sich aushalten lassen. Und selbst wenn es so wäre, ging es ihr durch den Kopf, ist das doch immer noch meine Sache. Aber wenn sie ehrlich war, musste sie sich eingestehen, dass es nicht nur ihre Sache war.

So waren die Gesetze im Spiel zwischen Männern und Frauen und keine Emanzipation der Frau oder auch des Mannes würde diese Regeln jemals ändern können. Wer dagegen verstieß, bekam den Unmut der Gesellschaft zu spüren. Sie war eine Frau über dreißig, unverheiratet, kinderlos, mit einem extrem beziehungsfeindlichen Job und rettungslos verliebt in einen Mann, der noch nicht einmal den Kindergarten besuchte, als sie an einem schwülen Sommerabend mit klopfendem Herzen vor der Haustür ihrer Eltern ihren ersten richtigen Kuss erhalten hatte.

Fast zwanzig Jahre später konnte Karen sich lebhaft vorstellen, was in den Köpfen der Menschen vorging, die sie zusammen mit David beobachteten. Sieh sie dir an, die alte Schachtel, hält sich einen jungen Liebhaber, kriegt wohl sonst keinen mehr ab. Ob der wohl schon Autofahren darf? Vermutlich lässt sie ihn die Sesamstraße sehen, bevor er zu ihr ins Bett muss. Solche und ähnliche Gedanken verursachten ein bitteres Gefühl in Karens Magen. So analytisch und klar sie in ihrer Arbeit war, ihr Gefühlsleben bestand oft genug aus Vermutungen, Visionen und Einbildungen.

Sicher, es hatte den einen oder anderen komischen Blick gegeben, wenn sie mit David unterwegs war, aber die meisten der üblen Sprüche, die in wiederkehrenden Zyklen in ihrem Hirn kreisten, entsprangen Karens eigenem Zwang zur ständigen Rechtfertigung vor sich selbst.

Ihre Angst, nicht gut genug zu sein für David, für diesen wunderschönen jungen Mann, der ihre Seele gleichermaßen zum Blühen und zum Bluten brachte, vergiftete ihre Gedanken. Sie konnte in Bezug auf ihre Beziehung nicht klar denken. Sie war gefangen in einem ausgeklügelten Netz aus Liebe, Begierde und Minderwertigkeit. Nicht gut genug zu sein, war zu einem großen Teil die Triebfeder für Karens gesamtes Handeln. Beruflich kam ihr dieser Ehrgeiz zugute, aber es sorgte auch dafür, dass sie, die scheinbar unangreifbar und selbstbewusst durchs Leben ging, leichter zu erschüttern war, als die meisten Menschen es für möglich gehalten hätten. Dieser Zwiespalt hatte sich tief in ihrer

Seele manifestiert und kam umso heftiger an die Oberfläche, je intensiver Karens Gefühle ihre Selbstzweifel schürten. Und ihre Hilflosigkeit, sich aus dieser Falle zu befreien, ließ sie in der Reaktion auf ihre Umwelt manchmal bösartig und selbstzerstörerisch werden.

Aus diesem Grund traf sie sich mit David auch niemals im *Storms*. Sie hätte es nicht ertragen, in den Augen von Alexejs Eltern ähnliche Überlegungen zu sehen, ganz gleich, wie abwegig diese Angst auch sein mochte, war sie nicht bereit, sich auch nur der Möglichkeit auszusetzen. David war bis zu einem gewissen Grad ihr Geheimnis. Und wenn sie ehrlich war, gefiel ihr auch dieser Umstand ganz besonders. Es machte aus ihrer Beziehung einmal mehr etwas Besonderes, etwas Fatales zwar, aber dafür auch etwas ungemein Romantisches.

Marco sah sie an und fragte: »Zusammen?«

»Ja, alles zusammen.« Er nannte ihr den Preis, sie gab ihm einen Schein und sagte: »Stimmt so.«

Aber Marco zählte das Wechselgeld ab und gab ihr ein paar Münzen zurück. »Von dir nehme ich kein Trinkgeld, Karen, das weißt du doch.«

Er lächelte sie unsicher an. Karen lächelte zurück. Es gab nichts zu sagen. Sie hatte den Blick in Marcos Augen gesehen, und sie konnte ihm seine Verwunderung nicht einmal verdenken. So war die Welt nun einmal. Zum Teufel damit.

David kam auf sie zu und strahlte zufrieden über das ganze Gesicht.

Sie liebte es, ihn essen zu sehen. Er konnte ungeheure Mengen verschlingen und war bei der Auswahl seiner Speisen nicht besonders wählerisch, Hauptsache, die Portionen waren groß. Seine Wangen leuchteten vom Rotwein und bei dem Gedanken, ihn gleich im Arm halten zu können, seine Haut zu spüren, wurde Karen heiß.

»Komm«, sagte sie, »ich hab schon gezahlt.«

David sah sie für den Bruchteil einer Sekunde unangenehm berührt an, ließ die Sache dann aber auf sich beruhen. Er berührte mit den Fingerspitzen sanft ihre Wange, drückte ihr einen Kuss auf den Mund und gemeinsam verließen sie das Lokal. Karen lehnte ihren Kopf in Davids Halsbeuge und fühlte sich vollkommen glücklich.

Glück, schoss es ihr durch den Kopf, ist eine Sache von Sekunden. Man kann es nicht konservieren, nicht festhalten oder herbeizwingen. Es kommt in einem kurzen, kostbaren Augenblick und verschafft den Menschen für einen Wimpernschlag das tief empfundene Gefühl, dass es nicht vergebens ist, jeden Tag erneut aufzustehen.

Jetzt und hier, auf der vereisten Straße, mit Davids wunderbarer Nähe, fühlte Karen sich eins mit dem Universum, eins mit allen, die jemals gelebt und geliebt hatten. Sie hob den Kopf und betrachtete sein Profil. Seine Schönheit macht mich schwach, schoss es Karen plötzlich durch den Kopf. Alle klaren Denkstrukturen, jede rationale Überlegung lösen sich auf, wenn er mir in die Augen sieht. Oh Gott, ich bin eine absolut Süchtige. Wie ein Junkie, der nur von einem Schuss zum nächsten denken kann. Meine Droge ist zwar legal, überlegte Karen, aber sie macht einen genauso fertig und abhängig wie Koks oder Heroin.

Wahrscheinlich habe ich diesen charakterlich nicht gerade unbedenklichen Wesenszug meiner Mutter zu verdanken, sinnierte sie.

Karen Martins Mutter war in ihrer Jugend ein bestechend attraktives Mädchen gewesen und auch jetzt im Alter noch eine schöne Frau. Karen war sich manchmal nicht sicher, ob die Wut auf ihre Mutter aus der Tatsache herrührte, dass sie ihr diese Schönheit nicht vererbt hatte oder aus dem harten aber wahren Umstand, dass Maria Martin einzig nur sich selbst liebte.

Der Faden ihrer Erinnerungen riss abrupt, als Karens Handy klingelte.

Als Karen Martin im Präsidium ankam, war es bereits nach Mitternacht. Sie bezahlte das Taxi, dass sie sich zu ihrer Wohnung bestellt hatte, nachdem sie einsehen musste, dass sie aufgrund ihres Weinkonsums bei Marco nicht mehr in der Lage gewesen wäre, selbst zu fahren. David hatte sie auf dem Weg an seiner Wohnung abgesetzt. Es war ihr schwer gefallen, den Abend mit ihm so abrupt zu beenden, aber noch wichtiger war im Moment ihre Arbeit. Es kam ihr so vor, als hätten die Gedanken an ihre Mutter ihr Verantwortungsgefühl über alle anderen Empfindungen gestellt.

So hatte sie David im Fond des Taxis zärtlich zum Abschied geküsst.

»Geh du mal arbeiten, Frau Kommissarin, ich gehe ins Bett.«

»Sehr witzig, Herr Student, wirklich, und so charmant.« Sie beobachtete ihn, wie er aus dem Wagen stieg und zu seiner Eingangstür lief. Ein Teil von ihr wollte auch jetzt einfach hinter ihm herlaufen und den Rest der Welt sich selbst überlassen. Aber der andere Teil wollte ebendiese Welt von einem Mörder befreien.

Sie betrat ihr Büro und traf dort auf Alexej, der einem sehr jungen Mann gerade eine Tasse Kaffee reichte. Karen begrüßte Alexej mit einem knappen Kopfnicken und wandte sich dann dem Jungen zu, der seinen Kaffee in kleinen Schlucken trank.

»Das ist Mischa Wohlers, Karen. Er hat das Bild des dritten, äh, das Foto in der Zeitung gesehen.«

Alexej wischte sich verlegen mit der rechten Hand über die Augen. Karen wusste, er hatte eigentlich von ihrem dritten Opfer sprechen wollen, aber wer nahm dieses Wort schon gern in den Mund, wenn einem jemand gegenüber saß, für den die kalte Leiche in einem stählernen Schubfach der Pathologie nicht nur ein Fall war, sondern ein Verwandter oder Freund.

Karen ging vor dem Stuhl des Jungen in die Hocke und legte im sanft die Hand auf den Unterarm.

»Hallo, Mischa. Ich bin Karen Martin. Toll, dass du gleich zu uns gekommen bist.«

Mischa blickte langsam auf. »Hallo«, flüsterte er. »Ich kann's gar nicht glauben, dass Kai tot ist. Ich habe doch gestern noch mit ihm gesprochen. Er ist mein Freund, wissen Sie.«

Es war ein Märchen, schoss es ihr durch den Kopf, dass man, wenn man vom gewaltsamen Tod eines geliebten Menschen erfuhr, sofort in die Vergangenheitsform wechselte, wenn man über diese Person sprach. Es dauert, bis der Tod sich Bahn bricht und aus einem »Er ist mein Freund« ein »Er war mein Freund« wird.

Als Alexej die Kaffeekanne hochhob und sie fragend ansah, nickte sie dankbar.

»Es tut mir schrecklich Leid, Mischa. Sag mal, weißt du, wo Kai gewohnt hat und wie er mit Nachnamen heißt?«

Mischa wühlte in der Brusttasche seiner Jeansjacke, bis er eine zerknüllte Packung Zigaretten zu fassen bekam. Er zog eine der zerdrückten Zigaretten heraus und steckte sie sich zwischen die Lippen. Karen gab dem Jungen Feuer.

»Schneider«, antwortete Mischa jetzt, »Kai heißt Schneider mit Nachnamen. Er hat mir erzählt, dass seine Eltern in den Felddörfern wohnen. Draußen, da, wo es schon so aussieht, als wohne man auf dem Land.«

Er sah Karen aus leeren Augen an. »Aber er war schon lange nicht mehr zu Hause. Wissen Sie, seinen Eltern ist er wohl ziemlich egal. Er ... wir ... wir schlagen uns so durch.«

Mischa blickte verlegen zur Seite. Karen Martin konnte sich auch ohne genauere Schilderung vorstellen, mit was die zwei Jugendlichen sich ihren Lebensunterhalt verdienten.

»Mischa, es geht mir nicht darum, dich in Schwierigkeiten zu bringen. Ich kann dich nur bitten, mir zu vertrauen. Ich muss diesen Kerl erwischen, bevor er noch mal zuschlägt, und du kannst mir dabei helfen, okay? Erzähl mir einfach, wann du Kai zum letzten Mal gesehen hast. Sag mir alles, was dir einfällt, egal, wie unwichtig es dir erscheinen mag. Wirklich, Mischa, ich brauche deine Hilfe. Vielleicht kann ich dann im Gegenzug auch dir helfen.«

Mischa sah Karen direkt in die Augen, als wollte er ergründen, ob sie ihn einfach nur belog, wie so viele Menschen vor ihr ihn schon betrogen hatten, oder ob er ihren Worten tatsächlich glauben konnte. Karen hielt dem verzweifelten, aber prüfenden Blick stand. Sie hielt nichts davon, Zeugen oder auch Tatverdächtige unnötig unter Druck zu setzen oder die Macht und Autorität einer Hauptkommissarin der Mordkommission auszuspielen, um an Informationen zu gelangen.

Meistens führte ein derartiges Benehmen nur zu aufsässigem und ablehnendem Verhalten statt zur Kooperation. Manche ihrer männlichen Kollegen genossen es, sich aufzuspielen und den starken Mann zu markieren, nicht zuletzt trugen die in Fernsehkrimis propagierten Stereotypen rüder Ermittler dazu bei, dass Polizisten der Ansicht waren, nur ein harter Bulle sei ein ernst zu nehmender Bulle.

Karen hielt dies für ausgemachten Machounsinn und duldete in ihrer Abteilung so ein Verhalten unter keinen Umständen. Allerdings schaffte auch sie es nicht immer, die Ruhe zu bewahren, die sie für angemessen hielt. Saßen ihr Täter gegenüber, die verdächtigt wurden, Kinder missbraucht und getötet zu haben, oder hatte sie es mit Vergewaltigern zu tun, die ihr Opfer noch in der Vernehmung verhöhnten, konnte auch sie die Fassung verlieren.

Jetzt aber war sie die Ruhe selbst. Sie verstand, dass Mischa Angst hatte. Er war voller Trauer über den schrecklichen Tod seines Freundes und dann kam sicherlich dazu, dass er in der Vergangenheit nicht unbedingt positive Erfahrungen mit der Staatsmacht gemacht hatte.

»Wissen Sie«, hob Mischa zu sprechen an, »wir haben uns im Frühling am Hauptbahnhof kennen gelernt, Kai und ich. Ich hatte gerade Ärger mit einem, äh, mit einem ...« Er stockte und schlug die Augen nieder.

»Mit einem Kunden?« kam Karen ihm zu Hilfe.

Mischas Blick bohrte sich in den ihren. Was er sah, beruhigte ihn.

Er entdeckte weder Abscheu noch Scham in Karens Augen. Nur Verständnis und Geduld.

Das ungeteilte Interesse, das Karen ihm widmete, die Ruhe, die sie ausstrahlte, taten ihm gut.

»Ja, mit einem Kunden. Er hat mich angemacht, weil ich ihn angeblich beklaut hätte. Hab ich aber nicht«, fügte er hastig hinzu.

Karen nickte nur. »Erzähl weiter.«

»Der Typ ist mir wirklich auf die Pelle gerückt, dann kam Kai und hat dem Mann gesagt, dass er sich verziehen soll, sonst würde er seine Freunde holen und dann würden wir ja schon sehen, wer hier wem an die Wäsche geht. Daraufhin ist der Mann abgezogen. Ich konnte es gar nicht glauben, dass Kai mir geholfen hat. Wissen Sie, auf der

Straße denkt eigentlich jeder nur an sich selbst. Und er hat sich einfach für mich stark gemacht. Das fand ich toll.« Mischa lächelte in der Erinnerung.

Karen betrachtete den schmalen Körper und fragte sich, wann der Junge wohl das letzte Mal etwas zu essen bekommen hatte.

»Sag mal, Mischa, hast du Hunger? Wir können dir was besorgen, gar kein Problem.«

Aber Mischa schüttelte den Kopf. » Ich kann jetzt nichts essen, aber vielen Dank.«

Karen war sich sicher, dass er für drei essen würde, wenn der Schock nachließ, konnte seine Reaktion aber verstehen.

In Gedanken versunken erzählte Mischa weiter. »Wir sind dann zusammen einen Hamburger essen gegangen. Ich hatte gerade etwas Geld verdient, und ich habe Kai eingeladen. Wissen Sie, wir sind fast auf den Tag gleich alt. Kai hat am ersten November Geburtstag und ich habe am zweiten. Derselbe Jahrgang. Vielleicht haben wir uns deshalb schnell wie Brüder gefühlt. Wir haben alles zusammen gemacht. Oft sogar die Freier gemeinsam bedient. Mit Kai war es nicht so schlimm. Er war sehr sensibel, wissen Sie. Freundlich.«

»Und wie alt bist du, Mischa?« unterbrach ihn Karen.

»Siebzehn. Genau wie Kai. Diesen Winter geworden. Wir haben an dem Tag noch gefeiert.«

Die Erinnerung an seinen Freund überwältigte den Jungen. Er vergrub das Gesicht in den Händen und sprach dann stockend weiter. »Kai kann schöne Geschichten erzählen, verstehen Sie? Er malte sich immer aus, was wir alles machen würden, wenn wir genug Geld hätten. Nach Island fahren wollte er so gern. Er hat immer davon geträumt, dass wir zusammen hinfliegen und mit Rucksäcken über die Insel wandern. Wie die Wikinger.« Jetzt rannen Mischa Tränen über das Gesicht. »Und jetzt ist er tot«, schluchzte er. »Ich kann das gar nicht glauben. Wer tut denn so was?«

»Ich weiß es nicht«, antwortete Karen sanft, »glaub mir, ich verstehe das auch nicht.«

Sie reichte Mischa ein Papiertaschentuch aus einer angebrochenen Packung, die auf ihrem Schreibtisch lag.

»Du hast Kai also gestern zum letzten Mal gesehen?«

»Ja. So am späten Nachmittag. Wir hatten beide kein Geld mehr und so haben wir beschlossen, getrennt loszugehen, um vielleicht einen Freier zu finden. Spätestens am nächsten Morgen wollten wir uns dann in dem kleinen Kiosk am Südausgang vom Bahnhof treffen. Anna, das ist die Frau, der der Laden gehört, spendiert uns manchmal einen Kaffee. Sie sagt immer, wir könnten ihre Brüder sein. Manchmal hat sie uns sogar mal einen Pullover geschenkt oder ein Paar Socken.«

Mischa steckte sich mit fahrigen Bewegungen eine weitere Zigarette an.

»Jetzt muss ich wohl allein zu Anna. Sie wird vielleicht auch traurig sein. Sie mochte Kai, glaub ich.«

»Was ist mit deinen Eltern, Mischa? Oder anderen Verwandten, die sich um dich kümmern könnten?«

Mischa zog scharf die Luft ein. »Mein Vater ist vor zwei Jahren abgehauen. Mit einer anderen Frau. Von dem Tag an hat er sich nicht mehr bei mir gemeldet. Wissen Sie, früher war er nicht so. Er war ein toller Vater. Aber ab da war es, als wäre ich plötzlich Luft für ihn. Er ist weggezogen und hat sich nie wieder blicken lassen.«

»Und deine Mutter?«

»Die trinkt. Früher, als mein Vater noch da war, war es noch nicht so schlimm. Aber seit er weg ist, ist sie jeden Tag betrunken. Sie kümmert sich um nichts mehr. Als ich sie das letzte Mal besucht habe, hatte sie nicht mal Strom. Sie lag einfach auf dem Bett in der kalten Wohnung und hat getrunken und mich, glaube ich, gar nicht wirklich wahrgenommen. Vielleicht hätte ich einen Krankenwagen rufen sollen oder sonst irgendetwas unternehmen, aber sie war so gemein zu mir und ich habe mich so geschämt, da bin ich einfach wieder weggelaufen.«

Karen stand auf. »Okay, Mischa. Ich weiß, du bist müde und ziemlich fertig, aber es ist leider sehr wichtig, dass du jetzt noch mal ganz genau erzählst, wann du Kai verlassen hast und wo du in der Zwischenzeit gewesen bist. Routine, verstehst du? Und sag uns bitte unbedingt alles, was du über

Kai weißt. Du bist für uns ein ganz wichtiger Zeuge. Also überleg noch mal einen Augenblick in Ruhe, Kommissar Storm und ich müssen mal eben ein paar Dinge klären, wir sind aber gleich zurück, okay?«

Sie sah Mischa fragend an. »Schaffst du das?«

Mischa starrte auf seine Finger, die die Zigarette verkrampft hielten, aber er nickte.

Karen blickte Alexej an, der ihr mit einem kurzen Kopfnicken zu verstehen gab, dass er mit der Vorgehensweise einverstanden war, obwohl ihm nicht klar war, wieso Karen jetzt mit ihm den Raum verlassen wollte.

18

Sie folgte Jonas in einen Raum im Keller, in dem bunte Wandvorhänge und eine gemütliche Sitzgruppe in einem warmen Rot eine behagliche Atmosphäre verbreiteten.

Es gibt Menschen, bei denen ist es im Keller kuscheliger als bei uns im Wohnzimmer, schoss es ihr durch den Kopf.

Aber ihr blieb keine Zeit, lange nachzudenken. Jonas stellte die Colaflasche und die Gläser auf einen niedrigen Holztisch und setzte sich selbst auf die Couch, auf der goldbestickte Kissen förmlich zum Hineinsinken einluden. Sie war sich nicht sicher, wo sie sich hinsetzen sollte.

Erwartete er, dass sie sich neben ihn setzte? Und war das richtig? Oder sollte sie nicht lieber in einem Sessel Platz nehmen und ihn dazu bringen, sie zu sich hinzuziehen? Jonas nahm ihr diese Entscheidung ab, indem er neben sich auf das Sofa klopfte.

»Setz dich. Meine Mathesachen habe ich in meinem Zimmer. Ich düse noch mal eben schnell hoch. Nimm dir doch solange was zu trinken. Bin gleich wieder da.«

Sie blieb allein in dem Raum zurück und setzte sich auf das Sofa. Sie packte ihre Hefte und Bücher aus und kramte aus ihrer Federtasche einen Stift hervor. Sicher war es so, dass Jonas nur ein oder zwei Minuten fortblieb, aber ihr kam es sehr lange vor. Aber dann hörte sie ihn auf der

Kellertreppe poltern und im nächsten Augenblick saß er auch schon neben ihr.

Er legte seine Sachen auf den Tisch. »Du hast ja noch gar nichts getrunken«, grinste er sie an.

Dann öffnete er die Flasche und goss beiden ein. Er hob sein Glas und prostete ihr zu.

»Auf dich. Und die Tatsache, dass ich ohne deine Hilfe wohl verloren wäre.« Sie erwiderte den Tost und strahlte ihn an. »Was genau verstehst du denn nicht?« fragte sie ihn.

»Eigentlich hakt es bei mir so ziemlich an allem. Ich begreife diesen ganzen Kram einfach nicht. x, y, z, hoch irgendwas mal keine Ahnung ergibt eine Zahl mit fünf Stellen hinter dem Komma. Also mal ehrlich, wer braucht denn so was? Will ich Mathe studieren? Nein, will ich nicht. Ich will Fußball spielen. Und wenn das nicht klappt, dann geh ich halt zu meinem Vater in die Firma. Der bringt mir dann alles bei, und für den Rest stelle ich Leute ein.«

»Klar«, konnte sie ihm nur staunend Recht geben, »guter Plan.«

Jonas stellte sein Glas auf den Tisch und sah ihr tief in die Augen. Sein Mund war von ihrem höchstens zehn Zentimeter entfernt. Sie vergaß zu atmen. Sie vergaß, wer sie war und warum sie gekommen war.

Wie kann jemand nur so unglaublich blaue Augen haben, überlegte sie, während sie immer noch ihr Glas umklammert hielt. Hätte Jonas sich nicht bewegt, sie hätte vielleicht bis ans Ende ihrer Tage so da gesessen.

»Aber für diese Klausur wäre es schon klasse, wenn du mich so weit hinbiegen könntest, dass ich keine Fünf reinhaue. Denn mein Abi brauche ich. Das hat mir mein Alter unmissverständlich klar gemacht. Und dafür muss ich jetzt was tun. Denn wenn ich sitzen bleibe, wird er stinksauer. Das geht gegen seinen Stolz, weißt du. Und das wollen wir doch nicht.«

Jonas lächelte sie an und schlug dann sein Mathematikheft auf. Sie stellte, wie aus einer Trance erwacht, ihr Glas ab und widmete sich ebenfalls ihren Unterlagen. Die nächste halbe Stunde schaffte sie es, sich auf Ableitungen und Formeln zu konzentrieren. Dann lehnte Jonas sich zurück, fuhr sich mit beiden Händen durch seine schwarzen Locken und stöhnte.

»Gnade, ich brauche eine Pause, sonst werden die kleinen Teile, die ich gerade begreife, unter dem Berg, der mir immer noch unklar ist, auf Nimmerwiedersehen verschwinden.«

Sie lachte und legte ihren Stift auf das geöffnete und mit mehreren Rechnungen gefüllte Heft.

Sie lehnte sich ebenfalls auf die schönen Kissen zurück. Jonas wandte sich ihr zu, er stützte den Kopf auf seinen linken Arm.

»Was machst du eigentlich so, wenn du nicht gerade klasse in der Schule bist?«

Sie sah ihn an und antwortete so gelassen wie möglich: »Ich gehe gern ins Kino. Ich mag Filme.« »So«, flüsterte Jonas und beugte sich langsam über sie. »Du gehst also gern ins Kino, dann sollten wir vielleicht mal zusammen hingehen, oder?«

Ihr wurde gleichzeitig heiß und kalt. Es passierte, sie hatte es gewusst. Es ging ihm gar nicht um Mathe. Es ging ihm nur um sie. Jonas streichelte ihr mit der rechten Hand über den Hals, sein Mund kam ihrem Gesicht immer näher. Sie schloss die Augen. Schon berührte seine Nase ihre Nase, er strich mit seinen Lippen über ihre Wange, sie hörte ihn atmen, sie konnte seinen schnellen Herzschlag fühlen. Er roch wunderbar, nach Seife und Zimt und nach Glück.

Dann spürte sie seine Lippen auf den ihren. Diese Berührung war mit nichts zu vergleichen, was sie bisher erlebt hatte. Sie hatte das Gefühl, als würde ihr ganzes Leben zusammenschrumpfen auf diesen einen Punkt, auf dem sie mit Jonas auf einem roten Sofa saß und von ihm geküsst wurde.

Sie waren das Zentrum der Welt. Nichts sonst konnte irgendwo für irgendwen von Bedeutung sein. Sie erwiderte den Kuss. Es war wunderbar. Sein Nacken und die kleinen schwarzen Härchen auf seiner Haut fühlten sich genauso an, wie sie es sich vorgestellt hatte.

Dazu dieser Geruch, auf immer und ewig würde sie sich an diesen Duft erinnern. Jonas rückte näher, sein Körper war neben ihrem, sein rechtes Knie lag zwischen ihren

Beinen. Er küsste ihren Mund, ihre Ohrläppchen, er zog mit den Fingern den Rollkragen ihres Pullovers zur Seite und liebkoste mit den Lippen ihren Hals. Seine Hand wanderte unter ihren Pullover, er zog ihr T-Shirt aus ihrem Hosenbund und streichelte ihre nackte Haut. Sie konnte überhaupt nicht denken, sie fühlte, was er tat, aber mit ihren Gedanken war sie ganz woanders.

Er wollte mit ihr ins Kino gehen, es würde wahr werden. Alle würden es erfahren. Jeder würde sie sehen. Sie und Jonas. Nebeneinander im Kino am Markt. Er würde ihr eine Cola kaufen und darauf achten, dass sie sich im Dunkeln nicht fürchtete, wenn der Film unheimlich wurde.

Dann würde er sie nach Hause bringen und ihre Mutter würde platzen vor Neid, dass sie so einen hübschen, klugen und reichen Freund hatte. Aus Angst, sich mit Jonas Eltern auseinander setzen zu müssen, würde sie ihr die Beziehung mit Jonas nicht verbieten oder verleiden. Sie wäre frei.

Im Sommer würde sie mit Jonas in den Urlaub fahren. Nach Spanien oder Frankreich. Er würde sie einladen. Sie würden mit Rucksäcken die Welt erkunden und er würde ein ums andere Mal darüber staunen, wie klug sie war und was sie alles wusste.

Jonas Hand auf ihrem Busen riss sie aus ihren Träumen. Sie spürte, wie er an ihrem Büstenhalter zog, um ihre Brust zu entblößen. Unwillkürlich spannte sie die Muskeln und schützte mit dem linken Arm ihre Brust. Jonas presste sich an sie.

»Komm schon, Prinzessin«, keuchte er, »ich will sie nur streicheln. Mehr nicht. Sie sind so schön. Das gefällt dir doch, oder?«

Nein, eigentlich gefiel es ihr nicht, aber sie wollte ihn nicht enttäuschen. Nicht Jonas. Jonas, der mit ihr verreisen würde. Der sie verteidigen würde. Also zog sie ihren Arm weg und küsste ihn auf den Mund.

»Doch es gefällt mir«, flüsterte sie.

Jonas riss den Büstenhalter zur Seite und griff mit seiner Hand nach ihrer nackten Brust. Er streichelte über die Brustwarze und griff immer wieder in das üppige Fleisch. Sie fand die Berührung nicht angenehm, ohne dass sie es bemerkte, hielt sie die Luft an. Aber es war Jonas.

Das gehörte nun einmal dazu. Auch er war eben nur ein Mann, und war es nicht schön, dass sie ihn erregte? Sie kraulte Jonas gedankenverloren in den schwarzen Locken und spürte fast nur nebenbei, wie er ihr den Pullover hochschob und ihre vollen Brüste gänzlich entblößte. Er küsste ihre Brüste, leckte mit seiner Zunge an ihren Brustwarzen und presste sich immer stürmischer an ihren Unterleib. Ihr wurde schlecht. Sie versuchte, seinen Kopf zu heben, um ihn auf den Mund zu küssen und von ihrem Busen abzulenken, aber er wischte ihr nur einen flüchtigen Kuss neben die Lippen und stürzte sich erneut auf ihre Brüste. Dieser Geruch.

Sie hatte das Gefühl, sich übergeben zu müssen. Gerade, als sie Jonas fragen wollte, wo die Toilette sei, auch, um sich eine Atempause zu verschaffen, sprang die Tür des Kellerraums auf und mehrere Jungs stürmten lachend und johlend in das Zimmer. Sie war vor Schreck wie gelähmt. Instinktiv wollte sie ihre Brüste bedecken, aber Jonas hielt den Pullover mit beiden Händen hoch und grölte: »Seht ihr, was für Riesendinger die hat? Wollt ihr auch mal anfassen?«

Mehrere Hände streckten sich aus, um ihre Brüste zu begrapschen. Sie wehrte sich verzweifelt.

Ihr Denken war vollkommen ausgeschaltet, sie kam sich vor wie in einem bösen Traum.

»Was für Titten, Jonas, du bist doch der Größte, wer hätte gedacht, was die Alte alles unter ihren Kartoffelsäcken hat!«

Endlich rollte Jonas sich laut lachend zur Seite und gab ihr so die Möglichkeit, ihren Pullover hinunterzuziehen. Nur schemenhaft nahm sie wahr, dass drei oder vier ihrer Klassenkameraden in dem Zimmer standen oder saßen. Alle lachten, brüllten, schlugen sich auf die Schenkel.

Sie stopfte so schnell sie konnte ihre Sachen in die Tasche, bahnte sich einen Weg durch das johlende Inferno und stürmte die Treppen hinauf. Sie hörte noch, wie einer der Jungs, sie glaubte, es sei der dicke Philipp gewesen, Jonas etwas von einer gewonnenen Wette zuschrie.

Und sie hörte Jonas' Lachen unter all dem Chaos heraus. Sie riss ihre Jacke vom Haken der Garderobe, öffnete die Tür und rannte, so schnell sie konnte.

Sie lief, bis das Haus weit hinter ihr lag und sie schon zwischen den Feldern angekommen war. Mittlerweile war es dunkel geworden, keine Menschenseele kam ihr auf dem schon am Tag wenig benutzten, einsamen Weg entgegen.

Erst, als sie fast keine Luft mehr bekam, ließ sie sich auf eine vereiste Holzbank fallen, die am Eingang zu einem kleinen Forst stand. Eine rotweiß gestreifte Schranke sollte allzu vorwitzige Sonntagsausflügler davon abhalten, mit dem Auto direkt in den Wald zu fahren, anstatt spazieren zu gehen. Mit ihrer Jacke in der Hand, schweißnass und tränenüberströmt, kauerte sie auf der Bank.

Sie konnte es nicht fassen. War das wirklich passiert? Vielleicht hatte sie alles nur geträumt. Aber nein, zu genau fühlte sie die Berührungen auf ihrer Haut, hörte die Demütigungen in ihrem Kopf sich in einer endlosen Schleife wiederholen. Wie sollte sie morgen nur in die Schule gehen?

Bei diesem Gedanken rauschte ihr das Blut so heftig in den Ohren, dass sie glaubte ohnmächtig zu werden. Jonas musste alles von Anfang an geplant haben. Nichts würde sich ändern. Sie würde nicht auf dem Schulhof neben Jonas stehen und von allen beneidet werden. Keine Reise nach Frankreich. Kein Lachen im Sommer. Er würde ihr nicht mit einer zarten Geste Schokoladeneis aus ihrem Mundwinkel küssen. Es gab keinen Jonas mehr.

Sie würde wieder zurückgehen zu ihrer Mutter. Zu ihren hässlichen Sachen und dem fetten Essen. Sie saß auf der Bank und spürte nichts. Sie fror nicht. Sie bemerkte nicht, wie ihr vom Laufen schweißdurchtränkter Pullover gefror. Sie starrte unter stummen Schluchzern in die Dunkelheit. Erst nach einer Ewigkeit stützte sie den Kopf auf die Hände und vergrub die Finger in ihren Haaren. Da war er plötzlich wieder. Sein Geruch. Sie roch ihn und in ihrem Kopf und ihrem Magen drehte sich alles. Sie konnte sich gerade noch über die Rückenlehne der Bank beugen, bevor sich ihre Illusionen in einem heißen Schwall aus Scham und Wut auf den eisigen Boden ergossen.

19

Als Karen aus dem Zimmer trat, gab sie der jungen Beamtin, die sich bereits in der letzten Nacht im Alten Park als tüchtig erwiesen hatte, den Auftrag, vor der Tür zu ihrem Büro zu warten und somit zu verhindern, dass Mischa in einem Moment der Panik oder Angst weglaufen könnte.

»Fragen Sie ihn bitte, ob er etwas braucht oder möchte. Kaffee oder doch etwas zu essen oder so. Der Junge ist ziemlich am Ende und es tut ihm bestimmt gut, wenn er das Gefühl hat, dass wir uns wenigstens ein bisschen um ihn kümmern. In Ordnung?«

»Geht klar, Hauptkommissarin Martin.«

Alexej folgte Karen in einen Aufenthaltsraum. Karen ließ sich auf einen Stuhl fallen und sah ihm direkt in die Augen. »Alexej, ich habe eine Frage. Ich weiß, es ist ungewöhnlich, aber der Junge tut mir Leid. Er ist erst siebzehn, geht auf den Strich, träumt von Island und hat seinen vielleicht einzigen Freund durch dieses Monster verloren. Sag mal, meinst du nicht, dass sich deine Eltern um ihn kümmern könnten?«

»Manchmal denke ich, Martin, du wärest besser Priester oder Sozialarbeiterin geworden als Polizistin«.

»Oh Gott, unterstell du mir jetzt nicht auch noch einen Mutter-Theresa-Komplex. Himmel, er tut mir einfach nur Leid. Willst du ihn wieder zu den ach so ehrbaren Kinderfickern auf die Straße schicken? Vielleicht ist er der Nächste, der unserem Killer in die Hände fällt.«

»Karen ...«

»Alexej, ich weiß, dass wir nicht jeden retten können, der es aus eigener Kraft nicht schafft, aber bedeutet das denn, dass wir aus diesem Grund einfach niemanden mehr retten? Oder es zumindest versuchen?«

Alexej Storm sah seine Freundin an. Niemand hatte Augen wie sie. Sie waren irritierend blau, aber oft genug leuchteten sie nicht, sondern waren von einer fast beunruhigenden Tiefe, so dass man nicht sicher war, ob man wirklich wissen wollte, was man entdeckte, wenn man ihren Grund erreichte. Wie ein Bergsee, dessen vorgebliche Unschuld schnell verfliegt, wenn man es wagt, eine Hand in sein eisiges Wasser zu tauchen.

»Ist ja schon gut. Ich rufe meine Mutter an. Geh du wieder rein und sieh zu, was du noch aus ihm rausbekommen kannst. Ich komme dann gleich wieder dazu.«

Statt einer Antwort drückte Karen nur stumm Alexejs Oberarm als Geste der Dankbarkeit und ging dann zurück in ihr Büro.

Mischa sah ihr mit stumpfem Blick entgegen. Nein, heute würde sie nichts mehr von ihm erfahren. So hart und erwachsen er draußen auf der Straße auch sein musste um zu überleben, jetzt und hier war er ein Kind. Ein trauriges, zu Tode geängstigtes Kind, das niemanden auf der ganzen Welt hatte, der sich um es kümmerte.

Alexej öffnete die Tür, streckte seinen Kopf herein und winkte Karen auf den Flur.

»Meine Mutter macht schon sein Bett. Vater sagt, er kann immer zwei Hände brauchen, die mit anpacken, gerade jetzt, wo er die hinteren Räume renovieren will.«

»Er will renovieren?«

»Tja, jetzt schon«, lächelte Alexej. »Wenn du es als Polizistin mal nicht mehr bringst, schlage ich vor, du eröffnest mit meinem Vater ein Büro zur Rettung der Welt. Ihr zwei hättet glaube ich eine gute Chance auf Erfolg.«

»Deine Familie ist Gold wert, alter Freund«, seufzte Karen erleichtert auf.

»Ich weiß, Karen«, gab Alexej plötzlich ernst zurück, »wenn mein Vater damals nicht …« Er brach den Satz ab und wischte sich verlegen mit der Hand über das Gesicht. »Jetzt hoffe ich nur noch, Mischa ist mit diesem Vorschlag ebenfalls einverstanden.«

»Das hoffe ich auch. Klar könnte ich ihn auch in irgendeiner Jugendverwahranstalt abgeben, immerhin ist er noch nicht achtzehn. Aber mal ehrlich, morgen früh ist er wieder weg. Und ich könnte es ihm noch nicht einmal verdenken.«

Karen betrat erneut ihr Büro und setzte sich auf die Kante des Schreibtisches.

»Hey, ich habe da eine Idee«, sprach sie Mischa an. »Freunde von mir, die haben eine Bar im Hafenviertel. Es sind fabelhafte Leute, und sie würden dir gern helfen. Du kannst dich dort erstmal ausruhen und dann sehen wir weiter. Und mach dir keine Sorgen«, sie zeigte mit dem Daumen auf Alexej, »ihr Sohn ist nicht nur Polizist, sondern auch mein Kollege und mein Freund. Dort wird dir nichts passieren.«

Mischa sah Karen misstrauisch an.

Sicher, er war todmüde, er wusste nicht, wo er hingehen sollte, aber sein Instinkt war hellwach. Warum sollten ausgerechnet Bullen ihm helfen wollen? Warum sollte überhaupt irgendjemand ihm helfen wollen?

Karen sah den Zweifel in Mischas Blick.

»Mischa, du bist für uns ein wichtiger Zeuge. Du bist der einzige, der uns etwas über Kais Leben, seine Gewohnheiten und seine Bekanntschaften sagen kann. Ich kann es nicht riskieren, dass der Mörder dich vielleicht kennt und dich auch aus dem Weg räumt. Deshalb muss ich dich in Sicherheit bringen. Bitte, nimm das Angebot an. Ich versichere dir, es ist kein Haken dabei. Du kannst jederzeit gehen. Niemand wird dich aufhalten, und du wirst nicht eingesperrt. Ich werde deine Mutter davon in Kenntnis setzen, wo sie dich finden kann, wenn sie will. Oder möchtest du das nicht?«

»Doch, ist schon in Ordnung. Aber machen sie sich keine großen Hoffnungen. Sie wird vermutlich nach der nächsten Flasche wieder vergessen haben, dass es mich gibt. Vorausgesetzt, Sie erwischen sie überhaupt nüchtern.«

»Okay, dann komm jetzt, wir fahren dich hin.«

Nachdem sie den Jungen in die Obhut der Storms übergeben hatten, ließ Karen sich von Alexej nach Hause fahren. Sie zog sich aus und stieg ohne einen Umweg über das Badezimmer direkt in ihr Bett. Sie kuschelte sich in ihre Decken und rollte sich mit einem Kissen in den Armen, das noch nach David roch, zusammen. Sie spürte, wie ihr Herz sich zusammenzog. Sein Geruch löste in ihr ein wildes Begehren aus, eine Sehnsucht, die ihr fast den Atem nahm. Aber schlimmer noch als diese Gefühle war ein anderes, dass sich langsam aus den tiefsten Kellern ihrer Seele Bahn brach, drohte, an die Oberfläche zu kommen.

Karen Martin verspürte Hoffnung. Sie hoffte, dass ihre Wünsche sich erfüllen würden. David würde jetzt vielleicht doch an ihrer Seite sein. Es war so schön gewesen in den letzten Tagen. Zum Teufel mit dem Altersunterschied, zur Hölle mit all ihren oder seinen Bedenken. Sie liebte ihn und er liebte sie. War es nicht so? David wird in ein paar Wochen vierundzwanzig. Er wird auch älter. Vielleicht wird auch ihm klar, dass er mich braucht, ohne mich nicht sein kann und seine Suche nach der Frau fürs Leben eben schon früher beendet ist als bei den meisten anderen.

Älter, konnten ihre Zweifel gerade noch flüstern, als ihr langsam die Augen zufielen, älter, Mensch, Karen, du bist fast fünfunddreißig. Das ist älter.

20

Der Reporter hatte sich eigentlich bereits entschieden, zurück in die Redaktion zu fahren, um seine neueste Geschichte über die untätige Polizei vorzubereiten. Es würde ein Knüller werden. Die Hauptkommissarin Karen Martin poussierte mit einem Jungen herum, der vermutlich ihr Sohn sein könnte. Er hatte tolle Fotos gemacht, als Karen sich von David vor ihrer Haustür verabschiedet hatte, um ins Präsidium zu fahren.

Aber dann war er doch seinem Instinkt gefolgt und war Karen hinterher gefahren. Warum brachten die einen ziemlich fertig aussehenden Kerl ins *Storms*?

Er wäre der Geschichte zu gern nachgegangen, aber nach seinem gestrigen Auftritt befürchtete er zu Recht, von Karl Storm nicht gerade freundlich empfangen zu werden.

Und Hartmut Peschel war ein Feigling. Somit schoss er auch von dem mysteriösen Fremden ein paar Fotos und wartete dann vor dem Lokal, bis Alexej und Karen wieder herauskamen.

Irgendetwas sagte ihm, dass der Abend noch nicht zu Ende war.

Er schlief in seinem Wagen vor Karens Haustür, als die Nacht seiner Ahnung zustimmte.

Mann, dachte er, jetzt wird die Story kochen.

Ich mach euch alle fertig.

21

Karen und Alexej standen übernächtigt und deprimiert in einem Stehimbiss und tranken Kaffee. Wieder ein toter Junge. Ermordet an seinem ersten Tag in der Stadt.

Tom Werner wollte sich eine Wohnung ansehen, da er in Kürze ein Studium beginnen wollte.

Er war mit dem Morgenzug aus einem Provinznest eingetroffen, die Fahrkarte hatten die Beamten in seiner Brieftasche gefunden.

Seine Leiche war im Industriegebiet der Stadt von Bauarbeitern am frühen Morgen entdeckt worden, da war er schon fast zwölf Stunden tot.

Wieder keine Zeugen, keine Spuren, keine Hinweise.

»Es bringt nichts, wenn wir in seinem Umfeld nach Hinweisen suchen, Alexej. Er ist hier ermordet worden und hier kannte er niemanden. Die Routinebefragungen können ebenso die Kollegen vor Ort erledigen.«

Karen Martin fuhr sich erschöpft mit der Hand über das Gesicht. »Komm, wir fahren ins Präsidium.«

22

Im Präsidium angekommen besprachen Karen und Alexej gemeinsam mit Marc Hagenberg ihr weiteres Vorgehen.

»Okay, Alexej, du gibst bitte in den Computer ein, was wir über Kai Schneider wissen. Ich bin mir sicher, dass ein siebzehnjähriger Junge, der seinen Lebensunterhalt schon seit einiger Zeit auf der Straße verdient, irgendwann mal aufgefallen ist. Seine Eltern wohnen laut Mischas Aussage in den Felddörfern, wenn du seine Adresse hast, fahren wir beide hin. Marc«, wandte sie sich ihrem jungen Kollegen zu, »du fertigst bitte in der Zwischenzeit ein genaues Profil der bisherigen Opfer an. Alter, Wohnorte, Berufe, Gemeinsamkeiten in Hobbys, Aussehen, Lebenswandel, einfach alles, was irgendwie von Bedeutung sein könnte. Setzt dich mit den Kollegen an Tom Werners Wohnort in Verbindung, sie sollen dir ihre Erkenntnisse so schnell wie möglich mitteilen. Ich glaube zwar nicht mehr, dass das irgendwas bringt, ich denke, die Opfer werden mehr oder weniger zufällig ausgewählt. Aber wir dürfen keine Möglichkeit außer Acht lassen.«

Marc Hagenberg fiel vor Erstaunen fast der Kaffeebecher aus der Hand.

»Aber ...«, stammelte er.

»Ist was?« fragte Karen ihn, »habe ich mich irgendwie undeutlich ausgedrückt?«

»Aber das hat doch der Psychologe schon gemacht.«

»Ach, und jetzt glaubst du, das ist nicht noch ein zweites Mal nötig, oder was?«

»Nein, ich ... Ich kann mir nur nicht vorstellen, dass mir was auffällt, was nicht schon fixiert ist.

Und ich bin doch auch noch in der Ausbildung. Glauben Sie wirklich, ich bin der Richtige dafür?« Karen fuhr sich mit gespreizten Fingern durch ihr kurzes Haar. »Marc, jetzt hör mir mal zu. Dr. Karstens Ausführungen kann man getrost in die Tonne treten. Das weißt du auch. Dr. Steiner hat ein paar sehr interessante Theorien, aber du bist hier mit Abstand der Jüngste, gut bemerkt, das zeigt mir wieder einmal, wie scharfsinnig du bist.«

Marc sah sie jetzt noch viel unsicherer an. Sie war echt eine gute Chefin, aber manchmal wusste er verdammt noch mal einfach nicht, was er von ihr halten sollte.

Sein flaues Gefühl verflog aber sofort, als er Karens breites Grinsen sah.

»Marc, mein werter Kollege, weil du jung bist und ein Mann, bringt es doch vielleicht etwas, wenn du dir noch mal alles ansiehst, was mit den Opfern zu tun hat. Schließlich sind das auch alles junge Männer. Wir übersehen etwas, wir kommen keinen Schritt weiter, und wir brauchen jeden Hinweis, den wir kriegen können. Also mach dich an die Arbeit.«

»Okay, Hauptkommissarin Martin, ich mach mich sofort ran. Danke für Ihr Vertrauen.«

»Und du?« fragte Alexej seine Vorgesetzte, »was tust du, während wir hier die ganze Arbeit erledigen?«

»Ich fahr raus zum Hauptbahnhof und spreche mit den Kollegen von der Bahnpolizei und dieser Anna, von der Mischa uns erzählt hat. Vielleicht ergibt sich ein Hinweis darauf, was Kai gestern Abend gemacht hat, nachdem sich die beiden getrennt haben.«

»Das willst du allein machen? Soll ich nicht lieber mitkommen?«

»Alexej, lieber Freund und Ratgeber, nur im Fernsehen machen Polizisten immer alles zu zweit.« Alexej sah sie irritiert an. Es sah ihr nicht ähnlich, am frühen Morgen so aufgekratzt zu sein. Karen erwiderte seinen Blick und konnte seine Gedanken in seinen Augen fast wie eine Leuchtschrift vorüberziehen sehen. Im Hintergrund räumte Marc Hagenberg bereits wahre Berge von Akten, Notizen, Fotos und Presseberichten auf verschiedene Stapel, um sich weisungsgemäß an seine Aufgabe zu machen.

»Alexej, ich will mich einfach möglichst inoffiziell ein bisschen umhören. Wenn wir da zu zweit auftauchen, stiftet das zuviel Unruhe. Du weißt, es ist sowieso schwer genug, von den Typen, die ihr Leben am Bahnhof verbringen, irgendetwas zu erfahren und schließlich ist es ja auch nicht ganz auszuschließen, dass der Mörder selbst in diesem Milieu verkehrt. Okay?«

Sie erwiderte ruhig Alexejs Blick und er nickte. Das war es also. Karen wollte die Fährte aufnehmen.

Sie spürte, dass irgendetwas sie weiterbringen würde, weil der oder die Killer sich Kai Schneider, einen siebzehnjährigen Stricher, als drittes Opfer ausgewählt hatten. Wäre Alexej ein weniger sensibler Mensch gewesen, wäre ihm das Verhalten seiner Chefin unter Umständen etwas merkwürdig vorgekommen, aber im Großen und Ganzen wäre es ihm egal gewesen, sollte sie sich doch in der

Kälte herumtreiben, während er gemütlich am Schreibtisch saß und ein paar Recherchen betrieb.

Aber dafür kannte er Karen zu lange und zu gut. Sie kamen voran. Karen ahnte es vermutlich selbst noch nicht, aber Alexej wusste es. Diese Intuition, die sonst niemand, den er kannte, besaß, zeichnete sie aus, machte sie als Mensch, vor allen Dingen aber als Polizistin, einzigartig.

Alexej neidete Karen diese Gabe, aber er fürchtete sich auch davor. Denn es gab im Leben keine Geschenke. Für alles war auf die eine oder andere Art ein Preis zu zahlen.

Karens Preis war ihre kaum zu zügelnde Emotionalität, ihre sich manchmal überschlagenden Gefühle, die sie in ihrem Privatleben schon mehr als einmal die falschen Entscheidungen hatten treffen lassen. Zumindest sah Alexej das so. Karen dagegen rang jedem Desaster seinen eigentlichen Sinn ab. Sie saugte die Essenz einer Erfahrung in sich auf und ging dann weiter den einzigen Weg, den sie ihrer Meinung nach gehen konnte.

Sie gab alles und nahm dafür, was sie kriegen konnte. Alexejs kritischer und manchmal auch unverständiger Blick auf Karens Leben resultierte aus dem Wunsch, sie beschützen zu wollen. In erster Linie vor sich selbst.

Karen stand auf und raffte ihre Sachen zusammen. »Ich bin in ein, zwei Stunden zurück. Wenn vorher was Wichtiges ist, ruf mich an, okay?«

Statt einer Antwort hob Alexej nur bestätigend die Hand und wandte sich dann seinem Computer zu.

23

David Behrendt hastete mit hoch gezogenen Schultern über den Campus. Seine orangefarbene Schultertasche war wie immer mit Büchern, Mappen und Ordnern überladen und setzte an diesem erneut eiskalten Tag fast den einzigen freundlichen Akzent in einem grauen Ozean freudloser Geschäftigkeit. David hatte die Fäuste tief in den Taschen vergraben, seine dunkle Wollmütze verdeckte fast seine

Augen. Er stemmte sich gegen den Wind und strebte nach einem ermüdenden Seminar hungrig der Mensa entgegen, um sich für einen langen Nachmittag in der Bibliothek zu stärken. Als er das Gebäude endlich erreicht hatte, wurde er fast von einer Gruppe junger Studentinnen über den Haufen gerannt, die, in allerlei bunte Schals und Mützen verpackt, gerade die Mensa verlassen wollten und, in ihre Gespräche vertieft, nicht darauf achteten, wer ihren Weg kreuzte. Sie lachten und entschuldigten sich lauthals und mehr aus übermütiger Frechheit als aus wirklichem Bedauern bei David, der hinter ihnen durch die Tür schlüpfte, nicht ohne zu bemerken, dass eins der wirbelnden Wesen unter ihren dunklen Locken seinen Blick suchte und ihn strahlend und aufreizend anlächelte.

Sie warf ihm über die Schulter einen letzten tiefen Blick zu und trollte sich dann mit ihren Begleiterinnen hinaus in die Kälte.

Süß, dachte David.

Er grinste und wandte sich dann dem ausgeschriebenen Tagesangebot zu. Nachdem er sein Tablett mit Kartoffelauflauf, Salat und einem großen Stück Apfelkuchen beladen hatte, quetschte er auch noch einen Milchkaffee zwischen die Teller und suchte sich an einem der großen Tische einen freien Platz. Die Hauptmittagszeit war fast vorbei und so genoss er das Privileg, allein essen zu können.

Gerade jetzt war er über diesen Umstand froh, er brauchte einen Moment Ruhe, um seine Gedanken zu ordnen.

David war mit sich selbst nicht im Reinen. Während er abwesend sein Essen in sich hineinstopfte, wanderten seine Gedanken zu Karen. Wie immer, wenn er an sie dachte, waren seine Empfindungen zwiespältig. Auf der einen Seite fühlte er sich unwiderstehlich zu ihr hingezogen, auf der anderen Seite wollte er am liebsten weglaufen, so schnell und so weit wie möglich. Er konnte sich diesen Widerspruch selbst nicht erklären. Es war wunderbar, wenn er mit Karen zusammen war. Sie war warmherzig, ungemein klug, witzig und wenn er in ihre Augen sah, hatte er oft genug das Gefühl, jemandem gegenüber zu sitzen, der ihn wirklich und zutiefst erkannte.

David wusste, er würde Karen nie etwas vormachen können und das schaffte auf der einen Seite ein ungeheures Gefühl der Vertrautheit und auf der anderen Seite machte es ihm eine höllische Angst. Aber er spürte auch, dass ihre Verbindung etwas Außergewöhnliches war. Am allermeisten wurde ihm diese Tatsache bewusst, wenn er bei ihr war, in ihrem Bett neben ihr lag und sie dann den Raum verließ. Plötzlich fühlte er sich unvollständig, er kam sich allein vor, obwohl Karen vielleicht nur in der Küche war oder kurz im Badezimmer.

Einmal war sie auf dem Flur auf und ab gegangen, während sie telefonierte, um eine Verabredung abzusagen, da sie den Tag lieber mit ihm verbringen wollte. Er hatte im Schneidersitz auf ihrem Bett gesessen und eine Zigarette geraucht, während er sie sprechen und lachen hörte. Alle paar Schritte kam Karen an der Zimmertür vorbei. Sie hatte dicke Socken an und ein altes Shirt. Mehr nicht.

Ihre Haare waren zerzaust und gelegentlich lächelte sie ihm zu, wenn sie die Tür passierte. Und er hatte es gar nicht abwarten können, dass sie endlich das Telefongespräch beendete, um zurück zu ihm ins Bett zu kommen. Er fühlte sich verlassen, nur ein paar Meter von ihr entfernt verspürte er den Drang, sie einfach in seine Arme zu reißen und festzuhalten. Nur mühsam konnte er sich beherrschen, sie nicht anzuschreien. »Verdammt, jetzt leg endlich auf!«

Als sie endlich wieder auf das Bett sprang, übermütig vor ihm auf und ab hüpfte und ihn lachend fragte, ob er es eigentlich zu früh für ein Glas Sekt fände, hatte er sie nur stumm angesehen. Karen war sein Verhalten sofort aufgefallen. Sie hockte sich vor ihn hin und fragte: »Was?«

David hatte sie nur an sich gezogen und geküsst. Er hielt sie fest, ließ seine Hände über ihre Haut gleiten und ihre Nähe, ihre Wärme und ihre Leidenschaft hatten ihm das Gefühl gegeben, zu leben. Jetzt war alles wieder gut.

Die paar Minuten ohne sie waren ihm wie eine Ewigkeit vorgekommen. Er konnte sich nicht erinnern, jemals so gefühlt zu haben. Mehr als einmal war er nach einer Nacht, nach einem Wochenende mit Karen zu spät zur Universität gekommen und Karen zu spät zum Dienst. Und es war ihnen beiden vollkommen gleichgültig gewesen. Oft genug hatte David das Gefühl, sein Leben nicht auf die Reihe zu bekommen, wenn Karen ein Teil davon war. Das lag nicht an ihrem Verhalten, sie förderte und unterstützte ihn, wo sie nur konnte.

Nein, es lag daran, dass er sich eigentlich niemals trennen wollte, wenn er bei ihr war. Solange er mit Karen zusammen war, waren die Gesetze der Physik in Kraft. Dinge, die man nach oben warf, fielen zuverlässig wieder zur Erde hinunter. Am Ende des Herbstes wurde es Winter. Ein Mann und eine Frau fanden sich in perfekter Harmonie. Erst, wenn er sich wieder in seiner eigenen Welt befand, mit seinen Freunden zusammen war, eine Vorlesung besuchte oder zu Hause am Computer eine Seminararbeit schrieb, kamen die Zweifel.

Sie ist eine so starke Frau, ging es ihm wieder und wieder durch den Kopf, sie ist Hauptkommissarin bei der Kripo. Ich habe noch nicht mal mein Examen, ich weiß nicht, wohin es mich nach der Uni verschlägt, was ich überhaupt genau mit meinem Studium anfangen will.

Im Gegensatz zu vielen seiner Kommilitonen träumte David nicht davon, für eine Zeit oder auch für immer ins Ausland zu gehen. Das lag zu einem großen Teil daran, dass er unter schrecklicher Flugangst litt. Damit fiel alles außerhalb Europas schon mal weg und so wahnsinnig abenteuerlustig war er auch gar nicht.

Nein, aber wie jeder junge Mensch wollte sich auch David alle Optionen offen halten, sich nicht gleich für etwas entscheiden, ohne noch ein paar andere Dinge ausprobiert zu haben. Es zog ihn gar nicht zu anderen Frauen hin, er war nie der Typ Mann gewesen, der von einer Eroberung zur nächsten sprang. Aber natürlich mochte er Frauen. Und er war selbstbewusst genug, um sich über seine Wirkung auf das andere Geschlecht klar zu sein. Aber in dieser Hinsicht war er zu sehr auf Karen fixiert. Er liebte es, mit ihr zu schlafen. Es war immer, als würde sein Körper sich auflösen und mit dem ihren verschmelzen, und nicht nur sein Körper, auch seine Seele, sein Geist, sein Herz. David war ehrlich genug zu sich selbst, um sich darüber klar zu sein, dass ihm solche Momente mit anderen Frauen versagt blieben. Mit Karen war es, ja, sie würde sagen, Magie. Und vielleicht war es das wirklich. So oft sie auch Sex hatten und er musste unwillkürlich grinsen bei dem Gedanken, wie oft er und Karen übereinander herfielen, es war nie, nicht ein einziges Mal auch nur annähernd Routine gewesen oder nur einfach normal. Jedes einzelne Mal war von einer Leidenschaft, dass vermutlich das Haus um sie herum hätte brennen können, ohne das sie es bemerkt hätten. Er sehnte sich danach, alles in ihm pulsierte, wenn er nur daran dachte.

Und wenn es vorbei war, sprachen sie miteinander über Gott und seine Welt. Wie zwei, die sich schon hundert Jahre kannten, die einander blind vertrauten und keine Schwierigkeit hatten, dem anderen in seine Gedankenwelten zu folgen, mochten sie auch noch so verstiegen und seltsam sein.

Er kannte keinen anderen Menschen, der in der Nacht erschöpfend über Nietzsche diskutieren konnte und am nächsten Morgen neben ihm saß, einen Kaffeebecher in der Hand hielt und sich gemeinsam mit ihm über Zeichentrickfilme halbtot lachte. Es war perfekt. Und genau das war ihm dann immer wieder zu viel. Er fühlte sich dieser Beziehung nicht gewachsen, es erdrückte ihn und er musste sich wieder von Karen lösen.

Er musste weg, einfach nur weg von ihr. Er wusste, wie sehr sie das jedes Mal verletzte und es tat ihm Leid, aber noch mehr tat er sich eigentlich selbst leid. Ohne Karen zu sein war dann manchmal wie eine Erlösung. Alles verlief in normalen Bahnen, nichts nahm ihn wirklich gefangen. Er konnte mit seinen Freunden zum Sport gehen und hinterher gemeinsam mit ihnen in einer Kneipe Bier trinken und sich benehmen, als wüsste er genauso wenig wie alle anderen, wo genau das Paradies lag und was man sich darunter eigentlich vorzustellen hatte.

Bei Karen war es vollkommen. Allein fühlte er sich frei.

24

Am nächsten Morgen war sie nicht fähig aufzustehen. Sie fühlte sich elend und schmutzig. In der Nacht hatte sie sich unruhig von einer Seite auf die andere gewälzt und wenn der Schlaf sich endlich für eine kurze Spanne des Vergessens erbarmte, zerstörten Albträume die barmherzige Pause.

Sie sah sich an einem Strand. Es war Nacht.

Sie lag nackt und zu Tode verängstigt auf einer Art Planke oder dicken Bohle, ihre Arme waren ausgestreckt über ihrem Kopf gefesselt und auch an den Füßen verhinderten dicke Stricke jede Bewegung. Sie lag auf dem leicht abfallenden Strand mit dem Kopf nach unten, so dass die Wellen bereits an ihren Händen und Armen leckten. Sie wusste nicht, wie sie dorthin gekommen war und was passieren würde. Um sie herum bewegten sich Menschen, die sehr geschäftig Dinge heranschafften, die sie nicht genau erkennen konnte.

Niemand sprach auch nur ein Wort mit ihr. Überhaupt war alles, was sie hörte, das Rauschen des Windes und das gleichmäßige Atmen des Meeres.

Sie versuchte, mit den Personen, die um sie herumliefen zu reden, sie anzusprechen, um Hilfe zu bitten, aber niemand beachtete sie. Plötzlich wusste sie, dass es Männer waren, die sie zu einem ganz bestimmten Zweck an diesen Strand gebracht hatten. Ihre Gesichter waren nicht zu erkennen. Sie waren nur Schatten, Schemen, man hätte sie für Geister halten können, wenn nicht ihre körperliche Präsenz, ihre emotionslose und in jeder Handbewegung abgestimmte Vorbereitung für eine bald stattfindende Prozedur ihr klargemacht hätten, dass es sich nicht um Schattenwesen handelte, sondern um eine Gruppe von fünf oder sechs erwachsenen Männern.

Niemand schien sie zu beachten. Sie riss an ihren Fesseln, spürte das blanke Holz unter ihrem Rücken, an ihren Beinen. Sie schämte sich nicht ihrer Nacktheit, es überwog die Verwunderung, wie sie an diesen Ort gekommen war und was die Männer mit ihr vorhatten. Dann beugten sie sich über ihren Körper.

Wie auf ein verabredetes Zeichen tauchten sie dicke Quasten in hölzerne Bottiche und begannen, ihren Körper mit einer dickflüssigen Substanz einzustreichen. Sie spürte die Berührungen der groben Borsten auf ihrer Haut, sie sah an sich herunter und plötzlich begriff sie, dass es Blut war, mit dem die Männer sie bestrichen. Sie schrie. Wie ein Blitz schoss das Wissen in ihren Kopf. Sie bestrichen ihre Haut mit Blut.

Dann würden sie die Planke in das Meer schieben und sie den Haien zum Fraß vorwerfen. Deshalb war sie hier. Sie schrie, schrie aus Leibeskräften, wand sich in verzweifelten Versuchen, sich aus den Fesseln zu befreien, dem grauenvollen Ritual zu entkommen, unter den energischen Berührungen der Männer. Doch ihre Schreie gellten nur in ihrem Kopf, die Männer sahen nur ihren weit aufgerissenen Mund, ihre schreckensweiten Augen und begannen plötzlich zu lachen.

Sie tauchten die Quasten ein um das andere Mal in die Bottiche mit Blut, rieben es auf ihren Körper und lachten. Die Männer warfen sich verschwörerische und aufmunternde Blicke zu, sie wusste, dass es so war, obwohl sie ihre Gesichter nicht erkennen konnte. Sie schienen sich gegenseitig anzustacheln und zu immer härteren und brutaleren Berührungen zu animieren. Das Blut klebte an ihr, es bildete eine immer dicker werdende Schicht auf ihrer Haut, und sie spürte, wie es an den Seiten ihrer Oberschenkel und ihrer Brüste in dicken zähflüssigen Schlieren hinab kroch, als sei es zu träge zum Fließen.

Sie versuchte, mit den Männern zu reden, sie davon zu überzeugen, dass es Unrecht war, was sie taten, das müssten sie doch einsehen, das war doch glasklar, lag auf der Hand, wenn sie ihr nur für eine Minute zuhören würden, dann würde es ihnen wieder einfallen.

Ja, es war nicht richtig, das durfte man nicht tun. Aber ihre Worte spulten sich nur wie eine Endlosschleife hinter ihren Augen ab. Sie konnte sich nicht hörbar machen. Nur das Lachen der Männer vereinte sich mit dem Rauschen des Windes. Es war ein grausames Lachen, nicht sehr laut, aber gefühllos und kalt. Ein Lachen, das klang wie die Geräusche in einem mittelalterlichen Folterkeller. Wie ein Arm, der auf der Streckbank bricht, wie das Zischen von lebendem Fleisch, das unter glühenden Haken verbrennt, wie das sirrende Geräusch eines von kräftiger und entschlossener Hand geführten Fallbeils. Geräusche, die ohne die Tat, die sie begleiteten, nicht unbedingt beängstigend sein mussten.

Etwas, das energisch durch die Luft gezogen wird, verursacht ein Schwirren der Luft. Gleichgültig, ob es sich um einen Hammer handelt, mit dem man einen Nagel in die Wand schlägt, um das Bild des Liebsten daran aufzuhängen, oder um eine Eisenstange, mit dem man jemanden den Schädel zertrümmert. So empfand sie das Lachen der Männer. Es klang eigentlich nicht außergewöhnlich böse, obwohl bar jeden Mitgefühls. Es kam ihr so vor, als sei es einfach das normale Geräusch, das man hört, wenn Männer eine gefesselte nackte Frau an einem Strand in der Nacht mit Blut beschmierten, um sie anschließend den Haien vorzuwerfen und sich daran zu erfreuen, wie die Raubfische sie in Stücke rissen.

Plötzlich nahm sie etwas anderes wahr. Obwohl das Meer sich hinter ihr befand und sie die Fluten nicht sehen konnte, spürte sie sie plötzlich in ihrem Nacken. Die großen, dreieckigen Flossen, die in unbeteiligter Präzision die Wellen durchschnitten. Es waren mindestens ein halbes Dutzend und sie waren groß. Grau und so groß, dass sie selbst in der Nacht vom Ufer mühelos zu erkennen waren, selbst wenn sich die Tiere noch in einiger Entfernung befanden.

Aber diese Haie waren nah dran. Sie konnte es fühlen. Verzweifelt riss sie an ihren Fesseln, versuchte immer wieder, zu schreien, mit den Männern zu sprechen. Sie warf sich hin und her und erstarrte plötzlich mitten in der Bewegung, als die Männer wie auf ein geheimes Signal gleichzeitig aufstanden, ihre Quasten und Eimer nahmen und beiseite stellten.

Ihre gesichtslosen Konturen sahen auf sie hinunter und sie wusste, es würde kein Entkommen für sie geben, obwohl ein Teil ihres Selbst es immer noch nicht glauben konnte, dass man ihr etwas antat, was doch so offensichtlich Unrecht war.

Als die Männer begannen, mit heftigen Tritten gegen das untere Ende der Planke diese in die Wellen zu stoßen, wachte sie schweißgebadet auf.

Schützend kreuzte sie die Arme vor der Brust und rollte sich mit angezogenen Beinen schwer atmend auf die Seite. Mittlerweile war es fast Zeit aufzustehen und jeden Moment würde ihre Mutter ohne anzuklopfen in ihr Zimmer kommen, das Licht anmachen und sie anherrschen aufzustehen.

O Gott, dachte sie, ich kann nicht in die Schule gehen. Jonas wird es allen erzählen, alle werden sie über mich lachen. Sie schloss die Augen, so fest sie nur konnte, in der Hoffnung das gestrige Erlebnis würde ungeschehen werden, wenn sie sich nur dicht genug vor der Erinnerung verschloss. Aber es half nichts. Sie spürte die Berührungen der Jungen auf ihrer Haut, sie hörte sie johlen und lachen. »Ich habe die Wette gewonnen«, gellte Jonas' Triumphgeschrei in ihrem Kopf. Sie schwitzte, fast bekam sie keine Luft mehr.

Als sie ihre Mutter hörte, die eben den Flur entlang kam, um sie zu wecken, stürzte sie aus dem Bett, riss die Tür ihres Zimmers auf und rannte an ihrer verdutzten Mutter vorbei ins Badezimmer. Sie schaffte es gerade noch, den Deckel der Toilette zu öffnen, bevor sie sich in einem entfesselten Schwall erbrach. Tränen liefen ihr über das Gesicht, sie zitterte am ganzen Körper und war, als das Erbrechen endlich aufhörte, nicht in der Lage, die Kloschüssel loszulassen und aufzustehen.

Wie durch einen Nebel hörte sie die Stimme ihrer Mutter.

»Was ist denn mit dir los?«

Aber sie konnte nicht antworten. Mühsam um Luft ringend spürte sie, dass sie sich erneut übergeben musste.

»Mach bloß hinterher alles sauber, ich will mich nicht anstecken. Wer weiß, was du da angeschleppt hast. Und sieh zu, dass du rauskommst, ich muss gleich zur Arbeit und mich fertigmachen.«

Mit diesen Worten ging ihre Mutter in die Küche, um sich einen Kaffee zu kochen. Obwohl sie immer noch den Drang fühlte, sich zu erbrechen, würgte sie nur noch, ihr Magen war leer. Sie zog sich am Waschbecken hoch, klatschte sich kaltes Wasser ins Gesicht und spülte sich den Mund aus.

Dann reinigte sie die Toilettenschüssel und schleppte sich zurück in ihr Zimmer.

»Das Bad ist frei«, rief sie noch durch den Flur, bevor sie sich in ihr Bett legte und die Decke fest um sich zog. In ihrem Kopf drehte sich alles, ihre Zähne schlugen aufeinander und sie wünschte sich nichts sehnlicher als einen Ort, an dem sie sich für immer verstecken konnte.

25

Karen parkte ihren Wagen direkt vor der Wache der Bahnhofspolizei und hastete durch die schneidend kalte Luft dem Eingang entgegen. Spitze kleine Schneekristalle flogen fast waagerecht durch die Luft und schnitten unangenehm in jedes noch so kleine Stück freier Haut.

Aber auf dem Boden sammelte sich keine hübsche wattige Schneeschicht, die trotz ihrer kalten Beschaffenheit der Stadt eine paradoxe Wärme verliehen hätte. Es bildeten sich vielmehr dünne Schlieren, die durch den heftigen Wind in Sekundenschnelle immer neue Muster auf dem großen Vorplatz des Bahnhofs bildeten.

Karen fror schon nach ein paar Metern erbärmlich. Sie senkte den Kopf und stemmte sich den meteorologischen Grausamkeiten ihrer Heimatstadt entgegen, die jeden Winter dafür Sorge trugen, dass Menschen mitten in der Zivilisation erfroren. Sie musste an Mischa denken und an all die anderen Verzweifelten, die bei solchen Temperaturen nicht mal ein Dach über dem Kopf hatten. Wieder wunderte sie sich zornig darüber, dass eine so wohlhabende und traditionsreiche Stadt es sich leistete, Menschen auf der Straße leben und sterben zu lassen. Trotz ihres Berufes wusste Karen, dass sie sich daran nie gewöhnen würde.

Sie drückte die Tür der Wache auf und schob sich dann durch eine zweite Doppelschwingtür.

Direkt vor dem Empfangstresen schälte sie sich aus ihrem Schal und lächelte den diensthabenden Beamten an.

»Guten Morgen. Hauptkommissarin Karen Martin. Ich hätte gern mal den Revierleiter gesprochen.«

»Sie ermitteln in diesem Schlitzer-Fall, nicht wahr?«

Karen sah den Beamten an. Er war jung. Sein Haar war so kurz, als wäre er gerade einem übereifrigen Militärfriseur in die Hände gefallen. Aber seine warmen braunen Augen straften die überkorrekte Frisur Lügen. Er sah sie freundlich an. Vermutlich denkt er, dass er mit diesem Bürstenschnitt gefährlicher aussieht, lächelte Karen in sich hinein.

»Sind Sie von der Presse?«

Verdutzt blickte der Polizist sie an. »Hä?«

»Na, ich dachte, dass Schlagzeilen formulieren nicht unbedingt zu ihrer Arbeitsplatzbeschreibung gehört.«

»Ich meinte ja nur, ich ...«

»Schon gut«, grinste Karen, »kann ich jetzt zu ihrem Chef?«

»Sicher, klar. Einen Moment.«

Der junge Beamte öffnete eine Klappe und kam hinter dem Tresen hervor. Er führte Karen einen kurzen Gang entlang und klopfte an eine Tür. Ohne eine Antwort abzuwarten, betrat er ein kleines Büro. Hinter dem Schreibtisch saß eine Frau von Mitte fünfzig, die sie erwartungsvoll ansah.

»Frau Held, das ist Hauptkommissarin Martin. Sie möchte zum Chef.«

»Ist gut, Marek. Ich sag ihm gleich Bescheid.«

Mit einem kurzen Nicken verabschiedete sich der Polizist und verließ das Zimmer.

»Guten Tag, Frau Martin. Ich habe schon viel von ihnen gehört. Immer gut zu wissen, dass eine Frau den ganzen Pappköppen mal zeigt, was eine Harke ist. Ich bin Marianne Held. Warten Sie einen Moment, ich sag mal kurz, dass Sie da sind. Bitte, nehmen Sie doch Platz.«

Damit zeigte sie auf den Stuhl, der vor ihrem Schreibtisch stand. Sie stand auf und klopfte an eine Tür auf der rechten Seite ihres Büros. Von der anderen Seite kam ein kräftiges »Herein!«

Daraufhin öffnete sie die Tür und verschwand in dem angrenzenden Zimmer.

Nach einer kurzen Weile kam sie wieder zurück. »Wenn Sie sich bitte noch einen Moment gedulden würden? Hauptkommissar Greifswald hat gerade ein Gespräch. Dauert aber nicht lange. Darf ich Ihnen einen Kaffee anbieten?«

Karen nickte dankbar. Marianne Held nahm eine Tasse von einer Anrichte und füllte aus einer silberfarbenen Warmhaltekanne Kaffee hinein. »Milch? Zucker?«

»Beides bitte«, erwiderte Karen.

»Aha. Blond und süß, also.«

Karen blickte auf. »Das hat mein Vater auch immer gesagt.«

»Tja, wenn ich sie so ansehe, dürften er und ich wohl auch so ziemlich ein Jahrgang sein.«

Sie stellte die dampfende Tasse vor Karen auf den Tisch.

»Sie ermitteln in diesem Fall mit den armen Jungs, nicht wahr?«

Karen sah die Frau an. Ihr blondes Haar war zu einem üppigen Knoten geschlungen und an einer glitzernden Kette hing eine Brille, die auf ihrem ebenso üppigen Busen ruhte. Sie strahlte Ruhe und Wärme aus. Es muss schön sein, dachte Karen, so jemanden in seinem Vorzimmer sitzen zu haben. »Ja, und deshalb bin ich auch hier. Das letzte Opfer hat sich oft am Bahnhof aufgehalten. Ich wollte mal hören, ob hier auf der Wache jemandem was aufgefallen ist.«

»Ich habe das Bild in der Zeitung gesehen. Wissen Sie, ich habe selbst einen Sohn in diesem Alter. Glauben Sie mir, am liebsten würde ich ihn manchmal im Keller einsperren. Der Gedanke, dass ihm was zustoßen könnte... Aber was soll man machen, man kann seine Kinder nur loslassen und hoffen, dass das Schicksal es gut mit einem meint und sie heil durchs Leben kommen. Wie gehen die Ermittlungen denn voran?«

Karen trank einen Schluck von ihrem Kaffee und schloss unwillkürlich genussvoll die Augen. »Wow«, entfuhr es ihr.

»Was für ein Spitzenkaffee. Und Sie halten ihn warm. Wie schmeckt der denn, wenn er frisch ist?«

Marianne Held lachte. »Danke. Das ist was besonders Feines. Die Spezialmischung für mich und den Chef. Wir legen jeden Monat für unsere kleine private Kaffeekasse zusammen. Das Zeug von den Jungs vorne kann man ja nicht trinken.«

Mit einem Blick auf ihr Telefon sah sie, dass ihr Chef sein Gespräch beendet hatte.

»Sie können jetzt reingehen. Nehmen Sie ihre Tasse ruhig mit.«

In diesem Moment öffnete sich die Tür zum Büro des Revierleiters und ein bulliger Mann um die vierzig steckte den Kopf heraus.

»Na, dann mal rein mit Ihnen«, rief er Karen zu.

Karen nahm ihre Tasse und betrat das Büro.

»Greifswald, mein Name, Frau Martin. Das mit den ganzen Titeln lassen wir mal besser weg, oder? Das ist was für Bürokraten.«

Karen nickte und nahm erneut vor einem Schreibtisch Platz.

»Wie Sie sicherlich wissen, ermittle ich in dem Fall der ermordeten jungen Männer. Das letzte Opfer war ein Strichjunge, der hier am Bahnhof offensichtlich sein bevorzugtes Revier hatte. Leider ist seine Identität noch nicht geklärt. Deshalb habe ich gedacht, ich höre mich hier mal um. Ob irgendwas gegen ihn vorliegt. Ob er in der Vergangenheit schon mal aufgefallen ist. Sie wissen schon. Beschwerden. Krawall. Vielleicht gibt es jemanden, der es früher schon mal auf ihn abgesehen hatte.«

»Glauben Sie mir, ich würde Sie wirklich gern unterstützen. Diese ganze Sache bringt nur Unruhe. Verstehen Sie, hier ist sowieso an normalen Tagen schon die Hölle los, aber jetzt, im Winter, wo es so kalt ist, verlagert sich die ganze nette Gesellschaft nach drinnen. Kein S-Bahn-Tunnel, in dem nicht gedealt wird. Keine Nische, in der nicht irgendein Obdachloser liegt. Kein Klo, auf dem nicht eine Nutte, die zu jung ist, um in die achte Klasse zu gehen, einem Kerl einen bläst, der danach wieder treu und brav zu seiner Mutti heimfährt und einen auf Moralapostel macht.«

Karen sah den Revierleiter an. Er war bestimmt über einen Meter neunzig groß. Er hatte eine Glatze und einiges an Übergewicht. Auf den ersten Blick wirkte er einschüchternd und rau. Aber Karen ließ sich selten durch solche Äußerlichkeiten täuschen. Sie entdeckte, dass Greifswald kompetent und, was selten war in ihrem Beruf, mitfühlend war. Seine Ausdrucksweise, schätzte Karen, war ein Mittel, mit dem er sich selbst vor dem ganzen Elend schützte, das er Tag für Tag zu sehen bekam. Vergleichbar mit Chirurgen, die teilweise einen Zynismus an den Tag legten, der einem das Blut in den Adern gefrieren lassen konnte. Wer das Leben von Menschen in den Händen hielt und manchmal nur wenige Sekunden Zeit hatte, Entscheidungen zu treffen, die, wenn sie falsch waren, den Tod zur Konsequenz hatten, brauchte Mechanismen, die ihn davor bewahrten, mindestens dreimal am Tag durchzudrehen.

Für viele Kollegen, dass wusste Karen, galt das Revier am Hauptbahnhof als eines der am wenigsten bevorzugten. Auf der Beliebtheitsskala der Posten, auf die man nicht versetzt werden wollte, lagen nur noch die Vorstadtreviere in den von Kriminalität und Verwahrlosung zerfressenen Hochhausghettos unter Greifswalds Wache.

»Tut mir Leid, Mädchen, ich kann Ihnen da leider überhaupt nicht helfen. Hier kommen jeden Tag neue blutjunge Jungs und Mädchen an, die glauben, eines Tages würden sie irgendwo zwischen einem Drogentrip und einer Prügelei um eine halbe Flasche Cola ihr Glück finden. Wir verwalten hier nur das Chaos, Frau Martin. Offiziell ist das hier immer noch ein Bahnhof, aber in Wahrheit ist mein Revier ein Kriegsschauplatz. Und die Soldaten werden immer jünger.«

Karen sah Greifswald an. Sie wusste, dass er Recht hatte. Die herrschende Politik interessierte sich nicht für den Rand der Gesellschaft. Straßenkinder, Kinderhuren, Obdachlose, Junkies wurden am liebsten verschwiegen oder höchstens mal auf den Tagesplan der öffentlichen Diskussion gebracht, wenn es auf einen Wahlkampf zuging und die Rufe nach geschlossenen Heimen, härteren Strafen und die Herabsetzung der Strafmündigkeit auf zehn oder besser noch acht Jahre groteske Lautstärke annahmen. Niemand im wohl gepolsterten Rathaus wollte wirklich etwas ändern.

»Gut, Herr Greifswald, danke, ich dachte, einen Versuch ist es wert. Glauben Sie mir, ich kann mir vorstellen, was hier bei Ihnen los ist. Und jetzt läuft auch noch irgendjemand rum und tötet wahllos junge Männer aus Gründen, die man sich gar nicht vorstellen, geschweige denn nachvollziehen kann. Und uns machen alle die Hölle heiß.«

»Kenn ich, Martin, kenn ich.«

Karen grinste. Sich nur mit dem Nachnamen anzusprechen, galt unter Polizisten als Vertrauens- und Sympathiebeweis.

»Hier wird auch immer nur geheult, wenn einem Kerl der Schweinslederkoffer abhanden kommt oder sein sauteuerer Laptop verschwindet. Neulich habe ich auf der Toilette vom Schnellimbiss in der oberen Etage ein bewusstloses Mädchen gefunden. Jemand hatte ihr seinen Schwanz so brutal und hart in den Mund gestoßen, dass sie fast erstickt wäre. Als der Scheißkerl fertig war, hat er sie liegenlassen. Ihr lief das Sperma aus dem Mund und am Hals hatte sie Würgemale.«

Greifswald sah an Karen vorbei als fixierte er einen imaginären Punkt an der Decke.

»Die Kleine war zwölf.«

Er seufzte und blickte Karen jetzt direkt in die Augen.

»Ich sage meinen Leuten, sie sollen die Augen aufhalten und verstärkt mal an den Stricher-Ecken vorbeisehen. Vielleicht kommt ja was dabei raus. Aber verlassen würde ich mich nicht darauf.« Karen stand auf.

»Danke, ich weiß Ihre Offenheit und Ihre Hilfe zu schätzen. Ich werde mich mal ein bisschen umsehen, okay? Nur, um mir ein eigenes Bild zu machen.«

»Kein Problem, machen Sie nur. Und wenn sie noch irgendwas brauchen, kommen Sie zu mir. Wir wollen alle, dass das Schwein hinter Gitter kommt.«

26

Die Ampullen würden noch für zwei reichen. Vielleicht sogar für drei.
Ein Stich und sie wurden bewusstlos, noch bevor die Nadel aus dem Arm gezogen war.
»Ich habe keine Angst.«
Laut und trotzig durchschnitt der Satz die Stille der Wohnung.
»Keine Angst!«
Es war nur eine Hilfe. Für alle.
Sie waren alle blind. Aber sie würden es verstehen. Dankbar würden sie sein.
Die ganze Welt würde dankbar sein.
Zurücklehnen. Ausruhen. Die Nacht würde kommen. Irgendjemand musste es tun.

Karen schlenderte durch die kalte Bahnhofshalle. Menschenmassen strömten in hektischer Intensität unbekannten Zielen zu. Sie zogen Koffer hinter sich her, trugen Aktenmappen mit Unterlagen irgendwohin, umarmten sich zum Abschied oder zur Begrüßung, weinten, lachten, stritten sich.

Sie standen an den Imbissständen und schlangen hastig lieblos zubereitete Snacks hinunter, lasen Zeitungen, rauchten, telefonierten.

Das lärmende Treiben schien nach einem unsichtbaren Plan abzulaufen. Es wirkte fast wie ein choreographiertes Ballett der Rastlosigkeit. Karen musste an die Phantasien ihrer Kindheit denken.

Damals hatte sie geglaubt, irgendwo an einem geheimen Ort gäbe es eine Art Kommandozentrale, in der alles menschliche Handeln und Treiben gesteuert und beobachtet wurde.

Heute wusste sie, dass die Menschen ihr Elend und ihre Unzufriedenheit zum größten Teil selbst verantworten mussten. Soweit wäre das ja noch zu verkraften, wenn nicht viele rechtschaffene Bürger alles daran setzen würden, nicht nur ihr eigenes Leben, sondern auch noch das ihrer Mitmenschen zu ruinieren.

Vor ein paar Monaten hatte Karen es mit einem Fall häuslicher Gewalt zu tun, die schließlich in einem Mord endete. Ein Mann hatte seine Freundin monatelang terrorisiert. Er hatte sie beschimpft, gedemütigt, beleidigt. Ein paar Mal hatte er sie auch körperlich bedroht, so dass die Frau Angst bekam und zu einer Freundin flüchtete.

Doch stets nach ein paar Stunden rief er die Frau an. Sanft. Reumütig. Einsichtig. Er beschwor sie, ihm zu glauben, dass er sie liebte. Er würde sich ändern. Ganz sicher. Therapie machen. Sie sei seine Traumfrau, der einzige Mensch auf der Welt, der ihn wirklich verstünde. Sie dürfe ihn nicht verlassen. Es täte ihm alles so Leid.

Und die Frau wurde weich. Jedes Mal. Sie hoffte auf Besserung. Bis sie eines Tages nicht mehr konnte und nicht mehr wollte. Der Mann hielt sich in ihrer Wohnung auf und brach, wie schon so viele Male vorher, wegen einer Nichtigkeit einen Streit vom Zaun. Er griff sie an, hielt ihr lange boshafte Monologe darüber, wie unfähig sie war, wie hässlich und dumm. Wie froh sie sein konnte, dass er sich für sie interessierte. Dick, stinkend und krank wie sie war. Die Frau weinte und flehte, er möge aufhören. Der Mann aber schraubte seine Wutiraden in immer gemeinere Höhen, er genoss es, sie leiden zu sehen.

Schließlich bat sie ihn zu gehen. Er blieb. Sie befahl ihm, ihre Wohnung zu verlassen. Er blieb und drehte ihr den Rücken zu. Er öffnete die Tür ihres Kühlschranks und inspizierte die Lebensmittel. Er nahm sich, wonach ihm gerade war und schimpfte gleichzeitig darüber, wie schmutzig der Kühlschrank angeblich war und wie minderwertig das Essen darin.

Die Frau, tränenüberströmt und verängstigt, verlor die Beherrschung. Sie schrie ihn an, er solle endlich gehen. Alle seine Sachen nehmen und nur abhauen, abhauen, abhauen.

Der Mann ignorierte sie. Er machte sich etwas zu essen, ohne von ihr auch nur Notiz zu nehmen.

In diesem Moment war die Frau es endlich Leid, sich misshandeln zu lassen. Ihr wurde in erschreckender Gewissheit deutlich, dass sie sich benutzen ließ. Dieser

Mann liebte sie nicht. Er quälte und schikanierte sie. Er nutzte ihre Schwächen aus und machte sie klein. Das musste endlich ein Ende haben. Jetzt und hier. Sie nahm den Telefonhörer auf und rief die Polizei. Als der Mann dies bemerkte, war er überrascht, aber in seiner Wut brüllte er nur, er würde die Beamten schon davon überzeugen, was für eine asoziale blöde Kuh sie sei. In die Klapsmühle würden sie die Bullen bringen. Sie würde schon sehen, was sie davon hätte.

Als die Beamten eintrafen, verwiesen sie den Mann der Wohnung. Er fluchte, versuchte die Polizisten davon zu überzeugen, dass er im Recht war, versuchte, sie auf seine Seite zu ziehen.

Die Frau war einem Nervenzusammenbruch nahe. Die Beamten informierten ihre Freundin, die sofort vorbeikam, um sich um die Frau zu kümmern.

Was der Mann in seinem Wahn vergessen hatte, war, dass er bereits vorbestraft war. Schwere Körperverletzung. Gegen seine Ex-Frau. Und er hatte noch Bewährung. Der neuerliche Vorfall überzeugte den Richter davon, diese mit sofortiger Wirkung aufzuheben.

Der Mann verlor seinen Job, seine Wohnung und er ging für neun Monate ins Gefängnis.

Als er entlassen wurde, führte ihn sein erster Weg zu der Frau. Fest davon überzeugt, dass sie an seinem ganzen Elend schuld war, lauerte er ihr auf und erwürgte sie auf offener Straße mit seinen bloßen Händen.

Passanten, die vorbeigingen, duckten sich in ihre Mäntel und sahen zu, dass sie möglichst schnell möglichst viel Raum zwischen sich und diese hässliche Szene brachten.

Der Mann saß jetzt lebenslang im Gefängnis. Und er war sich immer noch nicht darüber klar, dass er sein Leben ganz allein versaut hatte. Ganz zu schweigen von der Einsicht, dass er die Frau kaltblütig ermordet hatte. Bei der Vernehmung hatte er auch Alexej von der Richtigkeit seiner Tat zu überzeugen versucht.

»Sie als Mann, Sie verstehen das, nicht wahr? Diese Schlange. Ruft einfach die Polizei. Dabei habe ich nur ganz vernünftig mir ihr reden wollen. Dass sie mal sauber macht. Sich besser um ihre Wohnung kümmert. Sich mal hübsch kleidet. Wissen Sie, ein Mann wie ich, der braucht eine Prinzessin, verstehen Sie? Aber sie, sie wollte nicht hören. Schrie herum, wenn ich nur mal ganz ruhig mit ihr reden wollte.«

Als er bemerkt hatte, dass Alexej mit einem angewiderten Ausdruck im Gesicht Karen ansah, drehte er völlig durch.

»Na klar, ich habe sowieso keine Chance. Stehen wohl unter ihrem Pantoffel, was? Hat sie hier das Sagen? Dann ist es ja egal, was ich sage, dann bekomme ich mein Recht sowieso nicht. Frauen, alles miese Schlampen. Die halten zusammen. Da hat ein Mann keine Chance. Wer muss die Wohnung verlassen, wenn es mal ein bisschen Streit gibt? Der Mann. Die Frau schreit hysterisch rum, aber nein, der Mann muss gehen. Der Mann ist immer schuld. Die Frau ist immer das unschuldige Opfer, da kannst du machen, was du willst.«

Ist das alles? fragte sich Karen. Ein ewiger Austausch von Gemeinheiten und Verletzungen? Was rettet uns eigentlich davor, eines Morgens zu beschließen, der ganze Wahnsinn sei das Aufwachen nicht mehr wert?

Plötzlich lächelte sie. Doch, es gab etwas. Zumindest in ihrem Leben. David. Irgendeinen verdammten Sinn musste es doch haben, dass sie einander begegnet waren. Gott oder wer zum Teufel auch immer da oben die Fäden zog, war doch wohl kein Zyniker. Er schaffte doch nicht den vollkommenen Gleichklang zwischen zwei Menschen und ergötzte sich in der Folge daran, dass die Beteiligten sich gegenseitig in den Wahnsinn trieben. Das Leben ist doch auch ohne Liebe schon traurig genug.

Eine Gruppe Jugendlicher kam ihr in einer Unterführung johlend entgegen. Sie lärmten und boxten einander, lachten und riefen laut durcheinander. Als einer der Jungen sie im Vorbeitoben anrempelte, rief er ihr ein »Entschuldigung« nach und verschwand mit seinen Freunden um die nächste Ecke. Karen sah der ausgelassenen Bande nach.

Na ja, überlegte sie versöhnlich, manchmal ist es nicht ganz so schlimm. Manchmal ist es auch ganz freundlich.

Mittlerweile hatte Karen ihr Ziel erreicht. *Bei Anna* stand in gelben Leuchtlettern über einem kleinen Kiosk an der Ecke zur blauen U-Bahn-Linie.

Die Stadt hatte ihren sämtlichen Nahverkehrslinien Farben zugeteilt, die der Übersichtlichkeit dienen sollten. Aber leider hatte sich diese gar nicht so schlechte Idee nicht auf die Fahrkartenautomaten übertragen. Viele Knöpfe mit Zahlen und Buchstaben darauf schafften es in schöner Regelmäßigkeit, dass Touristen rat- und planlos vor dem Problem standen, welche Fahrkarte für das Erreichen des avisierten Ziels wohl die richtige sein mochte.

Manchmal, grinste Karen in sich hinein, ging es sogar den Einheimischen ähnlich.

27

Sie war auch am nächsten Tag nicht in der Lage, in die Schule zu gehen. Sie schämte sich so, dass es körperlich wehtat. Wie hatte Jonas ihr das nur antun können.

Sicherlich hatte er es gar nicht so gemeint. Wahrscheinlich hatten ihn die anderen Jungen dazu überredet. Wenn man mit ihm allein war, war er so nett.

Sie warf sich in ihrem durchgeschwitzten Bett auf die andere Seite. Ihre Mutter hatte am Morgen nur gesagt, sie solle am Nachmittag zum Arzt gehen.

»Du brauchst ein Attest für die Schule. Wenn du mich fragst, siehst du nicht krank aus. Du brauchst gar nicht zu glauben, dass du dich vor der Schule drücken kannst. Wenn ich heute Abend von der Arbeit nach Hause komme, will ich die Bescheinigung vom Doktor sehen. Und wenn er sagt, dass du gesund bist, gehst du morgen früh wieder in die Schule. Faul den ganzen Tag im Bett liegen, ich glaube, du spinnst. Damit kommst du bei mir nicht durch. Ich lass mich von dir nicht hinters Licht führen, kleines Fräulein.«

Mittlerweile war es schon früher Nachmittag. Sie hatte sich noch nicht aufraffen können. Sie hatte das Gefühl, wenn sie auch nur einen Fuß unter ihrer Decke hervorstreckte, wenn ihre Zehen den Boden ihres Zimmers berührten, würde die Erinnerung an den furchtbaren Nachmittag sie niederstrecken. Solange sie nur still liegen blieb, konnte sie hoffen, von der Wirklichkeit nicht entdeckt zu werden.

Jonas. Sie fühlte seine Hände auf ihrem Körper und spürte erneut den Drang, sich übergeben zu müssen, aber ihr Magen war leer und krampfte sich nur schmerzhaft zusammen.

Sie rollte sich auf die Seite, zog die Beine an und schlang die Arme um ihre Knie. Sie fühlte sich so elend. Bestimmt war sie krank. Ernsthaft krank. Sie schlug die Augen auf. Plötzlich hörte sie ihr Herz rasen. Sie bemerkte einen metallischen Geschmack in ihrem Mund und ihr Kopf dröhnte.

Wie hatte sie nur so blind sein können. Natürlich war sie krank.

Sie musste dringend zum Arzt gehen. Der Doktor würde böse mit ihr sein, weil sie ihn nicht schon längst aufgesucht hatte und sie sofort ins Krankenhaus einweisen. Alle würden sich rührend um sie kümmern. Ihre Mutter würde kommen und ihr sagen, wie Leid es ihr tat, dass sie nicht bemerkt hatte, wie krank sie war.

Mutter würde in der Schule anrufen, und alle würden erfahren, dass sie in der Klinik mit dem Tode rang.

Jonas... Er würde kommen und sich entschuldigen. Mit einem großen Strauß Rosen in den Armen würde er an ihrem Bett zusammenbrechen und unter Tränen um Vergebung bitten.

Die anderen haben mich gezwungen, ich war so ein Idiot. Dabei liebe ich doch nur dich. Bitte vergib mir. Bitte stirb nicht. Ich werde immer an deiner Seite sein.

Dann, am Abend würde die Schwester kommen und Jonas auffordern zu gehen, weil die Besuchszeit vorbei sei. Aber er würde sich weigern, sie zu verlassen. Er würde betteln und bitten, bei ihr bleiben zu dürfen. Würde ihre

Hand halten, bis man ihn wegzog, damit sie sich ausruhen könne.

Und sie würde zu ihm sagen, dass er ruhig gehen könne. Sie würde ein wenig schlafen und am nächsten Tag dürfe er sie dann wieder besuchen.

Ich verzeihe dir, Jonas, ich weiß, es ist nicht deine Schuld. Ich liebe dich auch. Ich werde mich anstrengen, bald wieder gesund zu werden.

Genau so würde es sein. Es war alles nur ein Missverständnis, ein böser Traum.

Sie lächelte. Alles war gut. Es war nichts passiert. Und sie würde nicht sterben, ganz gleich, wie schlecht es um ihre Gesundheit stand, sie würde es schaffen. Für Jonas.

Langsam schlug sie die Bettdecke zurück und schwang die Beine aus dem Bett. Sie fühlte sich furchtbar schwach. Und war sie nicht schon dünner geworden? Jetzt fiel es ihr auf. Vielleicht hatte sie Krebs. Sie würde noch viel dünner werden. Sie würde so sehr an Gewicht verlieren, dass sie fast durchscheinend werden würde. Jonas könnte sie dann auf seinen Armen tragen und sanft wieder ins Bett legen, wenn sie ihre Chemotherapie erhalten hatte. Leicht wie eine Feder würde sie sein. Zart und zerbrechlich wie eine Fee.

Auf dem Weg ins Bad stützte sie sich an der Wand ab. Es war gut, etwas Halt zu haben. Sie keuchte. Ihr wurde schwindelig.

Nur ein paar Schritte den Flur entlang, dachte sie, und schon bin ich wieder so müde. Aber ich werde tapfer sein. Alle werden mich bewundern, wie stark und klaglos ich alles über mich ergehen lasse. Jonas wird nicht von meiner Seite weichen. Vielleicht werden sie ihn sogar für die schlimmste Zeit meiner Behandlung von der Schule befreien, damit er sich um mich kümmern kann.

Ein Nachbarsjunge war im letzten Jahr auch schlimm erkrankt. Irgendwas mit den Knochen oder dem Blut oder so. Da durfte sein bester Freund auch bei ihm in der Klinik übernachten, damit er Gesellschaft hatte in der langen Zeit, die er dass Bett nicht verlassen durfte. Die Ärzte meinten, wenn der Junge Spaß hatte und merkte, dass seine Freunde ihn nicht vergaßen, helfe das auch seinem Genesungsprozess. Und das stand für die Ärzte an erster

Stelle. Denn wenn ein Mensch, gerade ein Kind, so sehr krank war, dass es zu sterben drohte und unzählige schmerzhafte und langwierige Operationen und Therapien erforderlich waren, sei es umso wichtiger, dass der Lebens- und Kampfeswille des Patienten erhalten bliebe. Ein Mensch, der vor lauter Schmerzen oder Hoffnungslosigkeit nicht mehr leben wolle, würde sterben. Auch, wenn es aus medizinischer Sicht zu verhindern wäre.

Die Ärzte, hatte die Tante des kranken Kindes ihrer Mutter berichtet, könnten nichts mehr tun, wenn der Patient aufgäbe. Und so war über ein Jahr lang fast rund um die Uhr jemand bei dem kranken Kind im Krankenhaus. Seine Eltern, Verwandten, Freunde. Heute tobte der Junge wieder über den Spielplatz und nur eine lange Narbe am rechten Oberschenkel erinnerte ihn noch an die Krankheit.

Und wenn sie noch so viel schlimmer erkrankt war, würden die Ärzte doch ganz sicher darauf bestehen, dass Jonas an ihrem Bett wachte. Zwei, die sich so sehr lieben, dürfe man nicht trennen. Das hätte für ihre Genesung katastrophale Folgen. Niemand würde die Verantwortung dafür übernehmen wollen. Und Jonas' Vater war reich. Ein wichtiger Geschäftsmann. Er würde sicherlich seinen ganzen Einfluss spielen lassen, damit sein Sohn bei seiner krebskranken Freundin sein konnte.

Sie zog ihr Nachthemd über den Kopf, warf es zusammen mit ihrer Unterwäsche in den Korb für die schmutzige Wäsche und stützte sich mit einem schwachen Seufzer an der Waschmaschine ab, um in die danebenliegende Badewanne zu steigen.

Wie blind sie gewesen war. Sie musste schon länger krank sein. Sie stellte die Brause an und schäumte sich die Haare mit Shampoo ein.

Heute Abend würde sie schon im Krankenhaus liegen. Ach, armer Jonas. Er würde sich so ängstigen. Aber sie würde ihn trösten.

Wenn es ihr erst wieder besser ging, könnte sein Vater sie beide einladen auf eine Reise. Ans Meer oder in die Berge. Damit sie sich erholen könnte. Lange Spaziergänge, immer unterbrochen von Momenten, in denen Jonas sie zwingen würde, sich auf einer Bank auszuruhen.

Liebes, du musst dich schonen. Ich möchte nicht, dass du dich überanstrengst. Ich könnte es nicht ertragen, dich zu verlieren.

Sie duschte sich, trocknete sich ab und zog sich eine Jeans und einen schwarzen Pullover an.

Sie betrachtete sich im Spiegel. Wie blass sie aussah. Und schmal. Sie verzichtete darauf, sich zu schminken. Es brachte nichts, den anderen vormachen zu wollen, sie wäre gesund. Sie wollte tapfer sein.

Als sie die Wohnung verließ, begann es schon zu dämmern. Sie zog die Schultern hoch und ging zur Bushaltestelle. Die Luft war kalt. Sie hatte nur ein paar Meter zu gehen, aber als sie am Wartehäuschen angekommen war, lehnte sie sich erschöpft an einen Laternenpfahl. Die Menschen, die um sie herumstanden, beachteten sie nicht.

Sicher sieht man mir an, wie krank ich bin. Das arme Ding, denken sie bestimmt.

Sie hustete in ihre Handschuhe.

Der Bus kam, und sie fand einen Sitzplatz am Fenster. Die Scheiben waren beschlagen, und es herrschte eine drangvolle und stickige Hitze.

Ihr brach erneut der Schweiß aus. Ein paar Stationen weiter stieg sie aus und ging in ein Wohn- und Geschäftshaus, in dessen erster Etage ihr Hausarzt seine Praxis hatte.

Sie drückte die Tür auf und wandte sich an die junge Frau, die für Dr. Sternkamp den Empfang regelte.

»Ich möchte bitte zum Doktor.«

»Kein Problem. Nimm bitte noch im Wartezimmer Platz. Es wird nicht lange dauern.«

Sie setzte sich und betrachtete die anderen Patienten. Eine Mutter versuchte, ihr kleines Kind zu bändigen, das unter den Stühlen herumkroch. Ein alter Mann las eine Sportzeitung und stieß bei jedem Atemzug röchelnde Geräusche aus. Ihr gegenüber saß ein junger Mann, der das linke Bein in Gips hatte und über seinen Knien ein paar Krücken balancierte.

Niemand beachtete sie.

Sie hustete lange und schloss danach mit einem Seufzer für einen Moment die Augen.

»Erkältet?« fragte sie die Mutter des Kindes mit einem Lächeln.

»Nein«, gab sie leise zurück, »wir wissen nicht, was es ist. Meine Mutter hat gesagt, ich wäre jetzt schon so lange krank, und nichts hilft. Jetzt hat sie darauf bestanden, dass ich mich untersuchen lasse. Aber es ist bestimmt nichts Ernstes. Ich bin nur immer so schwach in der letzten Zeit. Ich habe auch so viel Gewicht verloren.«

Der junge Mann mit dem Gips sah sie mit großen Augen an.

»Meine Mutter wollte mich unbedingt begleiten, wissen Sie, sie sorgt sich so um mich. Aber ich wollte nicht, dass sie sich extra Urlaub nimmt. Ich schaffe das auch allein. Es wird schon nichts Schlimmes sein.«

Sie hustete erneut und lächelte die Frau tapfer an. Doch diese war schon wieder damit beschäftigt, ihr Kind zurückzuholen, dass sich anschickte, aus einer Hydro-kultur-Pflanze die Tonkügelchen, die das Wasser speichern sollten, auf dem Teppich des Wartezimmers zu verteilen.

Die Sprechstundenhilfe kam und lachte, als sie die Bemühungen der Mutter sah, den angerichteten Schaden zu begrenzen.

»Tom, kleiner Rabauke, gräbst du die Praxis um?«

»Es tut mir so Leid, aber heute ist nichts vor ihm sicher. Wissen Sie, er durfte die letzten Tage ja nicht in den Kindergarten und jetzt ist er nicht ausgelastet und stellt alles auf den Kopf, was man nicht in drei Meter Höhe vor ihm in Sicherheit bringt.«

»Das macht doch nichts. Kommen Sie mal zum Doktor. Tom sieht ja aus, als wäre er wieder fit und dann kann er ab morgen wieder die Kindergärtnerinnen in den Wahnsinn treiben.«

»Ja, Kindergarten gehen!« krähte der Kleine.

»Na, dann komm, mein Schatz. Mal sehen, ob du wieder gesund bist.«

Ihr war heiß. Sie musterte verstohlen den Mann mit dem Gips. Er trug eine schwarze Lederjacke und hatte Bartstoppeln im Gesicht.

Vielleicht ein Unfall mit dem Motorrad, überlegte sie.

Sie würde es Jonas nicht erlauben, Motorrad zu fahren. Sicher, er würde es lieben, mit einer schnellen Maschine am Meer entlang zu brausen, während sie hinter ihm saß, ihre Arme um ihn schlang und ihren Kopf auf seinen Rücken legte.

Aber er würde darauf verzichten. Denn er konnte verstehen, dass sie sich sorgte.

Ich würde es nicht ertragen, wenn dir etwas passiert, Jonas, mein Liebling.

Er würde sie ihn die Arme nehmen und sanft über ihr Haar streicheln.

Ich möchte nicht, dass du dich ängstigst. Ich verstehe das, Schatz. Ich habe solche Angst gehabt, du könntest sterben, das möchte ich dir nicht zumuten. Ich werde nichts tun, was dich beunruhigt.

Und erst musste sie sich sowieso erholen. Aber eines Tages würden sie gemeinsam zu einem Arzt gehen, und der erfreute Mediziner würde ihnen mitteilen, dass sie endgültig wieder gesund sei.

Jonas würde vor Freude anfangen zu weinen. Sie würden mit einem roten Cabrio am Meer entlangfahren. Nicht schnell. Sie würden jeden Meter genießen, bis sie ein kleines Hotel erreicht hätten. Ihr Zimmer ginge auf den Strand hinaus. Sie könnten das Meer rauschen sehen, und seine Arme würden sie zärtlich umfassen.

Liebes, hörte sie ihn sagen, bist du sicher, dass du es wirklich willst? Ich kann warten. Bist du nicht noch zu schwach?

Nein, mein Schatz. Ich will es wirklich.

Ich fühle mich immer noch so schuldig wegen der Sache damals. Es tut mir so Leid, ich weiß nicht mehr, was in mich gefahren war.

Sie würde ihm den Finger auf die Lippen legen.

Sprich nicht mehr davon, Liebling. Das ist Vergangenheit. Es war nicht deine Schuld. Jetzt gibt es nur noch dich und mich.

Sie lächelte bei dem Gedanken an seinen süßen reumütigen Blick. Ach, würde er doch nicht so hart gegen sich sein. Sie würde ihm helfen, über diese dumme Sache hinwegzukommen. Sie würde ihn trösten.

Sie seufzte selbstvergessen. Der Mann mit dem Gips sah sie an. Sie lächelte ihn schwach und verlegen an. In diesem Moment wurde er aufgerufen. Er nahm seine Krücken von den Knien und stand auf. Während er aus dem Wartezimmer humpelte, sah er ihr direkt in die Augen und verzog den Mund zu einem verächtlichen Grinsen.

Ich tue ihm bestimmt Leid, dachte sie. Er hat nur ein gebrochenes Bein. Sicher ist er der Meinung, ich hätte vor ihm an die Reihe kommen sollen, wo doch jeder sieht, wie krank ich bin.

Nach einer Weile kam auch der alte Mann an die Reihe. Er faltete knurrend seine Zeitung zusammen und schlurfte den Gang entlang.

Sie saß jetzt allein im Wartezimmer. Sie schwitzte. Ihr Kopf tat ihr weh. Sie sah auf ihre Armbanduhr. Sie würden Mama noch auf der Arbeit erreichen. Sie konnte sich das Entsetzen ihrer Mutter vorstellen.

Ich muss schnell weg, würde sie rufen. Meine Tochter ist im Krankenhaus. Die wollten mir am Telefon nichts Genaues sagen.

Endlich war auch sie an der Reihe. Doktor Sternkamp war schon im Behandlungszimmer, als sie es betrat.

»Na, was fehlt dir denn?« begrüßte er sie freundlich.

»Ich weiß es nicht«, gab sie leise zurück, während sie sich setzte. »Mir ist immer schlecht und ich schwitze. Ich glaube, ich habe Fieber. Und ich bin dünner geworden. Obwohl ich esse. Ich bin so schwach und bekomme schlecht Luft.«

Der Arzt zog die Stirn in Falten. »Ich untersuche dich mal. Bitte setz dich auf die Liege.«

Er nahm sein Stethoskop und horchte ihr die Brust und den Rücken ab. Er sah ihr in den Hals, tastete ihren Bauch ab und untersuchte ihre Ohren. Er maß ihren Blutdruck und fühlte ihren Puls.

Am Ende der Untersuchung sah er sie ernst an.

»Muss ich ins jetzt ins Krankenhaus?« fragte sie ihn. Es war wohl auch für einen Arzt schwer, jemandem zu sagen, dass er schwer krank war. Sie wollte es ihm erleichtern. Sie war tapfer.

Er bewunderte sie bestimmt dafür, dass sie sich so gut in der Gewalt hatte.

Dr. Sternkamp nahm seine Brille von der Nase und rieb die Gläser gedankenverloren an einem Zipfel seines Kittels.

»Du musst nicht ins Krankenhaus«, antwortete er.

Sie sah ihn an. Es war rücksichtsvoll von ihm, sie noch eine Nacht zu Hause schlafen zu lassen. Sicher würde sie gleich morgen früh eingewiesen werden. Für all die Untersuchungen war es wohl besser, morgens in die Klinik zu gehen.

»Soll ich deine Mutter anrufen?«

»Meine Mutter?« Jetzt kam es. Die ganze Wahrheit. Sie hatte bestimmt Krebs. Der Arzt sah sie so ernst an.

»Ja, vielleicht hilft dir das, wenn sie sich um dich kümmert.«

»Was habe ich denn?« Ihre Stimme zitterte. Jetzt hatte sie doch Angst. Aber war das verwunderlich? Sie hatte sich so tapfer gehalten. Jetzt war ein bisschen Schwäche erlaubt.

Dr. Sternkamp setzte die Brille wieder auf und lehnte sich mit den Unterarmen auf seinen Schreibtisch.

»Nichts«, antwortete er. »Du bist kerngesund. Sicher, du hast nach wie vor Übergewicht und etwas erhöhten Blutdruck und weil du keinen Sport treibst, bist du kurzatmig und fängst schnell an zu schwitzen, wenn du läufst oder gehst, auch bei diesem kalten Wetter. Aber sonst ist nichts.

Du bist nicht einmal erkältet.«

Ihr schwindelte. Das konnte nicht sein. Er musste sich irren. Sicher traute er sich nicht, ihr die Wahrheit zu sagen. Sie war krank. Schwer krank. Das konnte doch jeder sehen.

Der Arzt sah sie an. »Sag mal, hast du Sorgen oder Kummer?«

Sie zog die Schultern hoch und sah ihn feindselig an. Der hatte doch keine Ahnung. Viele Menschen hatten schlimme Krankheiten und mussten jahrelang von Arzt zu Arzt rennen, weil die zu dumm waren, zu erkennen, was ihnen fehlte.

»Ich konnte zwei Tage nicht in die Schule gehen, weil ich mich so schlecht gefühlt habe. Gestern musste ich mich den ganzen Tag übergeben. Und heute ist mir auch immer noch schlecht.« »Vielleicht hilft es dir, wenn ich mit deiner Mutter spreche. Du bist ein junges Mädchen, manchmal spielt der Körper in dieser Entwicklungsphase einfach verrückt. Bekommst du deine Menstruation regelmäßig?«

Sie konnte nur nicken. Sie würde nach Hause gehen müssen. Sie war nicht krank. Morgen früh würde ihre Mutter sie in die Schule schicken. Sie würde Jonas begegnen. Und all den anderen. Ihr Kopf drohte zu explodieren. Wie durch einen Nebel hörte sie den Arzt reden.

»Hast du Ärger in der Schule? Oder zu Hause? Manchmal hilft es schon, wenn man mit jemandem reden kann.«

»Nein«, flüsterte sie, »es geht mir gut. Wirklich. Danke, Dr. Sternkamp. Es ist nicht nötig, dass Sie meine Mutter anrufen. Vielleicht war es nur ein Virus. Es geht schon.«

Sie stand auf. Es fühlte sich an, als müsste sie sich durch Watte bewegen.

»Meine Mutter hat gesagt, ich brauche ein Attest für die Schule.«

»Das kannst du dir vorn am Empfang geben lassen. Ich sage Bescheid.«

Als sie vor der Praxis stand, wusste sie für einen Moment nicht, wohin sie gehen sollte.

Sie war gesund. Einfach nur gesund. Zu dick hatte der Arzt gesagt. Tränen liefen ihr über das Gesicht. Es war so ungerecht. Wieso konnte sie nicht sterbenskrank sein. Kein Krankenhaus. Kein Jonas, der Tag und Nacht an ihrem Bett wachte. Wieso konnte sie nie das haben, was sie sich am sehnlichsten wünschte?

Andere bekamen doch auch schlimme Krankheiten und wurden bedauert und umsorgt und jeder bewunderte sie, wenn sie wieder gesund wurden. Es war so gemein.

Wie in Trance ging sie zur Haltestelle zurück und stieg ein, als ihre Linie kam. Sie hatte nicht darauf geachtet, dass der Bus nicht bis nach Hause fuhr. Sie bemerkte erst, dass sie angehalten hatten, als der Fahrer ihr unfreundlich zurief: »Aussteigen. Die Fahrt endet hier. Bist du eingeschlafen? Mach zu, ich will Feierabend machen!«

Sie stieg aus. Die Haltestelle an der Schule. Jetzt fiel es ihr wieder ein. Abends fuhr der Bus nicht durch. Sie musste hier warten und auf eine andere Linie umsteigen.

Es war dunkel und schneidend kalt. Die Straßen und auch der Fußweg wurden zusehends glatter. Der Himmel war tiefschwarz und sternenklar. Ihr Atem dampfte in der Luft. Außer ihr war niemand unterwegs. Obwohl es noch gar nicht spät war, hatten sich die Menschen in ihre warmen Häuser zurückgezogen, um mit ihren Familien zu Abend zu essen.

Hinter der Haltestelle zog sich ein kahler Hügel bis zum dunklen Schulgebäude hinauf. Vor ihr auf der gegenüberliegenden Seite der Straße standen schmucke kleine Reihenhäuschen. Viele Eingänge waren mit Tannenzweigen und roten Schleifen oder Kränzen geschmückt, obwohl Weihnachten schon ein paar Wochen vorbei war. In den Fenstern konnte sie Licht sehen. Küchen, Wohn- und Kinderzimmer. Sie sah Menschen hin- und hergehen, miteinander sprechen, telefonieren. Ein Mann hob ein kleines Mädchen hoch und warf es wieder und wieder in die Luft. Das Mädchen lachte. Es breitete im Flug die Arme aus und verließ sich in völliger Glückseligkeit darauf, dass sein Vater es auffangen würde. Jetzt in diesem Moment und für alle Tage.

Sie setzte sich auf die schmale Bank im Bushäuschen, vergrub die Hände in den Taschen ihrer Jacke, zog den Kopf tief zwischen ihre Schultern und atmete in ihren Schal. So drang ein wenig warmer Atem bis an ihre Nase. Für eine Sekunde wurde ihre Haut auf diese Weise warm, bis die kalte und jetzt auch feuchte Nase sich noch kälter anfühlte als zuvor.

Es war vollkommen still. Kein Auto fuhr vorbei, nicht einmal ein Hund bellte. Die Laterne direkt neben der Haltestelle war kaputt, so dass sie in fast völliger Dunkelheit in dem kleinen Häuschen verschwand. Wenn der Bus kommt, muss ich aufstehen und an die Straße gehen, dachte sie. Sonst sieht der Fahrer mich nicht und fährt einfach weiter.

Es war ein automatischer Gedanke, es wäre nicht das erste Mal, dass sie übersehen werden würde und den ganzen Weg nach Hause laufen müsste. Aber eigentlich wollte sie gar nicht heim. Was sollte sie dort? Ihre Jacke ausziehen, die Tiraden ihrer Mutter schweigend über sich ergehen lassen, essen, in ihr Zimmer gehen, die Tür schließen. Später sich das Gesicht waschen und die Zähne putzen. Ein Nachthemd anziehen. Ins Bett gehen. Das Licht löschen und hoffen, dass die es niemals Morgen werde würde, denn dann würde sie in die Schule gehen müssen.

Plötzlich hörte sie das metallische Sirren einer Fahrradschaltung. Es war das typische Geräusch, das entsteht, wenn ein Rad geschoben wird. Sie wandte den Kopf nach rechts und da sah sie ihn.

Jonas kam den Bürgersteig entlang. Vermutlich war die Straße mittlerweile selbst für einen Draufgänger wie ihn zu glatt, um noch fahren zu können.

Er sah sie fast im selben Moment wie sie ihn. Sie war wie erstarrt. Sie konnte nicht denken. Ihr Kopf war leer. Ihr Blut rauschte so laut, dass sie meinte, allein an dem Geräusch ertrinken zu müssen. Ihre Ohren glühten wie im Feuer. Sie stand auf. Er würde sich entschuldigen. Ganz sicher. Es war alles nur ein Albtraum. Ein Missverständnis. Sie hatte sich die Stimmen, die hässlichen Rufe und die gierigen Hände auf ihrer Brust nur eingebildet. Gleich wäre alles wieder gut.

Jonas blieb stehen und sah sie an. Er sagte kein Wort. Er stand nur da und hielt sein Rad fest.

Seine schwarzen Locken ringelten sich wie immer unter seiner Mütze hervor. Quer über seiner Brust spannte sich der Tragriemen einer Sporttasche, die schwer auf seinem Rücken hing. Coole Typen wie Jonas hatten auf ihren teuren Rädern keine Gepäckträger. Seine Wangen waren rot von der Kälte. Der Kragen eines weichen Rollkragen-pullovers schmiegte sich an seinen Hals.

Sie konnte den Blick nicht von ihm wenden. Er sah aus, als könne ihm nichts und niemand auf der Welt etwas anhaben.

Plötzlich grinste er. »Hey, nimm's nicht krumm, ja? War bloß ein Witz. Du weißt schon, die Jungs haben gesagt, ich krieg dich nie dazu. War nicht böse gemeint. Vergiss es einfach. Das nächste Mal erwischt es einen von uns. Okay?« Er fuhr sich mit einer behandschuhten Hand über die Stirn und schob eine widerspenstige Strähne unter die Mütze.

Sie hatte das Gefühl, ohnmächtig zu werden. Eine Million Bilder lösten sich in ihrem Kopf in Seife auf und verstopften ihr Denken.

Jonas und sie im Schwimmbad. Seine Hand, die sie mit festem Griff aus dem Wasser zog und sich dann um ihre schlanke Taille legte. Der Pausenhof. Sie saß auf seinem Schoß und jemand fragte sie, ob sie auch etwas vom Kiosk möchte. Jonas, der laut protestierte.

Wenn einer meiner Kleinen was ausgibt, dann ich!

Jonas an ihrem Krankenbett. Seine Tränen auf ihrer Bettdecke. Sein lachendes Gesicht in dem roten Wagen ohne Verdeck.

»Jonas«, stammelte sie, »du magst mich doch.«

Sie zog die Hände aus den Taschen und machte einen Schritt auf ihn zu.

Jonas lehnte sich an sein Fahrrad. Mit einer Hand hielt er den Lenker, mit der anderen stützte er sich auf den Sattel.

»Hey, hör zu. Es war ein bisschen hart, das sehe ich ein. Aber mach jetzt nicht so ein Riesending draus. War doch nur ein Spaß.«

Sie stand jetzt vor ihm. Ein Spaß, echote es in ihrem Kopf. Nur ein Spaß. Ihr Herz kochte über.

»Jonas, bitte ..., ich, ich liebe dich. Ich würde alles für dich tun. Und du, du liebst mich doch auch.« Sie konnte nicht mehr aufhören zu reden. Es würde alles gut werden, wenn sie nur schnell genug sprach. Sie waren allein, allein auf der Welt, niemand konnte sie hören.

»Hör zu, ich verstehe es, wenn du es vor den anderen nicht zugibst. Die kennen dich nicht so, wie ich dich kenne. Ich verstehe das. Wir können uns heimlich treffen. Nach der Schule. Oder am Wochenende. Wenn deine Eltern zu Hause sind, treffen wir uns im Wald. Oder hinten bei den Erdbeerfeldern. Da ist ein kleiner Teich. Niemand geht da spazieren. Ich weiß es, ich bin oft da.

Ich werde es niemandem erzählen. Es bleibt unser Geheimnis. Ich verspreche es. Du musst keine Angst haben.« Sie hörte, wie in einem der Häuser jemand die Außenjalousien hinunterließ und damit die Kälte der Welt aussperrte.

Sie holte Luft, um weiter zu reden. Sie hatte ihm noch so viel zu sagen. Danach würden sie sich umarmen, hier, wo es niemand sah, und alles würde gut sein. Er würde erleichtert sein, dass endlich jemand die Wahrheit wusste. Die Welt würde sich wieder drehen, und heute Nacht würde sie nicht schlafen können, weil der Geruch seiner Haare in ihrer Nase und auf ihrer Wange haften bleiben würde und sie wach hielt, bis der Morgen graute und sie ihn wiedersah. Sie würde über den Schulhof gehen und ihn heimlich beobachten. Und manchmal, wenn es niemand sah, würde er im Gang zu den Physikräumen oder auf dem Weg zur Turnhalle im Vorbeigehen ihre Hand berühren und auch diese würde dann nach ihm duften.

Gerade als sie den Mund öffnete, um zu sprechen, hörte sie es.

Jonas lachte. Das Geräusch zerschnitt die Luft wie ein Fallbeil.

»Wie bitte? Ich liebe dich? Spinnst du? Mann, ehrlich, jetzt reicht es mir aber. Das gestern war nicht okay, aber wie kommst du darauf, dass ich in dich verliebt bin? Ich kann jede haben. Wirklich jede. Warum sollte ich denn nur mit dir zusammen sein wollen? Sieh dich doch an. Du bist fett, du bist hässlich. Deine Dinger hängen dir bis zu den Knien. Deine Klamotten sind peinlich und du erzählst nur Scheiße.« Er zog den Riemen seiner Tasche zurecht und griff mit beiden Händen nach dem Lenker seines Rades.

»Du bist verrückt, ehrlich, nicht ganz dicht. Und ich hatte schon fast ein schlechtes Gewissen wegen gestern. Aber du hast es ja gar nicht besser verdient. Blöde Kuh. Sprich mich bloß nie wieder an. Lass mich in Ruhe, hörst du?« Er schwang sein rechtes Bein über die Querstange.

»Ach, und übrigens, alle auf der Schule wissen von der Sache. Wie du gestrampelt hast und geschrieen und aus dem Haus gestürmt bist. Wenn ich denen jetzt noch erzähle, dass du dir in deinem kranken Hirn eingebildet

137

hast, dass ich dich liebe, lachen die sich morgen noch mal tot.«

Er schwang sich ungeachtet der Glätte auf den Sattel und stellte einen Fuß auf die Pedale. Mit dem anderen versuchte er Schwung zu holen, um vom Bürgersteig zu rollen und die Straße zu überqueren.

Sie hatte das Gefühl, blind und taub zu sein. Das konnte alles nicht wahr sein. Der Albtraum wollte nicht enden. Sie wachte einfach nicht auf.

Nein, schrie es in ihr, nein, das geht nicht. Das stimmt nicht. Das ist alles falsch. So war es nicht. Er liebte sie. Er würde sie retten. Sie beschützen.

Sie stürzte auf ihn zu, bekam ihn gerade noch am Arm zu fassen.

»Jonas, nein, warte!«

Er sah über die Schulter zurück und versuchte sich loszureißen, ohne das Gleichgewicht zu verlieren.

»Lass mich los, verdammt noch mal, du blöde Ziege. Du bist echt widerlich.«

Aber sie krallte sich in seiner Jacke fest. Er zog heftiger, seine Sporttasche schwang schwer hin und her, sein Gesicht war wutverzerrt.

Er holperte mit seinem Rad auf die Straße, sie taumelte hinter ihm her. Tränen liefen ihr über das Gesicht.

Dann sah sie ihm in die Augen und was sie sah, war keine Liebe. Nur Ekel und Hass. Plötzlich kam er ins Schleudern, das Rad drehte sich quer zur Fahrbahn und er musste seine ganze Kraft aufbieten, um nicht hinzufallen. Fast hatte er sich ihrem Griff entwunden.

»Fass mich nie wieder an«, brüllte er, außer sich vor Wut. »Hörst du? Nie wieder oder es passiert was!«

Irgendwo in ihrem Kopf riss etwas entzwei. Alle Gefühle erreichten ihren Siedepunkt und schmolzen zusammen zu einem harten unauflöslichen Klumpen. Sie ließ Jonas los und trat einen Schritt zurück.

Endlich befreit, schob er die verrutschte Tasche wieder auf den Rücken und versuchte, sich und sein Fahrrad zu stabilisieren. Links von ihr sah sie die Scheinwerfer des näher kommenden Busses. Jonas stellte auch den zweiten Fuß auf die Pedale. Gleich würde er losfahren. Einfach wegfahren. Sie würde allein zurückbleiben. Wovon sollte sie in Zukunft träumen, woran sollte sie denken, wenn sie in der stillen Einsamkeit ihres Zimmers war und nichts in ihrem Leben Hoffnung verhieß. Das durfte doch alles nicht wahr sein. Sie begann zu weinen.

Die Trümmer ihrer Illusionen schlugen gegen ihre Schädeldecke, sie sah, wie Jonas sich abwandte.

Er würde sich nicht mehr umdrehen und lachend sagen: »Du fällst aber auch auf jeden Scherz rein. Hey, Süße, nicht weinen. War doch nur ein Scherz. Komm schon, lass dich trösten.«

Und morgen würde er jedem erzählen, dass sie ihn liebte. Sie konnte das Gelächter der Mädchen hören, den Spott der Jungen, die Blicke, die sie bis in alle Ewigkeit durchbohren würden.

Es war alles seine Schuld.

Als sie Jonas durch die Luft fliegen sah, fühlte sie nichts. Es war, als würde jemand anderes die Szene beobachten. Das Geschehen kam ihr vor wie die Zeitlupenstudien von besonders gelungenen Stunts, die man manchmal im Fernsehen sah, wenn darüber berichtet wurde, wie gefährliche Aktionen im Film realisiert wurden.

Die Frontscheibe des Busses brach, als Jonas' Rad dagegen schlug, hinunterfiel und seltsam verbogen unter dem Fahrzeug verschwand.

Sie sah den Busfahrer, der mit durchgedrückten Armen das Steuer festhielt und verzweifelt versuchte, sein schlingerndes Gefährt zum Stehen zu bringen.

Das erste, was sie wieder bewusst wahrnahm, war ein dumpfes, seltsam ersticktes Geräusch, als Jonas mit dem Kopf auf dem überfrorenen Asphalt aufschlug.

28

Karen bildete sich ein, eine ziemlich gute Menschenkenntnis zu haben, aber manchmal wurde auch sie davon überrascht, wie schnell sich Bilder in ihrem Kopf formten, die nichts mit den wirklichen Tatsachen zu tun hatten. Nach Mischas Erzählungen hatte sie sich Anna als eine Frau von mindestens fünfzig vorgestellt, dunkelhaarig, vollbusig und von der gemütlichen, aber resoluten Sorte Frauen, deren Schale ebenso rau war wie ihr Kern weich. Ein Prachtweib, das sich auch in der harten Welt des Bahnhofsgeschäfts nicht die Butter vom Brot nehmen ließ und mit betrunkenen Randalierern genauso selbstverständlich fertig wurde wie mit ungeduldigen und unfreundlichen Reisenden.

Und die ein Herz hatte für durchgefrorene magere Strichjungen, die sich an einem kalten Tag an einem Plastikbecher Kaffee festhielten, um sich ein oder zwei Stunden Pause zu verschaffen, bevor der Hunger und die blanke Not sie wieder zwangen, sich an jeden zu verkaufen, der frei von Skrupeln und Mitgefühl war.

Als Karen den Kiosk betrat, sah sie eine junge Frau hinter dem Verkaufstresen stehen, die höchstens Ende zwanzig war. Ihr rotes Haar reichte ihr fast bis zur Taille und leuchtete in einem so satten Farbton, dass man unwillkürlich dachte, ihr Kopf stünde in Flammen.

Ihr Gesicht war über und über mit Sommersprossen bedeckt und ihre Augen irritierten den Betrachter, weil das linke Auge grün war und das rechte braun. Karen fühlte sich an ihre Freundin Charlotte erinnert, die eigentlich ebenfalls grüne Augen hatte, sich aber vor einiger Zeit ein paar königsblaue Kontaktlinsen zugelegt hatte, von der sie stets nur eine trug, weil sie der Meinung war, diese Zweifarbigkeit verliehe ihr ein geheimnisvolles Aussehen. Dass jeder auf zehn Meter Entfernung sah, dass diese Kombination niemals natürlichen Ursprungs sein konnte, störte sie nicht im Geringsten.

»Weißt du«, hatte sie zu Karen gesagt, »wenn ich durch die Weltgeschichte gondele, um mit verknöcherten Museumsdirektoren, durchgeknallten Künstlern und Galeristen zu verhandeln, die sich allesamt für den Nabel der Welt halten und mich um jeden Preis davon überzeugen wollen, wie begabt, innovativ und einzigartig sie sind, ist es manchmal ganz witzig, sich die eine oder andere Kleinmädchen-Marotte zu erlauben.«

Charlotte di Salvere war Karens älteste Freundin. Von Haus aus schon wohlhabend, oder, wie Alexej es gern ausdrückte, unanständig stinkreich, hatte Charlotte in Florenz und Paris Kunstgeschichte studiert und noch während ihrer Zeit in Italien einen ebenso vermögenden Venezianer alten Adels kennen gelernt, der so konsequent um sie geworben hatte, dass sie verheiratet waren, noch bevor Karen ihre Ausbildung beendet hatte.

Ausgerechnet Charlotte, hatte sie damals gedacht. Von der wir alle gemeint haben, dass sie nie heiraten würde, unabhängig und freiheitsliebend, wie sie war.

Aber die Ehe hielt bis heute. Alessandro di Salvere hatte nicht den Fehler gemacht, seine Frau in dem alten Palazzo in Venedig einsperren zu wollen. Er ging seinen Geschäften nach, Karen wusste bis heute nicht genau, was darunter eigentlich genau zu verstehen war und vermutete, dass nicht mal Charlotte darüber informiert war, was aber auch daran liegen konnte, dass sie sich nicht im Geringsten dafür interessierte.

Charlotte reiste lieber zwischen New York, Tokio, London und einem halben Dutzend anderer Städte hin und her, um den nächsten Picasso zu entdecken, Ausstellungen zu organisieren und für Sammler in aller Welt Kunst zu erwerben.

Gelegentlich besuchte sie Karen, lud sie jedes Mal fürstlich zum Essen ein und am Ende des Abends landeten sie zumeist furchtbar betrunken in einer dunklen Pinte in einer der Seitenstraßen des Vergnügungsviertels oder am Tresen des Storms. Und es war vollkommen ohne Belang, wie viel Zeit zwischen ihren Treffen vergangen war. Wenn sie sich sahen, war es immer so, als hätten sie sich erst gestern verabschiedet.

Charlotte war der einzige Mensch in Karens Leben, dem sie wirklich und bedingungslos vertraute. Von David einmal abgesehen, aber er war ihr Geliebter, Charlotte war ihre Freundin. Es gab nichts, was Karen ihr nicht erzählte, nichts, was zu intim, zu peinlich oder zu persönlich war.

Bisher hatte Karen es noch nicht geschafft, einer der zahllosen Einladungen Charlottes nach Venedig zu folgen, aber sie nahm es sich jedes Jahr wieder vor.

Wenn Charlie diese Augen sehen könnte, dachte sie jetzt, während sie auf den Tresen zuging, würde sie vor Neid erblassen.

»Guten Tag«, begrüßte sie die junge Frau. »Mein Name ist Karen Martin. Ich bin Hauptkommissarin bei der Mordkommission. Sind Sie Anna?« Ein Nicken bestätigte ihre Vermutung.

»Ja, ich bin Anna Volkerts. Sie kommen bestimmt wegen Kai?«

»Genau. Ein Junge namens Mischa war gestern Abend bei uns auf der Wache. Er sagte, er wäre Kais Freund, und er erzählte uns, dass sich die beiden öfter bei Ihnen aufgehalten hätten.«

Anna Volkerts fuhr sich mit beiden Händen durch ihr Haar.

»Kommen Sie, wir gehen nach hinten in mein Büro. Ich mache nur eben schnell die Tür zu.«

Sie kam hinter dem Tresen hervor und zog ein Schlüsselbund aus der Tasche. Sie schloss die Tür ab und drehte ein Schild um, auf dem Karen eben noch lesen konnte: Komme gleich wieder.

Sie führte Karen in einen winzigen fensterlosen Raum, der mit einem kleinen Schreibtisch und zwei Klappstühlen möbliert war. An den Wänden waren Regale angebracht, auf denen Kisten und Kartons standen, Zeitschriften lagen, Ordner gestapelt waren. Auf dem Schreibtisch selbst türmte sich ein wahres Sammelsurium von Rechnungen, Lieferscheinen, verschiedener aktueller Tageszeitungen sowie einer angebrochenen Tafel Schokolade und einer Plastikbox mit einem Fertigsalat.

»Entschuldigen Sie bitte die Unordnung, aber der Raum ist so klein, er ist schneller wieder vollgestopft als man aufräumen kann. Bitte, nehmen Sie doch Platz.«

Karen setzte sich auf einen Stuhl.

»Es stimmt, Kai und Mischa waren fast jeden Tag hier. Ich mag«, sie zögerte, »mochte die beiden. Ich kann es einfach nicht fassen, dass Kai tot ist. Er war so ein lieber Junge, fast noch ein Kind, so verträumt.« Karen sah, dass Anna Volkerts die Tränen in die Augen traten.

»Entschuldigen Sie bitte, aber ich kann das einfach nicht begreifen. Wer tut denn so was? Kai hat doch niemandem was getan. Ich habe so oft zu den beiden gesagt, sie sollen aufhören mit den Freiern. Wieder zur Schule gehen, sich eine Lehrstelle suchen oder wenigstens einen Job. Aber wissen Sie, ich kann klug daherreden. Wie sollen so junge Kerle Boden unter die Füße bekommen, wenn ihnen niemand eine Chance gibt. Keine Eltern, die sich um sie kümmern, niemand, der sich für sie einsetzt. Und jetzt ist Kai tot. Ich habe oft überlegt, ob ich sie nicht einfach mit zu mir nach Hause nehmen sollte, aber wissen Sie, ich habe mich dann doch nicht getraut. Nachher räumen sie mir die Bude aus, habe ich gedacht, oder nehmen ihre Freier mit zu mir in die Wohnung. Oder es läuft dann doch irgendwas mit Drogen. Ich weiß, es hört sich schrecklich an. Ich komme mir jetzt im Nachhinein so egoistisch vor, so herzlos. Vielleicht würde Kai noch leben, wenn ich mich mehr um ihn gekümmert hätte.«

Sie fuhr sich mit dem Handrücken über die Augen und wischte sich mit dieser hilflosen Geste die Tränen aus dem Gesicht.

»Frau Volkerts, bitte machen Sie sich keine Vorwürfe. Sie können nicht jeden retten, der in dieser Welt unter die Räder kommt. Glauben Sie mir, ich weiß es. Es ist nicht Ihre Schuld, dass Kai ermordet wurde. Da draußen läuft ein Irrer rum, der die Verantwortung dafür trägt.«

Anna sah sie an. »Ich weiß, aber ehrlich gesagt, das macht es jetzt auch nicht besser.«

Karen wusste, dass sie Recht hatte. Nein, davon wurde tatsächlich nichts besser oder erträglicher. Wer war sie, dieser jungen Frau Vorträge darüber zu halten, dass es keinen Sinn machte, sich über das Elend der Welt und die eigene Unzulänglichkeit, es zu ändern zu grämen.

Hatte sie nicht selbst ein paar Stunden zuvor zu Alexej gesagt, sie müssten unbedingt etwas für Mischa tun? Ihn in Sicherheit bringen, sich um ihn kümmern? Und es wäre verlogen gewesen zu behaupten, ihre Sorge beträfe allein ihr berufliches Interesse an Kais bestem Freund. Nein, der Junge dauerte sie. Ebenso, wie er Anna leid tat. Und musste es nicht jedem Menschen so gehen, der diese verlorenen

Streuner sah, ohne Halt und Perspektive, noch nicht erwachsen und schon verloren?

Wieder einmal fühlte sie eine unbändige Wut in sich aufsteigen, wenn sie daran dachte, dass es mehr als genug seelenlose Tiere gab, die bei dem Anblick eines verzweifelten mageren Kindes ihre abartigen sexuellen Triebe aktivierten und denen es gleichgültig war, dass sie einer Seele unheilbaren Schaden zufügten.

»Frau Volkerts, ist Ihnen gestern Abend, als Kai hier war oder an den Tagen zuvor irgendetwas aufgefallen? War jemand hier und hat mit ihm gesprochen, der ihnen merkwürdig vorkam? Hat Kai vielleicht irgendwas erzählt, über einen Freier, jemanden, der sich verstärkt für ihn und seine Wege interessiert hat?«

Anna zog die Stirn in Falten. Nach einer Weile schüttelte sie den Kopf.

»Nein, tut mir Leid. Er war gestern mit Mischa zusammen hier. Ich habe eine Weile mit ihnen gesprochen, aber dann musste ich den Laden zumachen. Ich hatte starke Kopfschmerzen und wollte nur noch nach Hause ins Bett.« Sie massierte sich wie in Erinnerung an ihre Schmerzen mit ihren Fingern die Schläfen.

»Migräne, wissen Sie? Wenn es erstmal losgeht, hilft nichts mehr außer Tabletten nehmen, Dunkelheit und Stille.«

»Wann haben Sie den Laden geschlossen?«

»Das war so gegen elf. Eigentlich habe ich meistens bis nach Mitternacht auf, aber wie gesagt, gestern war ich krank.« Schuldgefühle, dachte Karen. Ich kann ihr noch so oft sagen, dass sie sich keine Vorwürfe machen soll, sie wird trotzdem bis an den Rest ihres Lebens darüber nachdenken, ob Kai noch am Leben wäre, wenn sie nicht früher geschlossen hätte.

»War sonst noch jemand hier, als sie schließen wollten?«

»Nein, nur die beiden. Ich habe ihnen den letzten Kaffee aus der Maschine gegeben. Sie haben vorn am Eingang gestanden und miteinander geredet. Als ich abgesperrt habe, haben sie sich verabschiedet und sind gegangen.«

»Zusammen?«

Anna überlegte. »Nein. Kai ist in die Richtung gegangen, wo die Taxis stehen, Mischa hat den Ausgang zum Museum genommen.«

Karen Martin stand auf. »Ich danke Ihnen, Frau Volkerts. Hier ist meine Karte. Bitte rufen Sie mich an, wenn Ihnen noch etwas einfällt.«

»Mache ich, Frau Kommissarin. Ich hoffe, sie finden das Schwein bald.«

29

Die Schachtel. Sie war feucht. Das durfte nicht sein. Nachsehen. Schnell.

Das erste Mal schien lange her zu sein. Das war der Anfang. Ein langer Anfang.
Aber dann kam dieses verdorbene Tier. Es hatte geweint und gestöhnt und dann gelacht. Immer nur gelacht.
Nach dem ersten Schlag hatte es nicht mehr gelacht. Es fiel um und lag auf dem weißen Sand.

Nichts mehr da. Zerbrochenes Glas.
Wut.
Das durfte nicht sein. Es gab so viel zu tun. Neues Gift besorgen. Aber heute Nacht. Was war mit dem Plan?
Du bist dumm. Sieh dich an. Du versagst. Du versagst immer.
NEIN! Ich schaffe es. Alles wird gut.

Nichts wird gut. Du bist schlecht. Und alle wissen es.

Karen verließ den Bahnhof auf dem gleichen Weg, den Mischa laut Aussage von Anna Volkerts genommen hatte. Sie folgte den Hinweisschildern, die den Ausgang zum Taxistand wiesen. Sie fuhr eine Rolltreppe hoch und blieb auf dem hinteren Vorplatz des Hauptbahnhofes stehen. Vor sich sah sie lange Schlangen von wartenden Taxis. Die Fahrer saßen in ihren Wagen, lasen Zeitung oder rauchten, manche hatten die Augen geschlossen und nutzten die Pause für ein kleines Schläfchen.

Hier ist er rausgekommen, dachte sie. Hier hat er gestanden, allein, ohne Geld und hungrig. Wie weit mochte er gekommen sein, bevor jemand ihn betäubte, in den Park schleppte und verbluten ließ?

Auf dem Platz war das übliche Gewimmel von Menschen, die den Nahverkehrszügen zustrebten, schnell im Bahnhof etwas essen oder einkaufen wollten. Sie bewegten sich hastig und fröstelnd durch den schneidenden Wind. Sie hatten ein Ziel, hatten Pläne für den Tag, den Abend, für ihr Leben. Irgendwo wartete jemand auf sie, ein Freund, eine Familie, Kinder.

Dazwischen standen Gestalten herum, die wirkten, als hätte ein launischer Regisseur sie, ungeachtet der Witterung, an verschiedenen Ecken postiert, damit sie so lange ausharrten, bis er ein Zeichen gab, das ihnen signalisierte, ihrer Rollen gemäß zu agieren.

Aber dieses Zeichen würde vielleicht nie kommen, überlegte Karen. Viel zu dünne Mädchen in kurzen Röcken oder engen Hosen standen in kleinen Gruppen zusammen, rauchten mit hastigen Bewegungen und obwohl sie sich scheinbar angeregt unterhielten, starrten sie einander mit leeren Blicken an.

Männer mit umgedrehten Baseballkappen auf den Köpfen, gekleidet in schwere Lederjacken oder glänzende Blousons, sprachen energisch und mit ausschweifenden Bewegungen in Mobiltelefone, während sie den einen oder anderen Kollegen mit einem festen Handschlag begrüßten, der den vorgeblichen gegenseitigen Respekt ausdrücken sollte, aber auch gleichzeitig die Bereitschaft signalisierte, das Revier zu verteidigen, den jeder einzelne für seine Geschäfte beanspruchte.

Es war müßig, sich darüber aufzuregen, dass hier am helllichten Tag Drogen oder sexuelle Dienstleistungen verkauft wurden, ohne dass die Polizei etwas dagegen unternahm.

Immer mal wieder hatte der Senat der Stadt beschlossen, diesen Schandfleck, wie er es nannte, zu beseitigen. Dieser ehrenwerte Ansatz erschöpfte sich jedoch zumeist darin, dass die Junkies von ihren angestammten Plätzen vertrieben wurden und die Dealer ihre Waren dann eben ein paar Straßen weiter anboten. Nach ein, zwei Tagen etablierte sich die Szene dann in Vierteln, in denen die Bewohner es nicht einfach hinnehmen wollten, dass die Regierenden der Meinung waren, wenn der Bahnhof sauber war, würde sich der Rest des Problems einfach in Luft auflösen.

Diese Luft hinterließ ihre gebrauchte Spritzen und Kondome dann auf Kinderspielplätzen, Junkies setzen sich ihren Schuss in gutbürgerlichen Treppenhäusern und die Überfälle und Wohnungseinbrüche häuften sich.

Es kam dann in schöner Regelmäßigkeit zu Protesten, die Polizei musste erneut eingreifen und nach kurzer Zeit war alles wieder beim Alten.

Karen hatte Hunger. Sie ging zu einem Stand, aus dem laute orientalische Musik drang und bestellte sich eine Falafel. Während sie wartete, beobachtete sie einen Streit zwischen einer jungen Frau in einer kurzen glänzenden Jacke in schreiendem Pink, die wutentbrannt auf einen Mann einschrie, der, von seinen Freunden flankiert, bemüht war, sich in diesem Kampf keine Blöße zu geben.

Die Frau hatte fettiges, langes blondes Haar, das sie am Hinterkopf teilweise zu einem dünnen Zopf gebunden hatte, der ihr jetzt, da sie wild gestikulierte, zornig um den Kopf schwang.

»Du Scheißkerl«, konnte Karen vernehmen, »du bist so ein Stück Dreck. Das war mein Geld. Du kannst doch nicht einfach meine Kohle nehmen und sie mit deinen Scheißfreunden versaufen!«

Ihre Stimme überschlug sich. Der Mann hatte nur ein hämisches Grinsen für seine Freundin übrig. »Was willst du? Reg dich mal nicht auf, Schätzchen.«

»Ich bin nicht dein Schätzchen. Ich will mein Geld zurück. Gib mir mein Geld. Ich will mein Geld!« »Ich habe dein verdammtes Geld nicht. Das hast du bestimmt selbst ausgegeben und jetzt gibst du mir die Schuld.«

Die Frau geriet außer sich vor Zorn. Sie stürmte auf den Mann zu und wollte ihn schlagen oder schubsen, aber gegen seine Kraft kam sie nicht an. Der Mann hielt sie lässig mit einem Arm auf Abstand und blickte immer wieder überlegend lächelnd nach rechts und links, um von seiner Entourage Bestätigung zu erheischen. Die Frau wusste sich nicht mehr zu helfen. Sie blieb plötzlich einfach stehen, schlug die Hände vor das Gesicht und weinte.

Verlass ihn, dachte Karen. Vielleicht glaubst du, du hast keine Wahl, aber es ist mit solchen Kerlen wie bei den Bremer Stadtmusikanten. Etwas Besseres als den Tod findest du überall.

Der Mann spürte, dass er wieder Oberwasser bekam. Er legte beschwichtigend den Arm um die Schultern der Frau und sprach leise auf sie ein. Sie gab ihren Widerstand auf und lehnte ihren Kopf an seine Brust. Ihr Make-up war durch die Tränen verschmiert, die Wimperntusche hatte hässliche Rinnsale um ihre Augen gebildet, und sie war blass.

Nein, hallte es in Karens Kopf, das kann doch nicht sein. Du verkaufst dich Tag für Tag an jeden noch so schmierigen Typen, und dein Mann bringt das Geld mit seinen Freunden durch. Und zum Dank demütigt er dich dann in aller Öffentlichkeit, wenn du dich darüber aufregst. Verlass ihn.

Aber Karen wusste, dass all ihre Gedanken und ihr Wunsch, der Frau helfen zu wollen, müßig waren. Gegen die Liebe, und mochte sie auch noch so verquer oder krank sein, war kein Kraut gewachsen.

Ihre Falafel war fertig, und der freundliche türkische oder arabische Verkäufer reichte ihr den heißen Snack mit einem strahlenden Lächeln. »Guten Appetit, meine Dame.«

Aber die Szene und ihre ganze Hoffnungslosigkeit war Karen auf den Magen geschlagen. Sie nahm die Falafel entgegen und ging zurück zu ihrem Auto. Unterwegs warf sie das Essen in einen Papierkorb.

Ich habe klug reden, dachte sie, während sie zur Wache fuhr. Was würde ich machen, wenn David mein Geld ausgeben würde, meine Sachen verkaufen, einfach auf meine Kosten leben würde.

Hätte ich denn die Kraft, ihn rauszuwerfen, wenn er mich mit großen Augen ansehen würde, mich in den Arm nähme und mir versicherte, er liebe doch nur mich und er würde es ganz sicher niemals wieder tun?

Karen fürchtete sich vor der Antwort.

Als sie ihr Büro betrat, saß Alexej gemeinsam mit Marc Hagenberg an einem langen Tisch, auf dem sie die Unterlagen der bisherigen Ermittlungen sortiert hatten. Beide waren so intensiv ins Gespräch vertieft, dass sie ihr Eintreten nicht bemerkten.

Karen musste lächeln. Ich habe so ein Glück. Ich bin umgeben von warmherzigen und besonderen Menschen. Wahrscheinlich würde ich den ganzen Wahnsinn auch nicht eine Minute länger durchhalten, wenn es nicht so wäre. Es ist gar nicht der Job, der mich fertigmacht, überlegte sie. Es ist die Tatsache, dass die Menschen miteinander umgehen, als wäre das gemeinschaftliche Miteinander ein Spiel, bei dem man aufpassen musste, nicht zu kurz zu kommen. Immer ein wenig auf Distanz bleiben, nie zu freundlich, zu ehrlich oder zu verbindlich sein. Wer zuerst Gefühle zeigt, hat verloren.

Alexej sah auf. »Hey.« Er grinste. »Du siehst uns an, wie meine Mutter früher, wenn sie Vater und mich beobachtet hat.« Alexej stand auf und half Karen aus ihrem Mantel. »Es freut mich, Mutti, dass wir anscheinend dein Wohlwollen haben.« Karen seufzte und sah Alexej an.

»Passt schon, Alexej.«

Sie konnte den scherzenden Tonfall von Alexej nicht aufnehmen. Sie fühlte sich zerschlagen und wehmütig. Alexej spürte ihre Stimmung. Er führte sie am Arm zu ihrem Stuhl und strich ihr mit beiden Händen über die Schultern.

»Was rausbekommen am Bahnhof?«

Karen schüttelte den Kopf. »Nicht wirklich. Mischa hat Annas Kiosk verlassen, und danach hat ihn niemand mehr gesehen. Ich meine, wir könnten jetzt natürlich mit einem Foto von ihm rumlaufen und jeden fragen, ob jemand sich an ihn erinnert, aber wir wissen doch alle, dass das nichts bringt. Sein Bild war groß in der Zeitung. Und wenn jemand irgendwas wüsste oder auch nur glaubt, etwas zu wissen, würden sie uns ihr die Bude einrennen. Entweder, um sich wichtig zu machen oder aber, weil sie hoffen, eine Belohnung zu erhalten. Nein, es ist, als hätte er sich, nachdem er am Taxistand am Bahnhofsplatz vorbei gegangen war einfach in Luft ausgelöst.«

Karen stützte den Kopf in die Hände und fuhr sich durch die Haare. Dann nahm sie eine Zigarette aus einer Schachtel auf ihrem Schreibtisch und zündete sie an.

Er ist am Taxistand vorbeigegangen, echote es in ihren Gedanken. Sie sah auf.

»Alexej, wenn er bei den Taxis vorbei ist, vielleicht hat ihn von den Fahrern jemand gesehen oder vielleicht sogar irgendwohin gefahren. Glaube ich zwar nicht, weil er ja laut Mischa und Anna kein Geld hatte, aber trotzdem, da sollten wir mal nachhaken. Mehr fällt mir jetzt auch gerade nicht ein. Und bei euch?«

»Also, Kai heißt tatsächlich Schneider und wohnt in den Felddörfern. Er ist dort bei seinen Eltern Magda und Herbert Schneider gemeldet. Keine Geschwister. Seine Eltern haben ihn nicht als vermisst gemeldet. Und außer Mischa hat sich auch auf den Zeitungsartikel niemand gemeldet. Seltsam, oder?«

»Gut. Dann würde ich sagen, wie statten den Schneiders mal einen Besuch ab.« Karen drückte ihre Zigarette aus und erhob sich. »Marc, du kommst zurecht?«

»Klar, kein Problem, Chefin. Ich brauche noch ein oder zwei Stunden, dann kann ich Ihnen Bericht erstatten.«

»Also, dann, bis später.«

30

Jonas lag auf dem kalten Asphalt und rührte sich nicht. Der Busfahrer und die wenigen Fahrgäste strömten auf die Straße und bildeten einen Kreis um seinen Körper.

An der Haltestelle war es durch eine defekte Laterne dunkel, und alle waren in Panik. Der Fahrer schickte jemanden zu einer Telefonzelle, die ein paar Meter weiter an der nächsten Ecke stand.

Ein Mann lief so schnell er konnte. Es war so glatt, dass er beim Laufen die Arme ausbreiten musste, um nicht der Länge nach hinzuschlagen.

Niemand bemerkte sie. Sie stand wie versteinert in dem kleinen Bushäuschen. Nach kurzer Zeit trafen die Polizei und ein Rettungswagen ein. Sanitäter trieben die Menschen auseinander und kümmerten sich um Jonas. Sie sah, wie sein Brustkorb massiert wurde, es wurde ihm eine Nadel in den Arm gerammt. Wieder und wieder fühlte der Notarzt seinen Puls, suchte an Jonas fahlem Hals nach einem Zeichen, dass sein Herz noch schlug.

Dann sah der Arzt auf und bekundete dem verstörten, aschfahlen Fahrer mit einem Kopfschütteln, dass er nichts mehr für Jonas tun konnte.

Er war tot.

Sie zog sich langsam hinter das Häuschen zurück. In seinem Schatten krabbelte sie den Hügel zur Schule hinauf, der vollkommen im Dunkeln lag.

Sie lief über den Schulhof, kletterte am rückwärtigen Teil des Gebäudes über den Zaun und schlug dann einen weiten Bogen um den Feuerwehrteich ein, um nach Hause zu gehen.

Sie war vollkommen ruhig. Jonas war tot. Sie fühlte nichts. Keine Trauer. Keinen Zorn. Nichts.

Nur ganz tief in ihrem Herzen breitete sich ein bisher unbekanntes Gefühl aus. Auf ihrem Weg durch die Nacht wurde sie neu geboren. Sie trug ihren Kopf hoch und atmete befreit die kalte Nachtluft ein.

Sie war die letzte Frau, die Jonas geküsst hatte. Und das hatte er mit dem Leben bezahlt. Nun, es hätte nicht so kommen müssen. Er hatte es herausgefordert und seine gerechte Strafe bekommen. Sie lächelte ein süßes, bösartiges Lächeln.

Als sie zu Hause ankam, saß ihre Mutter vor dem Fernseher. »Wieso kommst du jetzt erst? Ich denke, du bist krank.«

»Dr. Sternkamp sagt, es war so eine Art Virus.« Sie ging ins Wohnzimmer und reichte ihrer Mutter das Attest. »Hier. Morgen kann ich wieder in die Schule. Tut mir Leid, dass ich so spät komme, aber der Bus ist nicht durchgefahren und da bin ich den Rest gelaufen.«

Ihre Mutter würdigte die Bescheinigung keines Blickes. »In der Küche ist noch Kartoffelsalat. Die Würstchen sind kalt. Aber wie ich dich kenne, stört dich das nicht.«

Sie hatte Recht. Es störte sie nicht. Sie nahm sich einen Teller aus dem Schrank und füllte sich den gesamten übrig gebliebenen Salat auf. Dann nahm sie vier kalte Würstchen und legte sie rund auf den Tellerrand. Sie nahm Ketchup aus dem Kühlschrank und schüttete fast die halbe Flasche auf ihren Teller. Sie fischte sich eine Gabel aus dem Besteckkasten und begann schon zu essen, während sie noch durch den Flur in ihr Zimmer ging.

Sie schaltete den Fernseher ein und setzte sich auf ihr Bett. Sie schlang den Salat in sich hinein und biss zwischendurch immer wieder gierig von den Würstchen ab. Sie schmatzte und wischte sich mit dem Handrücken herunter laufendes Ketchup vom Kinn.

Es lief gerade ein Bericht über die jüngste Prêt-à-porter-Show in Paris. Spindeldürre Models bewegten sich grazil über den Laufsteg und präsentierten Mode, die im nächsten Sommer der letzte Schrei sein würde.

Und sie ging mit ihnen. Die zarten Stoffe schmiegten sich an ihre schmalen Hüften. Ihre langen Beine zogen die Blicke der Zuschauer auf sich. Sie lächelte huldvoll in alle Richtungen. Sie blieb stehen, drehte sich und präsentierte ihre Vollkommenheit. Die Kleider waren nur Nebensache. Eigentlich waren all die Fotografen, Journalisten und Prominenten nur gekommen, um sie zu bewundern. Sie war die Schönste der Schönen.

Als sie viel später am Abend endlich einschlief, hatte sie nicht eine Sekunde an Jonas gedacht.

31

Es dauerte eine halbe Ewigkeit, bis Karen und Alexej in den Felddörfern angekommen waren. Es war den ganzen Tag nicht richtig hell geworden und jetzt dämmerte es bereits wieder, und die Straßen waren verstopft von

Pendlern und Menschen, die in der Innenstadt Einkäufe erledigt hatten.

Als sie die Adresse endlich gefunden hatten, parkten sie den Wagen an der Seite einer schmalen Straße, die nur deshalb den Namen Feldweg nicht verdiente, weil sie geteert war.

Schon beim Aussteigen sahen sie, dass in dem Haus, in dem Kais Eltern wohnen sollten, Licht brannte. Das Haus war ziemlich groß und mit Reet gedeckt. Es war von einem großen Garten umgeben und die Höhe verriet, dass es mindestens ein weiteres Stockwerk gab, wenn nicht sogar ein ausgebautes Dachgeschoss. Karen blieb mit Alexej vor dem Holzzaun, der das Grundstück der Schneiders begrenzte, stehen. »Sagst du es ihnen oder ich?«

Alexej holte tief Luft. »Also, ehrlich gesagt, ich glaube, es ist besser, wenn du das machst.«

Karen musste grinsen. »Natürlich, hätte ich mir denken können.«

»Komm schon, Karen, du weißt, dass ich im Überbringen von Todesnachrichten eine Niete bin. Ich nehme mir jedes Mal vor, es sachlich und gefasst rüberzubringen, aber wenn es dann so weit ist, habe ich meinen Text vergessen und stammele rum. Das ist nicht nur mir peinlich und unangenehm, sondern auch für die Angehörigen eine Tortur.«

»Ist schon gut, Alexej. Ich mach das.«

Karen öffnete die kleine Tür, die in den Zaun eingelassen war und ging gemeinsam mit Alexej den kurzen Weg bis zum Haus. Dann holte sie tief Luft und drückte auf den Klingelknopf.

Nach kurzer Zeit wurde die Tür geöffnet und eine Frau, schätzungsweise Anfang oder Mitte vierzig, sah sie fragend an. Sie hatte schimmerndes blondes Haar, dessen Farbton aber sicher der chemischen Industrie zu verdanken war. Ihre Kleidung war so teuer, dass sie auf diese unnachahmliche Art leger aussah. Sie trug eine champagnerfarbene Seidenbluse und weite schwarze Hosen zu flachen schwarzen Schuhen. Um ihren Hals schimmerte eine Perlenkette, in den Ohren trug sie passende Ohrringe. Konservativ, dachte Karen, aber todschick.

»Ja, bitte?« sprach die Frau sie jetzt an.

Karen zückte ihren Ausweis aus der Innentasche ihres Mantels. »Frau Schneider?«

Die Frau nickte. Die Falten auf ihrer Stirn vertieften sich. Vermutlich hält sie uns für Zeugen Jehovas oder so was, überlegte Karen. »Frau Schneider, ich bin Hauptkommissarin Martin und dies ist mein Kollege Kommissar Storm. Könnten wir sie bitte einen Moment sprechen?«

Kais Mutter wich einen Schritt zurück.

»Wir wissen es schon. Unser Sohn ist tot. Wurde ja auch Zeit, dass sie endlich auftauchen.«

Karen sah Alexej überrascht an. »Sie wissen es schon? Wir haben erst vor einer Stunde Kais Identität geklärt. Er war nicht als vermisst gemeldet. Wer hat sie informiert?«

»Dürfen wir vielleicht erstmal reinkommen?« fragte Alexej, nicht weniger verblüfft als Karen.

Frau Schneider trat mit hochmütigem Gesichtsausdruck einen Schritt zur Seite.

»Wenn Sie mir bitte folgen wollen?«

Sie führte die beiden Kriminalbeamten in ein Wohnzimmer, dass von hohen Regalen dominiert wurde, auf denen sich unzählige Bücher stapelten. In einem dunkelbraunen Ledersessel saß ein Mann mit grauem, kurz gestutztem Bart und Hartmut Peschel, der die beiden Beamten mit einem triumphierenden Gesichtsausdruck ansah.

»Ach, die Polizei ist auch schon da. Na, über soviel Einsatz wird die Öffentlichkeit sicherlich entzückt sein.

Karen verlor jede Gesichtsfarbe. Es dauerte einen Moment, bis sie sich wieder gefangen hatte. »Woher wissen Sie …« stammelte sie.

»Ich muss Ihnen meine Quellen nicht verraten«, antwortete Hartmut Peschel arrogant. »Es sieht wohl nur so aus, als wenn auch einige ihrer Kollegen der Meinung sind, sie könnten etwas Unterstützung gebrauchen.«

Es dauerte einen Moment, bis Karen ihre Stimme wiedergefunden hatte. Im Laufe ihrer beruflichen Karriere hatte sie unzählige schreckliche Nachrichten überbringen müssen. Sie hatte Frauen berichten müssen, dass ihre

Männer tot in einem billigen Stundenhotel aufgefunden worden waren.

Sie hatte Männern mitgeteilt, dass ihre Frauen vergewaltigt und ermordet worden waren und nun niemals mehr nach Hause kommen würden. Am schlimmsten war es aber stets, wenn sie Eltern über den gewaltsamen Tod ihres Kindes informieren musste.

Das Grauen, das sich bei Erhalt dieser Nachricht auf den Gesichtern der Mütter und Väter ausbreitete, war jedes Mal kaum auszuhalten. Daran konnte sie sich nicht gewöhnen und vor dem Mitgefühl, das sie überkam, würde sie sich niemals schützen können.

Karen hatte keine Kinder und sie konnte sich auch nicht vorstellen, in Zukunft welche in die Welt zu setzen. Daher konnte sie bei allem Einfühlungsvermögen nur ahnen, wie tief der Schmerz war, den man empfand, wenn man am Grab seines eigenen Kindes stand.

Daher war Karen auch immer dann von ungeheuerlicher Wut erfüllt, wenn die Mörder eines Kindes seine eigenen Eltern waren. Es gab auf der Welt mehr Grausamkeit, Gemeinheit und Gleichgültigkeit, als sich die meisten Menschen klar machen wollten, denn wenn man sich der Bösartigkeit, die das Leben umgab wie eine dunkle Wolke, jederzeit bewusst war, konnte man es vermutlich einfach nicht ertragen und musste zur eigenen Erlösung von der nächst besten Brücke springen. Kinder wurden von ihren Eltern wie Tiere gehalten, verhungerten über Jahre hinweg, wurden geschlagen, verbrannt, gequält und sexuell missbraucht.

Aber so schrecklich diese Schicksale auch waren, sie blieben Einzelfälle.

Eine derartige Gleichgültigkeit, wie die Schneiders sie gerade an den Tag legten, war Karen noch nie vorgekommen. Ihr einziger Sohn war tot, und sie interessierten sich nicht einmal dafür, was ihm zugestoßen war, sondern tranken in Ruhe erst einmal eine Tasse Kaffee, mit einem schmierigen Journalisten, so, als hätte Karen ihnen gerade mitgeteilt, dass sie beim Ausparken leider einen winzigen Lackschaden an ihrem Auto verursacht hatte und nun für den Schaden gerade stehen wollte. Eine Lappalie, nicht der

Rede Wert. Eine gute Tasse Kaffee, ein paar ausgetauschte Versicherungskarten und schon war das Ganze vergessen.

Magda Schneiders Stimme riss sie aus ihren Gedanken. Sie wies auf den grauhaarigen Mann. »Darf ich vorstellen, mein Ehemann. Aber bitte setzen sie sich doch.«

Karen lehnte das Angebot mit einem kurzen Kopfschütteln ab. »Herr und Frau Schneider, der Tod ihres Sohnes tut mir sehr Leid, aber ich würde es vorziehen, wenn mein Kollege und ich uns allein mit ihnen unterhalten könnten.«

Hartmut Peschel öffnete den Mund, um seine Anwesenheit zu verteidigen, aber Herbert Schneider kam ihm zuvor. »Ich wüsste nicht, warum wir uns mit Ihnen unterhalten sollten. Herr Peschel weiß bereits alles, was wir zu sagen haben und sie sind ja offensichtlich nicht daran interessiert, herauszufinden, wer unserem Sohn das angetan hat. Es wird Zeit, dass Ihnen mal jemand Feuer unter dem Hintern macht.«

»Herr Schneider«, wollte Karen einwenden.

»Sparen Sie sich Ihre Worte«, wurde sie rüde unterbrochen. »Ich weiß, was dieser Verrückte mit unserem Sohn gemacht hat. Ich lese die Zeitung.«

Hartmut Peschel verfolgte das Geschehen selbstzufrieden zurückgelehnt in seinem Sessel.

»Gut, dann wundert es mich allerdings, warum Sie sich nicht bei uns gemeldet haben. Kais Foto war groß in der Zeitung. Er war erst siebzehn Jahre alt. Sie haben ihn nicht als vermisst gemeldet.«

Jetzt erst meldete sich Herbert Schneider zu Wort. Er drehte sein Glas in den Händen. Demonstrativ wandte er sich mit seiner Antwort an Alexej.

»Meine Frau und ich haben keinen Kontakt mehr zu Kai. Er hat sich für ein Leben entschieden, das wir nicht billigen. Wissen Sie, er ist ein Mann, er muss wissen, was er tut. Er kann nicht sein ganzes Leben lang darauf hoffen, dass wir ihm aus der Klemme helfen, wenn er entdeckt, dass seine Entscheidungen mal wieder die falschen waren. Verstehen Sie«, er beugte sich Zustimmung einfordernd demonstrativ in Alexejs Richtung, »wir haben die Hoffnung schon vor langer Zeit aufgegeben. Sie können sich nicht vorstellen, was wir mit ihm durchgemacht haben.«

Karen wäre am liebsten aufgesprungen und hätte dem Mann seine Selbstzufriedenheit und seine Kaltschnäuzigkeit aus dem Leib geschüttelt. Aber sie wusste, dass dieses Verhalten ihr erstens nur Ärger einbringen würde, zumal die Presse anwesend war. Somit ignorierte sie ihn jetzt ebenso, wie er sie ignoriert hatte und wandte sich Magda Schneider zu. »Wann haben Sie Kai zum letzten Mal gesehen?«

Magda Schneider sah fragend ihren Mann an. Der zuckte indes nur mit den Schultern und trank einen Schluck des jetzt wohl zu seiner Zufriedenheit angewärmten Cognacs in seinen Händen.

»Das ist schon lange her. Sechs oder sieben Monate.«

»Und Sie haben sich nie gefragt, wo er ist, was er macht? Er ist doch noch schulpflichtig. Hat denn kein Lehrer bei Ihnen nachgefragt, warum er den Unterricht nicht mehr besucht? Was haben Sie Ihren Nachbarn erzählt, Ihren Freunden?«

Magda Schneider wollte etwas sagen, wurde jetzt aber energisch von ihrem Mann unterbrochen.

Er taxierte Karen. Sie sah in seinen Augen keinerlei Gefühl, nur Geringschätzigkeit und einen leichten Anflug von Langeweile, der ihr wohl zu verstehen geben sollte, wie lästig sie ihm langsam wurde und dass er sehr hoffte, sie möge seine Zeit nicht weiter verschwenden.

»Wir haben bei Kai alles versucht, Frau Martin.« Karen nahm zur Kenntnis, dass er es bewusst vermied, sie mit ihrem Titel anzusprechen. Seiner Meinung nach war es vermutlich nur einer Frauenquote oder der Tatsache, dass sie jemandem in den höheren Etagen mit einschlägigen Diensten zu Gefallen gewesen war, zu verdanken, dass sie überhaupt in einer verantwortlichen Position bei der Polizei arbeiten durfte. Sie ließ sich nicht aus der Reserve locken. Zu oft war ihr dieses Verhalten schon untergekommen.

Es spielte dabei keine Rolle, in welcher sozialen Schicht sie sich bewegte. Der rabiate Vorstädter, der seine Frau in einer winzigen Wohnung in einem Betonsilo in schöner Regelmäßigkeit krankenhausreif schlug, wenn er mal wieder betrunken aus seiner Stammkneipe heimgekommen war, nachdem er sich mit gleichgesinnten Kumpanen einen weiteren Tag darüber ausgelassen hatte, was für ein Supertyp er war und dass es nur an der blöden Schnalle, die er zuhause durchfüttern musste oder wahlweise auch an »denen da oben« lag, dass er nicht den Stand in der Gesellschaft hatte, der ihm eigentlich zustand. Dieser armselige Säufer spielte sich nicht weniger als Krone der Schöpfung auf als seine finanziell und gesellschaftlich vermeintlich besser gestellten Geschlechtsgenossen.

So wie der Börsenmakler in der weißen Villa am Fluss, den sie im letzten Jahr verhaftet hatte, weil er seine Mutter mit dem Wagen überfahren hatte, den er sich aufgrund mehrerer Fehlspekulationen mit Warentermingeschäften nicht mehr hatte leisten können und deshalb sein Erbe zum Abwenden dieser Krise einzusetzen gedachte.

Um sein Ziel auch auf jeden Fall zu erreichen, hatte er seine Mutter zur Sicherheit noch ein zweites Mal überrollt, nachdem sie schon sterbend auf der Straße lag.

Jämmerliche kleine Kreaturen, alle beide und so weit davon entfernt, das zu sein, wofür sie sich unverbrüchlich hielten. Ein starker Mann.

Karen hatte es satt, sich noch länger mit diesen beiden Zombies zu unterhalten. Sie stand auf, Alexej folgte ihrem Beispiel. »Frau Schneider, Herr Schneider, Ihr Sohn ist in den letzten Wochen rund um den Hauptbahnhof auf den Strich gegangen, um sich über Wasser zu halten. Ich weiß nicht, was ihn dazu getrieben hat, ich weiß nicht, was hier vorgefallen ist, aber was ich weiß ist, dass er seinen siebzehnten Geburtstag mit einem Freund verbracht hat, der der einzige war, dem er vertraut hat.

Kai träumte von Island, hoffte, dass es eines Tages wieder besser für ihn laufen würde. Dann kam ein krankes Schwein und hat ihn betäubt und ermordet.«

Herbert Schneider wollte insistieren. »Frau Martin, ich muss doch sehr bitten.« Er hob die Stimme an. »Unser Sohn war nicht schwul. Er ...«

»Halten Sie den Mund«, fuhr Karen ihn an. »Ihr Sohn war noch nicht achtzehn. Somit sind Sie vom Gesetz dazu verpflichtet, sich um ihn zu kümmern. Diese Pflicht haben

Sie sträflich vernachlässigt. Glauben Sie mir, wenn es irgendetwas bringen würde, würde ich Sie auch jetzt noch dafür anzeigen, aber zu Ihrem Glück sind die Jugendämter mit Fällen überlastet, in denen die Kinder noch leben. Kai wäre in diesem Jahr achtzehn geworden und war damit sowieso schon fast aus dem System. Melden Sie sich bitte morgen in der Pathologie bei Dr. Schröder. Er hat Ihren Jungen obduziert und Sie müssen ihn jetzt noch offiziell identifizieren. Sobald die Leiche frei gegeben wird, können Sie Kai beerdigen.«

»Ihr Verhalten ist ungeheuerlich, Frau Martin.« Herbert Schneider sprang aus seinem Sessel, er war hochrot im Gesicht, seine vorhin noch zur Schau getragene Überlegenheit war blanker, unkontrollierter Wut gewichen. »Es geht sie überhaupt nichts an, was wir mit unserem Sohn machen. Er passte hier nicht rein. Er war rebellisch. Ich habe immer gewusst, dass er in der Gosse landen wird. Und jetzt kommen Sie daher und nehmen sich das Recht raus, über uns zu urteilen. Sie haben doch keine Ahnung. Meine Frau und ich, wir sind anständige Leute. Ich werde mich über Sie beschweren.«

Langsam bekam Karen eine Ahnung, warum Kai dieses Haus verlassen hatte. Sie wandte sich zum Gehen.

»Tun Sie sich keinen Zwang an, Herr Schneider, ich wünschte, Ihr Sohn hätte sich schon viel früher bei uns über Sie beschwert.«

Während dieser Auseinandersetzung hatte Magda Schneider kein Wort gesagt. Karen sah sie an. Aber sie wusste, dass es müßig war, selbst jetzt, im Angesicht des Todes ihres einziges Kindes, eine wirkliche, eine echte Reaktion von ihr zu erwarten. Zwanzig oder noch mehr Ehejahre hatten aus ihr eine Befehlsempfängerin gemacht. Eigenständiges Denken und Fühlen hatte sie schon vor langer Zeit verlernt. Sie hatte ihren Sohn für die Beziehung zu einem eiskalten Mann geopfert. Wenn sie jetzt nicht begriff, was sie getan hatte, gab es nichts, was diese Einsicht herbeizwingen konnte.

Karen sah Alexej an, der aus seiner Jacke eine Karte nahm und diese auf den Tisch legte. »Unter dieser Nummer erreichen Sie die Pathologie.«

»Bemühen Sie sich nicht«, sagte Karen zu Magda Schneider, »wir finden selbst hinaus.«

Als sie schon fast an der Tür waren, hörten sie, wie Hartmut Peschel sagte: »Es wundert mich nicht, dass diese Person nicht in der Lage ist, ihren tiefen Schmerz nachzuempfinden. Aber ich verstehe sie und ich werde dafür sorgen, dass ihre Trauer um ihren einzigen Sohn Gehör findet.«

32

Die Dämmerung senkte sich langsam über die Stadt. Unruhige Schlangen wimmelten in den Gedanken.

Wo war die Ruhe? Es ging so schnell.

Angst. Du hast Angst. Du bist nichts. Sieh dich an.

Es fiel schwer zu atmen. Keine Angst mehr haben. Rausgehen. Suchen. Finden. Die Angst verwandeln. Ruhe finden. Die Schlangen vertreiben.

Du hast Angst. ANGST.

Hastig gehen. Die Tür schließen.

Du bist widerlich.

Schneller. Raus. Bis es Nacht wurde. Schneller. Finden. Ruhe. Ruhe. Jetzt.

Auf dem Weg zurück ins Kommissariat sprachen Karen und Alexej nicht miteinander. Es gab nichts zu sagen. Beide waren geschockt von dem, was sie gerade erlebt hatte. Erst, als sie in die Tiefgarage fuhren, fand Karen ihre Stimme wieder. »Wir können uns beide vorstellen, was dieser Scheißkerl morgen in der Zeitung schreibt. Wenn wir nicht aufpassen, fliegt uns der Fall um die Ohren. Ich halte das bald nicht mehr aus.« Sie seufzte auf und sah ihren Freund und Kollegen mit gequältem Gesichtausdruck an. »Lass uns nachher mal im

Storms vorbeifahren. Ich will mal nach Mischa sehen.«

Alexej nickte nur. Gute Idee, dachte er, es tut gut, sich mal um jemanden zu kümmern, der noch lebt.

Marc Hagenberg stand mit gerunzelter Stirn vor dem langen Tisch mit den von ihm geordneten Unterlagen, als Karen und Alexej das Büro betraten. Karen ließ sich mit einem Seufzer auf ihren Stuhl fallen. »Alexej, bitte gib Kais Foto mit den Zeitangaben und einer Beschreibung seiner Kleidung an alle Taxizentralen. Sie sollen es an die Fahrer verteilen, die in der Nacht, als er ermordet wurde, Dienst hatten. Wie gesagt, vielleicht hat ja doch einer war gesehen.«

»Mach ich, Karen.«

»Marc, jetzt lass mal sehen, was du da gebastelt hast.« Sie ging zu ihrem jungen Kollegen, zog sich einen Stuhl ran und betrachtete die auf verschiedene Stapel sortierten Papiere.

Mittlerweile war es fast Abend und so wandte sie sich an Marc. »Geh du mal nach Hause, danke für die Arbeit, wir sehen uns morgen früh. Aber bevor du gehst, ruf bitte noch Dr. Schröder an und informiere ihn darüber, dass sich Kais Eltern Herbert und Magda Schneider morgen früh bei ihm melden werden, um Kai zu identifizieren. Und sag ihm bitte auch, wenn sie sich nicht melden, möchte er mich bitte unverzüglich anrufen.«

»Chefin, ich kann auch bleiben, ehrlich, das macht mir überhaupt nichts aus«, wandte Marc Hagenberg ein.

»Nichts da, Marc. Du bist noch in der Ausbildung und Überstunden hast du trotzdem schon mehr als genug auf dem Konto. Schlaf dich aus, morgen brauche ich dich wieder topfit.«

Sie sah ihn an. »Okay?«

Marc wollte gern bleiben, es passte ihm nicht, nach Hause geschickt zu werden, aber wenn er ehrlich war, war er erschöpft. Und er wusste, dass es überhaupt keinen Sinn machte, sich gegen eine Entscheidung von Karen behaupten zu wollen. Schon gar nicht, wenn sie so offensichtlich Recht hatte. »Okay«, antwortete er deshalb nur. »Ich rufe Dr.

Schröder vom großen Büro aus an.« Er nahm seine Jacke und einen Zettel, auf dem er sich die Telefonnummer der Schneiders notierte.

»Bis morgen dann.«

»Ja, bis morgen«, lächelte Karen ihn an.

»Bis morgen, Kleiner«, ließ Alexej von seinem Platz am Computer vernehmen.

Karen hatte gerade die Füße auf den Tisch gelegt und sich die säuberlich geordneten Zeugenaussagen der einzelnen Morde noch einmal vorgenommen. Zuoberst lag das Protokoll von Diana Krüger, der Krankenschwester, die versucht hatte, Kai Schneider im Alten Park das Leben zu retten.

Plötzlich flog die Tür zum Büro mit so einem lauten Knall auf, dass Karen vor Schreck fast vom Stuhl gefallen wäre. Konstantin Graf stürmte vor Wut schnaubend und mit einem unheilvollen Ausdruck des Triumphes ins Zimmer.

Ach du je, schoss es Karen durch den Kopf, das sieht gar nicht gut aus.

»Hauptkommissaren Martin, ich muss mich doch sehr über Sie wundern. Die ganze Stadt jagt einen Mörder, und Sie sitzen hier gemütlich herum und haben die Füße auf dem Tisch. Machen Sie das bei sich zu Hause auch so?«

Karen nahm ihre Beine betont langsam herunter. »Sind Sie hergekommen, um mich das zu fragen?« Insgeheim überlegte sie, ob Graf neuerdings durch Wände sehen konnte und ihn ihre ungehörige Sitzhaltung dazu bewogen haben mochte, wie ein Ein-Mann-Überfallkommando in ihr Büro zu stürmen.

»Glauben Sie mir, Frau Martin, mir ist nicht nach Scherzen zumute. Gerade erfahre ich, dass dieser Kai Schneider ein Stricher war. Wieso haben Sie mir das nicht längst erzählt?«

»Ich wüsste nicht, dass diese Tatsache so relevant wäre, als dass ich sie Ihnen umgehend hätte mitteilen sollen. Ein Opfer war Student, ein anderes Krankenpfleger. Was macht das für einen Unterschied? Mal abgesehen davon, dass wir erst seit letzter Nacht überhaupt wissen, wie das letzte Opfer heißt und was es, nun, beruflich gemacht hat. Bei der nächsten großen Besprechung hätten Sie es dann ganz sicher erfahren. Ich wollte Sie einfach nicht vorher belästigen, Sie haben doch wirklich wichtigere Dinge zu tun.«

Es war so einfach, Konstantin Graf bei seiner Eitelkeit zu packen, dass Karen schon mehr als einmal den Bogen fast überspannt hatte, weil sie einfach nicht glauben konnte, wie leicht und mühelos er selbst der unverschämtesten Schleimerei auf den Leim ging. Diesmal allerdings hatte ihre bewährte Strategie nur bedingt Erfolg.

»Bitte, Frau Kollegin, ersparen wir uns doch beide dieses Geplänkel. Sie wissen genau, worauf ich hinaus will.« Er sah Karen herausfordernd an.

Nein, stellte Karen fest, ich habe absolut keine Ahnung, was du von mir willst. Sie sah Alexej fragend an. Dieser hob fast unmerklich die Schultern und sah ansonsten ruhig und gelassen seine beiden Vorgesetzten an.

Gut, scheinbar habe ich nichts verpasst, Alexej ist ebenso ratlos. Laut sagte sie: »Herr Graf, ich weiß wirklich nicht, warum die Tatsache, dass Kai Schneider ein Stricher war, Sie so aufregt.«

»Nun, Hauptkommissarin Martin«, er holte tief Luft, um der jetzt folgenden Aussage durch diese Kunstpause mehr Gewicht zu verleihen.

Er spricht mich mit meinem Titel an, dachte Karen. Klingt nicht gut. Hat genau den gleichen Tonfall, wie die Drohung meiner Mutter, wenn sie früher gesagt hat: Wir sprechen uns noch. Aber diesem Satz ist auch nie eine wirkliche Tat gefolgt. Hat sie etwas mit Konstantin Graf gemeinsam.

Sie sah ihren Chef aufmerksam an, der jetzt geneigt schien, weiterzusprechen.

»Ich muss mich wirklich über Sie wundern. Muss man denn hier alles selbst machen?«

Karen verstand nur noch Bahnhof. »Ich weiß wirklich nicht, worauf Sie hinauswollen.«

»Dessen bin ich mir wohl bewusst. Also, überlegen Sie doch mal, Kai Schneider war ein Stricher, und der Mörder kastriert seine Opfer, also ist es doch wohl offensichtlich, dass wir es mit einem Schwulenhasser zu tun haben. Sie haben bisher in der völlig falschen Richtung ermittelt.« Er sah sie mit einem hochmütigen Ausdruck im Gesicht an. »Sofern man überhaupt von einer gezielten Ermittlung sprechen kann.«

Karen Martin stand auf. Wider besseres Wissen hoffte sie, sich verhört zu haben. »Alexej«, presste sie möglichst beherrscht zwischen den Zähnen hervor, »hast du die Informationen für die Taxizentralen zusammen?«

»Klar, alles fertig.«

»Dann schick sie bitte raus. Ich helfe dir, sobald ich hier fertig bin.« Während sie sprach, sah sie Konstantin Graf unverwandt in die Augen.

Alexej erhob sich, nahm Kais Foto vom Tisch und ein Anschreiben aus dem Drucker und verließ ohne ein weiteres Wort das Zimmer. Andere Kollegen hätten sich vielleicht degradiert gefühlt, mit einer Aufgabe betraut zu werden, die jeder Polizeischüler hätte erfüllen können, aber Alexej kannte Karen viel zu gut, um zu insistieren. Er wusste, dass sie vor Wut kochte und nur daran dachte, ihn rechtzeitig aus der Gefahrenzone zu bringen, so dass Konstantin Graf ihn mit dem gleich folgenden lautstarken Protest ihrerseits nicht in Verbindung bringen würde. Er hätte ihr gern beigestanden, denn ebenso wie Karen teilte er die Ansicht, dass Grafs vermeintlich brillante Idee nichts weiter war als eine leere Behauptung, die man aber wunderbar der Presse präsentieren konnte.

Aber Karen wollte seine Unterstützung nicht. Sie zog es in solchen Fällen vor, den Kampf allein auszufechten, wohl wissend, dass es letztendlich völlig gleichgültig war, wie viele Personen versuchten, Konstantin Graf von einer falschen Vermutung abzubringen. Wenn er einmal von etwas überzeugt war, hielt er so lange daran fest, bis die Ermittlungsergebnisse etwas anderes ergaben.

Dann änderte er seine Meinung schneller, als ein Verdächtiger, dem ein geplatztes Alibi präsentiert wurde.

Nichtsdestotrotz hoffte Alexej, dass es Karen diesmal gelingen würde, den selbstgefälligen Graf eines Besseren zu belehren.

»Herr Graf, ich bitte Sie, nur weil eines der drei Opfer auf den Strich gegangen ist, heißt es doch noch lange nicht, dass der Täter es auf Homosexuelle abgesehen hat.«

»Liebe Frau Martin«, hob Konstantin Graf an, nicht willig, derartige Argumente anzunehmen, »ich denke, Sie haben diesen Umstand bei den anderen Opfern einfach übersehen. Ich meine, diese, ähm, Personen verstecken ihre Neigung doch auch gern. Haben Sie sich im persönlichen Umfeld genau umgesehen?«

»Weder bei Sebastian Marschner noch bei Felix Steffens oder dem jüngsten Opfer Tom Werner gibt es bis jetzt auch nur den geringsten Hinweis darauf, dass sie Kontakte zum homosexuellen Milieu hatten, jedenfalls nicht mehr als Sie oder ich.«

Konstantin Graf schnappte hörbar nach Luft.

»Wo Sie sich in Ihrer Freizeit herumtreiben, möchte ich wirklich nicht wissen, und ich bin bereits seit fünf Jahren glücklich verheiratet. Was man von Ihnen ja nicht sagen kann.«

Karen hatte Mühe, ihrem Chef nicht ins Gesicht zu springen. Sie zwang sich, ruhig zu bleiben.

»Herr Graf, lassen Sie uns sachlich bleiben. Der Ansatz mag ja vielleicht ganz interessant sein, aber darauf zu schließen, es mit einem Schwulenhasser zu tun zu haben, der herumläuft, junge Männer betäubt und kastriert, um seinen Standpunkt deutlich zu machen, halte ich doch zum gegebenen Zeitpunkt für unangebracht. Denken Sie nicht, dass wir dann schon längst einen Bekennerbrief bekommen hätten, irgendetwas, das uns die Motive des Täters erkennen ließe? Sie wissen doch,

dass Serienmörder, die eine Botschaft haben, diese in der Regel auch mitteilen, damit die Welt erfährt, auf was für einem Kreuzzug sie sich befinden?«

Konstantin Graf war nicht von seiner Meinung abzubringen und Karen wusste, dass es kein noch so stichhaltiges Argument gab, das diesen Umstand ändern könnte.

»Frau Martin, der Innensenator ruft mich jeden Tag an, die Presse macht mir die Hölle heiß, die Öffentlichkeit hat ein Recht darauf, über die Hintergründe dieser unappetitlichen Sache informiert zu werden. Daher habe ich für heute Abend um achtzehn Uhr eine Pressekonferenz einberufen. Und ich bin nicht bereit, mich von Ihnen torpedieren zu lassen. Also finden Sie sich bitte rechtzeitig auf der Pressestelle ein, Sie werden den Fragen der Journalisten Rede und Antwort stehen. Und ich erwarte von Ihnen, dass Sie auf unsere neuesten Ermittlungserkenntnisse eingehen. Haben wir uns verstanden?«

Karen war sprachlos. Eine Pressekonferenz?

»Das kann doch nicht Ihr Ernst sein. Wir können uns doch nicht hinstellen und verkünden, wir sind auf der Suche nach einem Verrückten, der Schwule umbringt, wenn ich diese These nicht im Geringsten untermauern kann!«

»Schluss jetzt!« brüllte Konstantin Graf. »Sie tun, was ich Ihnen sage. Wenn Sie sich nicht daran halten, werde ich Ihnen die Ermittlungen entziehen. Mir scheint, Sie sind mit dieser Sache doch überfordert.«

Karen öffnete den Mund, um etwas zu entgegnen, aber Konstantin Graf schnitt ihr das Wort ab. »Ich will nichts mehr hören, Frau Martin. Wir sehen uns später auf der Pressekonferenz.«

Mit diesen Worten drehte er sich um und verließ den Raum.

Karen stand wie vom Blitz getroffen in der Mitte des Zimmers und versuchte, ihren Zorn in den Griff zu bekommen. Es gelang ihr nicht. Sie zitterte am ganzen Leib. Was für eine Unverschämtheit!

Es lag auf der Hand, warum Graf sie bei der öffentlichen Verlautbarung seiner so genannten Ermittlungsergebnisse dabei haben wollte. Wenn er mit seiner Vermutung, denn mehr war es bei Licht betrachtet einfach nicht, richtig lag, würde er für den Rest seiner Dienstzeit Karen immer wieder spüren lassen, wie unfähig und kleingeistig sie war und dass an ihrem so genannten sechsten Sinn nichts, aber auch gar nichts dran war.

Wenn er aber doch falsch lag, wollte er die Verantwortung schon jetzt im Vorwege von sich weisen, indem er ihr die Rolle zuschob, der Presse und damit der Öffentlichkeit die These eines homosexuellenfeindlichen Serienkillers mitzuteilen. Graf sicherte sich wie stets nach beiden Seiten ab und gleichgültig, wie die Sache ausging, würde er am

Ende unbefleckt dastehen. Für Karen dagegen stand eine Menge auf dem Spiel.

Sie wusste, dass Konstantin Grafs Ansicht durch nichts, was sie bisher ermittelt hatten, untermauert wurde. Und sie würde einen Teufel tun und die Eltern, Freunde und Kollegen der anderen zwei Opfer erneut zu befragen, ob herauszubekommen, ob einer der beiden nicht eventuell schwul gewesen sein könnte.

Damit würde sie ihre Zeit verschwenden und außerdem war sie der Ansicht, dass der Tod der beiden jungen Männer schon genug Trauer und Schmerz verursacht hatte. Es war mehr als unnötig, die noch nicht annähernd verheilten Wunden weiter aufzureißen, um dann am Ende festzustellen, dass sie sich die ganze Sache von vornherein hätten sparen können.

Karen riss einen Kaffeebecher von ihrem Schreibtisch und warf ihn mit einem Aufschrei gegen die Wand.

Alexej, der gerade wieder seinen Kopf durch die Tür steckte, traute seinen Augen nicht.

Er schloss die Tür hinter sich und ging auf Karen zu. »So schlimm?«

»Das glaubst du nicht«, flüsterte Karen. Sie zog eine Zigarette aus ihrer Schachtel und zündete sie an. Sie ließ sich auf ihren Stuhl fallen und stützte die Ellenbogen auf die Tischplatte. Alexej setzte sich ihr gegenüber. Dann informierte sie ihn über ihr Gespräch mit Konstantin Graf.

»Was soll ich denn jetzt machen, Alexej? In weniger als einer Stunde ist die Pressekonferenz und ich soll mich da hinstellen und ernsthaft verkünden, dass wir einen Schwulenhasser suchen, obwohl wir doch genau wissen, dass das nicht stimmt. Kannst du dir vorstellen, was morgen los ist? Ach was, das geht heute Abend noch los. Graf hat die Konferenz mit Absicht so gesetzt, dass der Bericht noch in die lokalen Nachrichten um zwanzig Uhr kommen kann. Und ab diesem Moment dreht die Stadt vermutlich durch. Jeder, der auch nur meint, ein Homosexueller könnte sein Nachbar sein, sein Kollege, jeder, der sowieso was gegen Schwule hat, wird seine Chance ergreifen und uns mit seinen Ansichten beglücken. Und das Ganze für nichts. Während wir hier sinnlos unsere Zeit vertun, den absurdesten Hinweisen und Spuren nachgehen, läuft der Killer unbehelligter denn je draußen rum und sucht sich sein nächstes Opfer.«

Karen sah Alexej an.

»Und wenn es ganz blöd läuft«, ergänzte er ihre Befürchtungen, »ermordet er als Nächstes tatsächlich einen Schwulen, um uns auf der falschen Spur auch noch zu bestätigen. Denn darüber sind wir uns ja wohl einig, dem Mörder ist es ganz egal, ob sein Opfer schwul ist oder hetero. Er oder sie sucht sich junge, hübsche Männer. Willkürlich. Die Opfer haben außer Ähnlichkeiten im Aussehen nichts miteinander gemein. Sie lebten in völlig verschiedenen Umfeldern, besuchten nicht den gleichen Sportclub oder die gleichen Bars, hatten nicht dieselben Berufe oder Religionen.«

»Du sagst es. Mich brauchst du nicht davon zu überzeugen. Geh doch zu Graf. Vielleicht hört er dir ja zu. Du bist schließlich ein Mann.« Karen schlug mit der flachen Hand auf die Tischplatte.

Alexej zog die Augenbrauen hoch. »Aber ich bin schwul«, gab er grinsend zurück.

Karen sah ihn an und musste plötzlich lachen.

»Es wundert mich ja immer wieder, dass Graf das nicht zu wissen scheint, aber vielleicht solltest du ihn mal einweihen.« Karen lachte jetzt. »Wenn du Glück hast, darfst du dann so lange Urlaub machen, bis wir den Mörder gefasst haben. Zu deiner eigenen Sicherheit.«

»Keine schlechte Idee, aber ich glaube, ich bin schon ein bisschen zu alt, um ins Beuteschema zu passen.«

Sie grinsten einander an. »Jetzt im Ernst, Alexej, was soll ich denn da gleich sagen?«

Alexej beugte sich über den Tisch. »Karen, es mag sein, dass ich dir jetzt den falschen Rat gebe, aber ich denke, du solltest so vorsichtig wie möglich vorgehen. Sag, was Konny von dir erwartet, aber formuliere es vage. Und wenn es irgendwie geht, flechte mit ein, dass du anderer Meinung bist. Wenn Graf dann hinterher tobt, behaupte einfach, du bist davon ausgegangen, alle Ermittlungsergebnisse darzulegen, also auch deine Ansicht, dass wir bisher eigentlich so gut wie nichts wissen. Dass es ein Mann sein könnte, aber auch eine Frau. Von mir aus ein Schwulenhasser, aber auch jemand, der von kleinen grünen Männchen dazu gezwungen wird.«

Karen stand auf. »Ich werde mein Bestes geben.«

Sie ging zu einem Schrank und öffnete die Türen. Sie nahm einen schwarzen Blazer heraus und eine schwarze, sportlich geschnittene Bluse. »Ich mach mich jetzt hübsch. Und überhaupt, ich bin Beamtin. Was will Graf machen? Mich feuern?«

33

Klaus Springer betrat das Büro der Taxizentrale. Er schüttelte sich, als er den warmen Raum betrat. »Hallo Monika. Ist das heute eine Schafskälte draußen.«

»Hallo Klaus«, begrüßte ihn die blonde Frau, die für die Fahrer den Funkruf bediente

»Ich hab hier was für dich.« Sie nahm ein Blatt Papier von einem Stapel auf ihrem Schreibtisch, wobei Klaus Springer auffiel, dass sie heute einen bordeauxfarbenen Nagellack trug, der so dunkel war, dass er fast schwarz wirkte. Monika Schmidt war unter den Kollegen berühmt für ihren ausgefallenen Nagelschmuck. Sie bevorzugte künstliche, extrem lange Fingernägel, die stets perfekt lackiert waren. Zudem hatte sie heute auf die Zeige- und Ringfinger zusätzlich glitzernde Steine geklebt, die bei jeder Bewegung ihrer Hände funkelten.

»Das hier ist von der Kripo gekommen. Du weißt schon, wegen dem Schlitzer.«

Klaus nahm den Bogen entgegen.

»Was wollen die Jungs denn von uns? Schaffen es wohl allein wieder nicht, was?«

»Lies es dir durch. Es geht um den armen Jungen, den sie im Park gefunden haben. Der hat sich wohl am Bahnhof rumgetrieben und als Letztes wurde er gesehen, wie er Richtung Taxistand gegangen ist, so gegen Mitternacht. Die wollen jetzt von den Fahrern, die nachts in der Gegend unterwegs waren, wissen, ob ihn jemand gesehen hat. Und ob euch vielleicht was Verdächtiges aufgefallen ist.«

Klaus Springer setzte sich in den Aufenthaltsraum. Der Fahrer, von dem er den Wagen für die Nachtschicht übernehmen sollte, war noch nicht da und so hatte er Zeit, sich den Aufruf genauer anzusehen. Er fuhr sich mit der linken Hand über sein raspelkurz geschnittenes graues Haar.

Er fuhr jetzt schon seit fast zwanzig Jahren Taxi und in dieser Zeit war es immer wieder mal vorgekommen, dass die Polizei die Taxifahrer um ihre Mithilfe bat.

Liegt ja auch auf der Hand, überlegte er. Wir kommen viel rum, kennen die Stadt wie unsere Westentasche und haben sicherlich mehr Leute im Einsatz als die Polizei.

Klaus Springer fuhr grundsätzlich nur nachts. Die meisten Kollegen entschieden sich im Laufe der Zeit für eine Schicht. Die einen bevorzugten den Tag, weil sie abends bei ihren Familien sein wollten oder weil sie eine Menge fester Touren bekamen, die ihnen zumindest einen Grundstock an Gehalt garantierten. Sie fuhren nierenkranke Patienten regelmäßig zur Dialyse oder Geschäftsleute zu immer wiederkehrenden Terminen zum Flughafen und zurück.

Für Klaus Springer war das nichts. Er hasste die verstopften Straßen am Tag, die ständigen Staus und die Hektik. Nachts hatte er seine Ruhe. Und wenn er dann ein paar Stunden geschlafen hatte, bekam er trotzdem noch etwas vom Tag mit und konnte diese Zeit mit seiner Frau, die halbtags in einem Reisebüro arbeitete und seinem Sohn Alexander verbringen.

Alex machte eine Ausbildung zum Tischler und war sein ganzer Stolz. Und er war auch der einzige, der Klaus mit seiner Wahl der Nachtschicht das Leben schwer machte. Er sorgte sich, dass seinem Vater etwas passieren könnte. »Das ist zu gefährlich, Papa. Nachts allein unterwegs. Mit dem Geld und all den Verrückten auf der Straße. Kannst du nicht doch tagsüber fahren?«

Jedes Mal, wenn es einen Überfall auf einen Taxifahrer gab, versuchte Alexander erneut, seinen Vater umzustimmen. Klaus Springer rührte die Angst seines Sohnes, aber er hielt an seiner Meinung fest. »Du machst dir Sorgen, dass mir was passieren könnte, weil ich allein nachts allein unterwegs bin? Na, hör mal, da sollte ich mir doch wohl eher Sorgen um dich machen, wenn du durchs Vergnügungsviertel ziehst oder dich wer weiß wo rumtreibst.«

Sein Sohn sah ihn bei diesen Gesprächen immer sehr ernst an. »Mir passiert schon nichts, Papa.« »Siehst du, mir auch nicht. Ich habe meinen Funk, ich passe auf mich auf und nach so langer Zeit im Geschäft bilde ich mir ein, eine ganz passable Menschenkenntnis zu besitzen.«

Und jetzt saß er hier und las, dass ein siebzehnjähriger Junge weit weniger Glück gehabt hatte.

»Wer sich da wohl um wen Sorgen machen muss«, brummte er leise vor sich hin.

Er studierte das Foto des Jungen und las die Beschreibung der Kleidung, die Kai Schneider in der Nacht getragen hatte.

Klaus Springer stützte das Kinn in die Hand. Den habe ich doch tatsächlich gesehen, überlegte er. Klar, der kam aus dem Bahnhof, so ein dünnes Bürschchen. Hatte die Hände tief in den Taschen vergraben und den Kopf eingezogen. Sah aus, als wollte er sich in sich selbst verstecken.

Jetzt ging ihm ein Licht auf. Irgendetwas hatte bei ihm schon geklingelt, als er die Meldung über das bis dahin unidentifizierte dritte Opfer des Kastrationskillers in der Zeitung gesehen hatte. Aber er hatte sich nicht weiter damit beschäftigt. Er verabscheute derlei Sensationspresse und hatte sich lieber mit dem Sportteil gewidmet.

Er ist an mir vorbeigegangen, erinnerte er sich. Ist mir fast ins Auto geknallt, weil er auf dem glatten Bahnhofsplatz ausgerutscht ist. Und ein paar Stunden später war er tot. Klaus Springer fröstelte, obwohl es in dem Raum eigentlich eher zu warm war. Dann stand er auf, um Monika mitzuteilen, dass ihn seine erste Fahrt an diesem Abend zum Polizeirevier führen würde.

34

Pünktlich zur vereinbarten Zeit fand Karen Martin sich in der Pressestelle ein. Sie hatte sich umgezogen, die Haare gekämmt und sich frisch geschminkt.

Konstantin Graf erwartete sie, flankiert von Thorben Mattern, dem Polizeipressesprecher.

»Also, Frau Graf, Sie wissen, was Sie zu tun haben. Ich verlasse mich auf Sie.«

Karen versuchte zu lächeln. Der Versuch misslang wohl kläglich, denn Graf sah sie mit einem etwas irritierten Blick an. Thorben Mattern streckte ihr die Hand entgegen. »Frau Martin, ich muss Ihnen ja nicht erklären, was Sie erwartet, Sie haben das ja schon oft genug gemacht.«

Wohl wahr, dachte Karen. Macht es aber auch nicht besser.

Thorben Mattern war Anfang dreißig, er trug sein blondes Haar militärisch kurz geschnitten und war stets so perfekt gekleidet und gebügelt unterwegs, mit blitzenden Schuhen und einwandfrei sitzender Krawatte, dass Karen immer vermutete, er hatte von Haus aus etwas Schmutzabweisendes an sich. Irgendeine geheime Kraft verhinderte, dass es auch nur das kleinste Stäublein wagte, sich auf seinem Revers niederzulassen. Heute trug er einen schwarzen Anzug, ein blütenweißes Hemd und eine Krawatte mit schmalen diagonalen dunkelroten Streifen auf anthrazitfarbenen Grund. Gehalten wurde der Schlips von einer Nadel mit einer dezenten Applikation des Stadtwappens. Glänzende schwarze Schuhe rundeten den tadellosen Aufzug ab.

Warum geht er nicht einfach allein da rein und stellt sich ins Scheinwerferlicht, überlegte Karen. Vielleicht sind die Pressefritzen von seiner Erscheinung so geblendet, dass sie vergessen, warum sie hergekommen sind und diskutieren stattdessen lieber mit ihm über die neuesten Trends in der Männermode.

Sie schreckte aus ihren Gedanken hoch, als Konstantin Graf sie ansprach.

»Also, ich mache eine kurze Einleitung, dann übergebe ich an Sie. Sie wissen, was Sie zu sagen haben. Wenn Fragen gestellt werden, die Sie nicht beantworten können, steht ihnen Herr Mattern zur Seite.«

Toll, dachte Karen. Ich freu mich.

Gemeinsam betraten Sie den Raum, in dem die Kriminalpolizei ihre Pressekonferenzen abzuhalten pflegte. Das Zimmer war nicht sehr groß und an diesem Abend zum Bersten gefüllt. In den vorderen Stuhlreihen saßen die Journalisten der Tagespresse, während im hinteren Teil und an den Seiten fünf oder sechs Kameras aufgebaut waren. An der Stirnseite des Raumes war ein langer Tisch aufgebaut, dahinter standen drei Stühle. Vor jedem Platz stand ein Mikrofon auf dem Tisch.

Konstantin Graf nahm in der Mitte Platz, rückte sein Mikrofon zurecht und strahlte in die Menge. Der ist in seinem Element, grummelte Karen, das liegt ihm. Der hätte lieber Talkmaster werden sollen.

Karen setzte sich zu seiner Rechten, Mattern nahm an Grafs linker Seite Platz.

Im Raum war es laut und unruhig. Die Presse gierte nach Neuigkeiten zu den Schlitzermorden, und so waren sie dem Ruf des Chefs der Kriminalpolizei nur zu gern gefolgt, hatte sich die Polizei mit Informationen bis jetzt doch ärgerlich zurückgehalten.

»Guten Abend, meine Damen und Herren«, begrüßte Konstantin Graf die Menge. Von einer Sekunde auf die andere war es mucksmäuschenstill.

»Ich habe Sie heute hierher gebeten, um Sie über die neuesten Ermittlungsergebnisse im Fall der drei ermordeten jungen Männer in unserer Stadt in Kenntnis zu setzen. Ich bedanke mich für Ihr Kommen. Ich kann Ihnen versichern, dass die Ermittlungen auf Hochtouren laufen und es nur noch eine Frage der Zeit ist, bis wir den oder die Täter verhaften werden.«

Sofort erhob sich ein aufgeregtes Stimmengewirr.

»Herr Graf, haben Sie schon einen konkreten Verdacht?«

»Steht eine Verhaftung bevor?«

»Haben Sie sogar schon jemanden verhaftet?«

»Bitte, bitte, meine Herrschaften«, versuchte Konstantin Graf die Meute zu beschwichtigen. »Über den genauen Ermittlungsstand wird Sie jetzt Hauptkommissarin Martin in Kenntnis setzen. Mich müssen Sie bitte entschuldigen, ich habe einen Termin mit dem Innensenator. Er legt Wert darauf, stets von mir auf dem Laufenden gehalten zu werden.« Mit diesen Worten stand Konstantin Graf auf, nickte den Journalisten zum Abschied noch einmal huldvoll zu und verließ den Raum.

So ein Mistkerl, schoss es Karen durch den Kopf. Nicht mal das konnte er mir sagen. Er weiß genau, dass es eigentlich nichts zu berichten gibt, würgt mir seine blöde Schwulenhassertheorie rein und macht sich dann vom Acker. Und ich soll die Suppe jetzt auslöffeln. Sie sah nach links, um Thorben Matterns Blick aufzufangen. Aber dieser sah stur geradeaus, kerzengerade aufgerichtet, die Hände auf der Tischplatte gefaltet.

Nur nicht schmutzig machen, Bürschchen, nicht wahr? Karen funkelte ihn an.

»Frau Hauptkommissarin Martin, stimmt es, dass der Mörder ein Homosexuellenhasser ist?« fragte ein junger Mann in der zweiten Reihe.

Aha, stellte Karen fest, die These ist also schon durchgesickert. Geschickt gemacht, Konny, muss ich schon sagen. Und das alles in so kurzer Zeit.

»Wir können im Moment nichts bestätigen, aber auch nichts ausschließen.«

»Aber es ist doch richtig, dass das letzte Opfer ein Strichjunge war? Das spräche doch für jemanden, der Schwule ausradieren will.«

»Es spricht genauso viel dafür wie dagegen«, sagte sie laut. »Ja, das letzte Opfer war ein Junge, der sich am Bahnhof aufhielt. Allerdings gibt es bei den beiden anderen Männern keinerlei Hinweise auf eine Beziehung auf Homosexualität oder Verbindungen zum Bahnhofsmilieu.«

Thorben Mattern schickte ihr einen bohrenden Blick. Karen ignorierte ihn. »Zum jetzigen Zeitpunkt können wir die Tätersuche nicht auf einen bestimmten Täterkreis einschränken.«

»Das heißt aber auch, dass Sie einen Schwulenmörder nicht ausschließen können?« fragte ein dickbäuchiger Mann, der übermäßig schwitzte.

»Nein, das können wir nicht«, gab Karen zu.

Thorben Mattern entspannte sich.

»Aber genauso wenig können wir ein anderes Motiv oder eine andere Personengruppe ausschließen. Der Täter könnte ein Mann sein, aber auch eine Frau.«

Der Pressesprecher hustete vernehmlich in seine Faust.

Karens Aussage führte in dem engen und heißen Raum fast zu einem Tumult.

»Eine Frau?« rief eine Journalistin, die Karen kannte und sehr schätzte. Ihre Gerichtsreportagen wurden zumeist von einem angesehenen Nachrichtenmagazin veröffentlicht und zeichneten sich durch kompetente Berichterstattung und sachliche Übersicht aus.

Sie erinnerte sich, als letztes eine Reportage von ihr gelesen zu haben, die über den unglaublichen Fall einer Mutter berichtete, die im Laufe von mehreren Jahren fünf Neugeborene erstickt und im Garten vergraben hatte. Auf jedes dieser entsetzlichen Gräber hatte sie dann fein säuberlich Stiefmütterchen gepflanzt. Ans Licht gekommen war der Friedhof erst, als nach heftigen Regengüssen im letzten Herbst der Garten des Hauses knietief unter Wasser gestanden hatte und der Keller vollgelaufen war. Die Feuerwehrleute waren dann bei ihrem Versuch, das Wasser abzupumpen über Babyknochen gestolpert.

Und während die Öffentlichkeit die Mutter als Mörderin ihrer eigenen Kinder ans Kreuz schlug, war diese Journalistin die Einzige, die nach der Verantwortung des Vaters fragte. Konnte es wirklich sein, dass er, wie er standhaft behauptete, von den Schwangerschaften der Frau, von den Geburten im Badezimmer und den anschließenden Tötungen nichts gewusst hatte?

Karen verabscheute die furchtbare Mutter, aber sie teilte auch die Ansicht der Gerichtsreporterin, dass der Ehemann ebenso schuldig sein musste.

Jetzt wandte sie sich mit ihrer Antwort direkt an sie. Eine Stimme der Vernunft, dachte Karen, das muss ich ausnutzen.

»Ja, eine Frau«, antwortete sie ruhig. »Es gibt keinen Anlass, davon auszugehen, dass es sich bei dem Mörder um einen Mann handeln muss. Die Art, wie die Morde ausgeführt werden, die Tatsache, dass die Opfer vor ihrer Kastration betäubt werden, spricht für einen Täter, der nicht besonders kräftig ist. Wenn die Opfer nicht betäubt gewesen wären, hätten sie sich gewehrt und bis auf Kai Schneider waren alle sportlich und durchtrainiert. Weiterhin wurden die Opfer nicht sexuell missbraucht, somit ist die Kastration meiner Meinung nach nicht sexuell motiviert. Der Grund für die Taten mag eine solche Komponente enthalten, aber das Ritual an sich bedeutet meiner Meinung nach etwas anderes.«

»Was kann es schon bedeuten, wenn einer Männer wie Tiere kastriert? Wie kann so etwas nicht sexuell sein?« Dieser Zuruf kam wieder von dem dicken Mann, der sich jetzt mit einem großen Taschentuch den Schweiß von der Stirn wischte.

Bei dir hat doch alles mit Sex zu tun, giftete Karen innerlich. Wahrscheinlich, weil du schon lange keinen Sex mehr hattest. Zumindest nicht, wenn du nicht dafür bezahlst.

»Wie gesagt, wir ermitteln in alle Richtungen und die Motivation des Täters ist uns noch nicht klar. Sicher ist nur, die Kastration ist ein Ritual. Der Täter will damit etwas sagen, es ist eine Botschaft. Nur wissen wir noch nicht, was für eine.«

Thorben Mattern räusperte sich und zog sein Mikrofon dichter heran.

»Meine Damen, meine Herren, ich bedanke mich im Namen der Kriminalpolizei für Ihr Kommen. Wir werden Sie baldmöglichst über den Fortgang der Ermittlungen informieren.«

Mit diesen Worten stand er auf.

Er bricht die Sache ab, stellte Karen fest. Wird ihm wohl zu heiß. Mir soll es recht sein. Er und Konny haben bekommen, was sie wollten.

Die Journalisten riefen wild durcheinander, sie waren wie immer der Meinung, nicht umfassend genug informiert worden zu sein. Nur die Gerichtsreporterin nahm ruhig ihre Tasche und bahnte sich einen Weg zum Ausgang.

Als Karen ebenfalls den Raum durch eine Hintertür verließ, sah sie, wie sie ihr zulächelte. Karen lächelte zurück.

Wenn Graf mich kaltstellt, dachte sie, frage ich sie, ob sie nicht einen Job für mich hat. Leute befragen kann ich ja schon.

Erst jetzt fiel ihr auf, dass Hartmut Peschel nicht im Raum gewesen war. Sitzt wahrscheinlich schon in der Redaktion und schreibt meinen Untergang, grübelte sie wütend.

35

David stand in der Küche seiner kleinen Wohnung und schnitt wahre Berge von Paprika und Champignons in kleine Stücke. Aus seinem Zimmer hörte er Stimmengewirr und Gelächter.

Sein Freund und Mannschaftskollege Max, mit dem er zusammen Fußball spielte, hatte eine neue Freundin und diese wiederum hatte eine, wie Max sich ausgedrückt hatte, absolut heiße beste Freundin, die er David unbedingt vorstellen wollte. Also saßen die drei jetzt in seinem Zimmer herum, tranken Wein und warteten darauf, von ihm mit Spaghetti beköstigt zu werden.

Das Wasser kochte und David gab die Nudeln in den Topf. In einer großen Pfanne wärmte er Olivenöl und fügte die Zutaten für die Soße dazu. David war nicht wirklich ein guter Koch, aber was er zusammenrührte, fand bei seinen Freunden stets Anklang. Das mochte daran liegen, dass sie eigentlich immer hungrig waren und so nicht besonders anspruchsvoll.

»Wir haben Hunger!« hörte er Max brüllen.

David grinste. Wenn ich nicht kochen würde, würdest du dich doch ausschließlich von Fleisch in geometrischen Formen und Tiefkühlpizza ernähren, dachte er.

Aber er selbst war auch hungrig. Um dem bohrenden Gefühl in seinem Magen noch für ein paar Minuten ein

Schnippchen zu schlagen, trank er einen Schluck Rotwein aus der Flasche, die er geöffnet hatte, um die Soße zu kochen.

Plötzlich fühlte er, wie jemand hinter ihn trat. Er sah über die linke Schulter und bemerkte, dass es Sophie war, die so überschwänglich angepriesene Freundin.

»Kann ich dir vielleicht was helfen?«

Er lächelte sie an. »Nein, lass mal, das kocht sich jetzt von alleine.

Sophie hatte ein fast leeres Weinglas in der Hand, das er ihr jetzt wieder füllte. Dann nahm er ein Glas aus einem kleinen Hängeschrank über der Spüle und goss sich selbst etwas ein.

Es schien ihm in Anbetracht ihrer Gegenwart nicht mehr länger angebracht, aus der Flasche zu trinken.

Sie ist wirklich hübsch, stellte er fest. Sie hatte dunkelbraunes, lockiges Haar, das ihr bis weit über die Schultern fiel. Ihre Augen waren groß, von einem warmen Goldbraun und von unglaublich langen, dunklen Wimpern beschattet. Durch den Wein hatten sich ihre Wangen gerötet und der Lippenstift, den sie trug, hatte fast dieselbe Farbe wie ihre Lippen, so dass die Form ihres Mundes nur sanft betont wurde. Weiter trug sie kein Make-up, was David sehr gefiel.

Direkt unter der linken Augenbraue hatte sie ein kleines Muttermal, das so perfekt am Ende des Bogens saß, dass David zuerst gedacht hatte, sie hätte es sich dort hingemalt. Er sah ihr in die Augen.

Sie erwiderte selbstbewusst und ruhig seinen Blick. »Max hat erzählt, du studierst Psychologie?« David nickte. Er hatte gerade überhaupt keine Lust, sich über die Uni zu unterhalten. Er hob sein Glas und stieß es gegen das ihre. »Auf dein Wohl.«

Sie bedankte sich für den Trinkspruch, in dem sie leicht den Kopf neigte. Ihre Blicke hafteten aneinander und David spürte, wie ihm warm wurde. Diese Augen, dachte er. Sie sieht verdammt sexy aus.

Die Luft in der Küche schien zu vibrieren. Auch Sophie schien nicht mehr daran interessiert, die Unterhaltung fortzusetzen.

Die aufgeheizte Stimmung wurde durch Max unterbrochen, der in die Küche gepoltert kam, um sich nach dem Fortschritt der Speisenzubereitung zu erkundigen. Er sah erst Sophie an und dann David. Dann grinste er über das ganze Gesicht. »Na, ihr zwei? Gibt es heute noch was zu essen, oder seit ihr mit was Wichtigerem beschäftigt?«

David sah Sophie noch einmal tief in die Augen und wandte sich dann wieder dem Herd zu.

»Geht gleich los, Max. Allerdings könnte es gut sein, dass du leer ausgehst, wenn du weiter so drängelst. Und wenn ich es mir recht überlege, eigentlich könntest du dich auch mal nützlich machen. Ich glaube, ich habe nicht genug Wein. Lauf doch noch mal eben runter zum Supermarkt an der Ecke und hol noch ein paar Flaschen. Wenn du dich beeilst, schaffst du es noch.«

Max zog ein langes Gesicht. »Wer ich? Och, nö, draußen ist es saukalt und ich hab Hunger!«

»Willst du weiterkochen? Dann geh ich«, provozierte ihn David lächelnd. »Oder möchtest du eins der Mädchen schicken? Nun tu mal so, als wärest du ein Gentleman und mach dich auf die Socken.«

»Okay, okay«, gab Max seufzend nach, »ich geh ja schon. Aber wenn ich wiederkomme, ist der Fraß endlich fertig.«

Max verließ die Wohnung und David schüttete die Spaghetti in ein Sieb, rühre die Soße um und nahm vier tiefe Teller aus einem Schrank. Aus seinem Zimmer rief Stefanie, Max' Freundin:

»Sophie, kommst du mal? Ich hab nichts mehr zu trinken!«

Als er Sophies Hand auf seiner Schulter fühlte, hielt er unwillkürlich die Luft an. Er spürte ihren Atem an seinem Ohr.

»Du riechst gut«, flüsterte sie. Dann schnappte sie sich die offene Flasche Wein, drehte sich um und ging aus der Küche.

36

Als Karen die Pressekonferenz verlassen hatte, hörte sie Thorben Mattern hinter ihr hereilen.

»Frau Martin, einen Moment bitte, ich glaube nicht...«

Sie hatte es gründlich satt. Sie blieb abrupt stehen und drehte sich um.

»Frau Martin, so viel ich weiß, hatte Dr. Graf sie angewiesen, deutlich darauf hinzuweisen, dass der Mörder im homosexuellen Milieu zu suchen ist. Er wird mit ihrem Auftritt nicht zufrieden sein.«

»Na, dann hätte er vielleicht lieber hier bleiben sollen, um aufzupassen, dass ich nicht plötzlich eine eigene Meinung habe, statt mich mit einer unausgereiften Theorie auszustatten und dann einfach zu verschwinden.«

Thorben Mattern lächelte sie überlegen an.

Arschloch, dachte Karen. Glattgeföntes dummes Arschloch.

»Dr. Graf hatte einen Termin mit dem Innensenator, ich denke, dass der Vorrang hat.«

Karen bebte vor Wut. Sie war es so Leid, sich immer wieder mit Menschen abgeben zu müssen,

die ihren Aufgaben offensichtlich nicht gewachsen waren, die zu dumm, zu machtgierig und zu kurzsichtig in ihren Entscheidungen waren, um ihre Arbeit gut zu machen.

»Wenn ich mit jeder halbseidenen Vermutung vor die Presse treten würde, würde Dr. Graf mich auf kleiner Flamme rösten.«

Thorben Mattern öffnete den Mund für eine Erwiderung. Aber Karen ließ ihn nicht zu Wort kommen.

»Der Mörder ist kein Schwulenhasser, Herr Mattern. Ich weiß es. Es ist Dr. Grafs gutes Recht, anderer Meinung zu sein, aber dann soll er zum Teufel noch mal auch dafür geradestehen. Was ist, wenn sich die Vermutung als falsch erweist? Über wen fällt die Presse dann her? Über Sie? Über

Dr. Graf? Nein, sie wird sich auf mich stürzen. Ich leite die Ermittlungen, also bin ich im Auge der Öffentlichkeit für alles, was mit den Morden dieses Wahnsinnigen zu tun hat, verantwortlich.«

Karen trat einen Schritt auf den versteinert dastehenden Mattern zu.

»Wissen Sie, die Meinung der Presse ist mir scheißegal. Was all die braven Bürger da draußen denken, interessiert mich nicht. Für die meisten ist die Tatsache, dass jemand durch die Stadt läuft und Menschen abschlachtet, so bedrohlich, dass sie sich nicht vorstellen können, dass es jemand aus ihrer Mitte sein könnte. Nein, es muss etwas Fremdes sein, irgendetwas, mit dem sie nicht das Geringste zu tun haben. Ein Schwuler, der seinesgleichen umbringt, kommt da grade recht. Die haben es am Ende nicht besser verdient. Eine schöne runde Sache und alle können wieder beruhigt schlafen. Aber so ist es nicht. Es ist niemals so einfach.«

»Aber Dr.. Graf...« begehrte der Pressesprecher schwach auf.

»Dr. Graf hat bekommen, was er wollte. Oder glauben Sie im Ernst, dass die Meute da drinnen sich für irgendetwas interessiert hat, was ich nach dem Hinweis auf einen homosexuellen Mörder gesagt habe? Nein, die allermeisten werden genau das morgen drucken, werden genau das gleich in den Nachrichten verkünden. Das gibt doch die viel besseren Schlagzeilen. Also lassen Sie mich jetzt wieder an die Arbeit gehen. Ich habe einen Mörder zu überführen.«

Thorben Mattern blieb sprachlos auf der Stelle stehen.

Klasse, grinste Karen. Wut perlt an ihm genauso ab wie alles andere. Er biegt das schon zurecht, denn wenn nicht, ist er genauso dran wie ich. Schließlich saß er an meiner Seite und es wird Konny völlig egal sein, dass es für ihn nicht möglich war, sich besser einzubringen. Wenn er also mich ans Messer liefert, kann er sich selbst gleich daneben legen.

Und sie wusste, dass Mattern dieser Umstand ebenso klar war wie ihr.

»Ich werde Dr. Graf über die Ergebnisse der Konferenz in Kenntnis setzen«, brachte er hervor. »Guten Abend, Hauptkommissarin Martin.«

Karen nickte ihm zu und machte sich auf den Weg in ihr Büro.

37

»Du siehst zufrieden aus«, bemerkte Alexej, als Karen zurück in ihr Büro kam und sich mit einem lauten Seufzer auf ihren Stuhl fallen ließ. »Wie kommt es? Hast du Graf erschlagen und die versammelte Meute hat applaudiert? Wirst du jetzt hier der Boss vom Ganzen?«

Karen grinste. »Sehr witzig. Nein, aber ich glaube, ich hab's ganz gut hinbekommen. Konny wird anderer Meinung sein, aber er kann mir nichts.« Sie steckte sich eine Zigarette an. »Hoffe ich zumindest«, murmelte sie.

Es klopfte an der Tür.

»Jetzt kommen sie dich wohl doch abholen«, vermutete Alexej, »krieg ich deinen Schreibtisch?« Karen schnitt ihm eine Grimasse. »Herein«, rief sie in Richtung Tür.

Die junge Beamtin steckte ihren Kopf herein. »Hauptkommissarin Martin, Kommissar Storm, hier ist ein Taxifahrer, der sich auf den Aufruf hin gemeldet hat. Er hat was zu erzählen.«

»Danke«, lächelte Karen und stand dann auf, um den Mann hinter der Polizistin zu begrüßen. »Guten Abend, kommen Sie bitte herein.«

Klaus Richter betrat das Zimmer. Er fuhr sich unsicher mit den Händen durch sein Haar.

»N'Abend. Klaus Richter mein Name. Ich weiß ja nicht, ob es wichtig ist, aber in dem Schreiben stand, wenn man was gesehen hat...« Er brach den Satz ab.

»Es ist sehr gut, dass Sie gekommen sind«, beschwichtigte ihn Karen. »Bitte, nehmen Sie Platz. Was haben Sie denn gesehen?«

»Also, ich stand an dem Abend in der Warteschlange, ich war an zweiter Position. Da habe ich den Jungen gesehen. Er kam aus dem Bahnhof. Schien zu frieren, war ja auch kein Wunder, bei dem Wetter.«

»Wohin ist er gegangen?« fragte Alexej.

»Er ging direkt an meinem Wagen vorbei. Er hatte die Hände in den Taschen vergraben und den Kopf eingezogen. Wohl, um sich gegen den kalten Wind zu schützen.«

Karen beugte sich über ihren Schreibtisch. »Aber sie sind sicher, dass es Kai Schneider war? Verstehen Sie mich nicht falsch, aber wenn er den Kopf eingezogen hatte...«

Klaus Richter sah ihr direkt in die Augen. »Frau Kommissarin, ich bin mir sicher. Er wäre fast hingefallen und bei seinem Versuch, das Gleichgewicht zu halten, habe ich sein Gesicht ziemlich deutlich gesehen. Wissen Sie, ich habe selbst einen Sohn in dem Alter. Ich dachte an dem Abend noch, was das wohl für Eltern waren, die ihr Kind mitten in der Nacht allein am Bahnhof rumlaufen ließen. Halten Sie mich nicht für blöd, ich weiß, was da vor sich geht, aber es wundert mich doch immer wieder. Ich meine, man muss sich doch um seine Kinder kümmern.«

»Glauben Sie mir, Herr Richter, wir wundern uns auch jeden Tag wieder. Es war also wirklich der Junge?«

»Ganz sicher. Das Gesicht habe ich gut genug erkennen können. Am Bahnhof ist es ja ziemlich hell. Und wie gesagt, er ging direkt an meinem Wagen vorbei.«

»Okay, gut«, beruhigte ihn Karen. »Was hat er dann gemacht?«

»Er ging in Richtung Einkaufsallee.«

»Ist ihm jemand gefolgt?« fragte Alexej. »Oder ist Ihnen sonst noch etwas aufgefallen?«

»Nein, leider nicht. Er war allein, bis ich ihn nicht mehr sehen konnte. Und dann ist das Taxi vor mir los gefahren, hatte wohl eine Tour über Funk bekommen. Und da musste ich aufrücken. Sie kennen das ja, nur der vorderste Wagen darf Fahrgäste aufnehmen. Als ich wieder in die Richtung gesehen habe, in die er gegangen ist, war er nicht mehr zu sehen.«

»Und das andere Taxi, das vor Ihnen stand, in welche Richtung ist das gefahren?«

»Auch in die Einkaufsallee, glaube ich. Macht ja Sinn, weil dahinter sind die Theater und die Bars, da gibt es immer mal wieder Touren, auch, wenn die Vorstellungen schon lange vorbei sind. Die Leute trinken was und lassen sich dann ein Taxi rufen.«

Karen überlegte. »Konnten Sie erkennen, zu welchem Funk der Wagen gehörte?«

»Klar. Der war vom Stadttaxi. Das Logo kann man nicht übersehen. Kennen Sie bestimmt, dieses schwarze Auto auf gelbem Grund mit der Rufnummer im Bogen darüber. Karen nickte.

»Wir danken Ihnen, Herr Richter. Die Kollegin, die Sie eben hergebracht hat, wird mit Ihnen jetzt ein Protokoll aufnehmen. Es ist sehr gut, dass Sie gekommen sind.«

Sie stand auf und gab Klaus Richter die Hand.

Er verabschiedete sich von ihr und ging mit Alexej aus dem Zimmer, der ihn auf dem Flur der Kollegin übergab.

Als er wieder zurückkam, sah er Karen mit zerfurchter Stirn aus dem Fenster sehen.

»Du fragst dich, warum sich der Fahrer vom Stadttaxi nicht bei uns gemeldet hat, oder?«

»Ja. Aber wenn man es genau überlegt, ist der Grund vermutlich ganz einfach. Viele Ausländer fahren Taxi. Die wollen mit der Polizei nichts zu tun haben. Oder der Fahrer hat sich auf ein Kreuzworträtsel konzentriert und Kai einfach nicht gesehen.«

»Aber er ist ihm doch hinterhergefahren.«

Karen drehte sich auf ihrem Stuhl herum. »Wir werden morgen mal bei Stadttaxi vorbeifahren. Die haben doch Einsatzpläne. Wenn der Fahrer eine Tour über Funk bekommen hat, muss diese Fahrt vermerkt sein. Dann können wir ihn ja selbst fragen, warum er sich nicht bei uns gemeldet hat. Jetzt brechen wir hier die Zelte ab. Mir reicht es für heute wirklich. Komm, wir fahren ins *Storms* und sehen nach Mischa.«

»Gute Idee«, bestätigte Alexej. »Los geht's.«

38

Im Storms war nicht viel los. Als Karen und Alexej die Kneipe betraten, sahen sie nur Tatjana, die hinter dem Tresen Gläser polierte. Alexej begrüßte seine Mutter.

»Wo ist denn Papa?«

Tatjana Storm lächelte. »Der ist unten im Weinkeller mit Mischa. Die hocken schon den ganzen Tag zusammen.«

»Ist es wirklich okay, dass wir ihn hier untergebracht haben?« fragte Alexej. »Ich will nicht, dass ihr mir zuliebe etwas macht, was ihr eigentlich gar nicht wollt.«

»Alexej, es ist wirklich mehr als in Ordnung. Er ist ein lieber Junge und ich will nicht, dass er sich noch länger da draußen herumtreiben muss. Er hat mir gestern Abend erzählt, dass sein Vater weg ist und seine Mutter trinkt.«

Tatjana schüttelte verständnislos den Kopf. »Eine Mutter, die sich nicht um ihr Kind kümmert. Da muss es eben ein anderer tun, nicht wahr?« Damit wandte sie sich an Karen. »Es war die einzig richtige Idee, Mischa zu uns zu bringen. Und wenn es nach uns geht, kann er bleiben, auch wenn dieser schreckliche Mörder endlich im Gefängnis ist. Wir haben uns schon an ihn gewöhnt.«

Karen lächelte Tatjana an. Was für eine warmherzige Frau. Natürlich konnte sie es nicht verstehen, dass es Eltern gab, die sich um den nächsten Schluck oder die nächste Spritze mehr Gedanken machten als um ihre Kinder. Schließlich hatte sie für Alexejs Leben ihr eigenes riskiert. Und obwohl ihr Sohn mittlerweile ein erwachsener Mann war, ein Polizist zudem, würde sie sich doch jederzeit vor ihn werfen, um zu verhindern, dass ihm etwas zustieß.

Karl Storm hatte Tatjana vor fast dreißig Jahren aufgelesen wie man einen ausgesetzten Hund findet. Frierend, allein und der fremden Sprache nicht mächtig, hatte er das erst siebzehnjährige Mädchen gemeinsam mit ihrem kaum zweijährigen Sohn im Hafenviertel entdeckt, als er eines Morgens um fünf Uhr zu seiner Schicht fahren wollte.

Verschreckt und panisch hatte sie erst versucht, vor ihm zu flüchten, war dann aber gestrauchelt und Karl hatte ihr aufgeholfen, hatte das weinende Kind gestreichelt und beruhigend auf Tatjana eingesprochen. Es war die pure Verzweiflung und der ruhige Klang von Karls Stimme, die Tatjana bewogen hatten, dem in für sie unverständlichen Worten redenden Mann zu vertrauen.

Eine Freundin von Karl studierte damals Russisch und so hatte er die beiden bei ihr untergebracht. Nach und nach hatte Tatjana Vertrauen gefasst und ihnen ihre Geschichte erzählt. Mit vierzehn hatten ihre Eltern sie in einem kleinen Dorf in der Nähe von St. Petersburg zu einem Fabrikbesitzer gegeben. Sie sollte arbeiten und mit ihrem Lohn helfen, die große und bitterarme Familie zu ernähren. Tatjana schlief auf dem weitläufigen Fabrikgelände in einer kleinen Kammer und es dauerte nicht lange und ihr Chef wollte auch andere Dienste von dem bildhübschen Mädchen. Verängstigt und hilflos war sie dem bulligen Mann nicht gewachsen und so vergewaltigte er sie fast jede Nacht und schwängerte sie nach kurzer Zeit.

Als er die Schwangerschaft bemerkte, war es für eine Abtreibung selbst auf illegalem Wege viel zu spät und so gebar Tatjana allein und nur mit der Hilfe einer alten Frau in einer stürmischen Nacht einen Sohn. Die folgende Zeit übertraf die Monate vorher an Grausamkeit und Kälte um ein Vielfaches. Tatjana, abgestumpft und todunglücklich, war nicht in der Lage, sich zu wehren.

Zurück nach Hause traute sie sich nicht, hatte sie durch das uneheliche Kind doch Schande über ihre Familie gebracht. Geduldig ertrug sie die Schläge, die erneuten Vergewaltigungen, die Trostlosigkeit.

Bis zu dem Tag, an dem der Fabrikbesitzer ihr Alexej wegnehmen wollte. Er beabsichtigte, ihn an einen der Babyhändler verkaufen, die in Stadt und Land nach unerwünschten Kindern suchten, um sie an reiche westliche Ehepaare zu verkaufen, die selbst keine Kinder bekommen konnten oder wollten und im besten Glauben handelten, da sie der Meinung waren, einem benachteiligten armen russischen Waisenkind eine Zukunft bieten zu können.

»Er ist fast schon zwei Jahre alt«, brüllte der Chef Tatjana an, »er ist fast schon zu alt. Hast du geglaubt, ich würde ihn auch noch mit durchfüttern? Du kleine Hure, hast du gedacht, ich kümmere mich um deinen Bastard? Wer weiß, mit wem du es hier alles getrieben hast!«

Tatjana hatte nichts, nur den Mut der Verzweiflung. Sie vertraute sich der alten Frau an, die ihr bereits bei der Geburt und der Pflege von Alexej geholfen hatte. Sie war bereit, gemeinsam mit ihrem Sohn zu sterben, sollte sie an ihren Peiniger verraten werden. Aber die Frau half ihr.

Sie sorgte dafür, dass sich Tatjana auf einem Lastwagen verstecken konnte, der in den Westen fuhr. Sie versorgte das zu allem entschlossene Mädchen mit Lebensmitteln und Wasser und gab ihr Tabletten für das Kind, damit es auf der Fahrt so viel wie möglich schlief und nicht weinte.

Tatjana erlebte in den endlosen Stunden auf dem Lastwagen die furchtbarste Zeit ihres Lebens.

Vor Angst, entdeckt und zurückgeschickt zu werden, konnte sie kaum schlafen, sie fror und war nach einigen Tagen so geschwächt, dass sie glaubte, die Reise nicht zu überleben. Nur der eiserne Wille, der aus jeder Mutter, die ihr Kind retten will, eine Tigerin macht, sei sie auch noch so jung oder schwach und die Lage auch noch so aussichtslos, verlieh ihr die Kraft, durchzuhalten. Sie betete stundenlang, Gott möge ihr Kind beschützen.

»Rette meinen Sohn, hilf uns, lieber Gott, bitte segne uns, halte deine schützende Hand über uns.

Ich flehe dich an, rette mein Kind.«

Und es war, als würden ihre Gebete erhört. Wie durch ein Wunder ging alles gut. Sie wurden an

der Grenze nicht entdeckt und im Hafen angekommen, stahl sich Tatjana mit ihrem Sohn in einem unbeobachteten Moment von der Ladefläche.

Und so traf sie Karl. Und er tat alles, was in seiner Macht stand, um ihr zu helfen. Nach zähen Kämpfen mit den deutschen und den russischen Behörden, nach Intervention von diversen Professoren der studierenden Freundin und zahllosen Briefen gab es für Tatjana nur eine Möglichkeit, in Deutschland zu bleiben. Karl musste sie heiraten und Alexej als seinen Sohn anerkennen. Er erfüllte diese Bedingungen nur zu gern, liebte er das Mädchen doch schon zärtlich, seit es ihm förmlich vor die Füße gefallen war. Aber Karl wollte nicht, dass Tatjana aus Verzweiflung oder falsch verstandener Dankbarkeit in die Heirat einwilligte. Und so erklärte er ihr, dass sie frei entscheiden könne.

»Wenn du mich nicht heiraten willst, Tatjana, werden wir eine andere Lösung finden. Ich verspreche es dir. Irgendwas wird mir schon einfallen.«

Er hatte zwar nicht die geringste Ahnung, was das hätte sein können, aber das Glück dieser kleinen zarten Person lag ihm so sehr am Herzen, dass er für sie Berge versetzt hätte, wenn es nötig gewesen wäre. Aber seine Zweifel erwiesen sich als unbegründet. Tatjana liebte ihren großen, ruhigen Retter mit den stillen braunen Augen.

Obwohl Karl nur sechs Jahre älter war als sie, war es zuerst wohl mehr die Liebe zu einem Vater,

zu einem Helden als zu einem Mann, aber ihre Gefühle änderten sich im Laufe der Zeit. Jetzt waren sie seit so langer Zeit verheiratet und für Tatjana gab es nicht einen Tag, an dem sie ihrem Schicksal für diese wundersame Rettung nicht dankbar war. Alexej war für Karl wie ein eigener Sohn und da Tatjana aufgrund der früh erlittenen Qualen nicht in der Lage war, weitere Kinder zu bekommen, konzentrierte sich all seine Vaterliebe auf diesen Sohn.

Als Alexej alt genug war, erzählten ihm seine Eltern die Wahrheit, wenn auch etwas beschönigt,

denn Tatjana wollte nicht, dass ihr Sohn ihr Martyrium in allen Einzelheiten erfuhr.

Über die Jahre entwickelte sich zwischen Stiefvater und Sohn ein so enges Band, dass selbst Tatjana sich manchmal ausgeschlossen fühlte. Alexej bewunderte und liebte seinen Vater für seinen Mut, seine Stärke und dafür, dass er seine Mutter gerettet hatte und jeden Tag aufs Neue glücklich machte.

»Aber«, gab Tatjana jetzt zu bedenken, »Mischa ist doch noch nicht volljährig. Müssen wir nicht irgendetwas unternehmen, damit er bei uns bleiben kann? Seine Mutter informieren, meine ich.«

Karen nickte. »Wir werden uns darum kümmern. Verlass dich auf mich, Tatjana, ich regele das.

Wenn Mischa hier bleiben will, dann wird sich eine Möglichkeit finden. Ganz sicher.«

Alexejs Mutter strahlte. »Na, dann geht mal nach unten, ihr zwei.«

Karen und Alexej gingen hinter dem Tresen durch eine Tür, die auf eine steile Treppe führte.

Unten angekommen standen Sie mitten in Karl Storms Lieblingsplatz auf dieser Welt, seinem umfangreichen Weinlager. Irgendwo zwischen den hohen Holzregalen hörten sie seine Stimme.

»Weißt du, mein Junge, guter Wein muss nicht unbedingt teuer sein. Es kommt darauf an, ob der Winzer sein Handwerk versteht. Sieh mal diese Flasche, die kommt von einem kleinen Weingut im Süden Frankreichs. Der Besitzer ist Winzer in dritter Generation und produziert einen Tropfen, nach dem man sich alle zehn Finger leckt. Eine ganz gerade gute Flasche Wein. Ohne Humbug. Er lässt dem Wein Zeit, sich zu entwickeln und vor allen Dingen versucht er nie, mehr aus einer Traube zu machen, als sie tatsächlich ist. Darum kommt dieser Wein nicht aufgeblasen daher, sondern als das, was sie ist. Rot, trocken, süffig und ein Genuss.«

Alexej und Karen gingen einen der schmalen Gänge entlang, die durch die Regale führten und grinsten, als sie Karl Storm und seinen Schützling entdeckten. Mischa hing förmlich an Karls Lippen. Der Junge sah besser aus. Ausgeruht. Und die neue Kleidung, die er trug, war sicherlich Tatjanas Initiative zu verdanken. Jetzt hatte er einen warmen Wollpullover an, Jeans und solide Bergsteigerschuhe, mit denen er wohl auch den Mount Everest hätte besteigen können, ohne sich Erfrierungen zu holen.

»Hey, ihr zwei«, begrüßte Alexej seinen Vater und Mischa.

»Hallo, Sohn, hallo, meine Schöne«, er lächelte sie an.

»Hallo«, brachte Mischa mit einem erschreckten Ausdruck im Gesicht mühsam hervor. Karen wunderte sich über diese Reaktion.

»Hallo, Mischa. Geht es dir gut?«

Er nickte, machte aber gleichzeitig einen Schritt rückwärts.

»Mischa, was ist denn? Wir sind nur gekommen, um mal nach dir zu sehen.«

Er blieb stehen und legte den Kopf schräg. Seine ganze Körperhaltung war auf Abwehr ausgerichtet. »Dann wollen Sie mich nicht abholen?«

Karen atmete tief aus. Deshalb hatte er sich so erschreckt. Manchmal vergaß sie selbst, dass sie bei der Polizei war und ihr Erscheinen in den seltensten Fällen etwas Gutes zu bedeuten hatte.

»Nein, wir wollen dich nicht abholen. Wir wollen wirklich nur mal nach dir sehen. Alles klar bei dir?«

Mischa nickte und sah Karl Storm an. »Ich lerne gerade was über Wein. Karl meint, ich verstehe alles sehr schnell. Und wenn ich will, kann ich erstmal hier bleiben und ihm helfen.«

Karl sah Alexej in die Augen. »Er ist mir eine große Hilfe, Sohn.«

Alexej kannte seinen Vater nur zu gut. Wieder ein kleines Vögelchen, das aus dem Nest gefallen war. Sein Spezialgebiet. Wenn man schon am Leben scheiterte oder in Gefahr geriet, dann am besten in Reichweite von Karl Storm. Er würde einem schon wieder auf die Beine helfen.

»Das freut mich, Papa.« Er sah Mischa an. »Willst du denn hier bleiben?«

Mischa nickte heftig. »Klar will ich. Unbedingt.« Dann senkte er den Blick. »Wo sollte ich auch sonst hin? Meinen Sie, das geht, ich meine, dass ich hier bleiben kann? Wegen meiner Mutter und so?«

Karen sah ihn ernst an. »Du bist noch nicht volljährig, Mischa. Wenn deine Mutter nicht will, dass du hier bist, dann geht das auch nicht. Aber wenn es stimmt, was du sagst, dass sie trinkt und sich nicht um dich kümmert, dann denke ich, wird dir niemand verbieten, an einem Ort zu bleiben, wo es dir besser geht. Ich habe Tatjana schon gesagt, ich werde mich darum kümmern.«

Mischa sah sie mit so hoffnungsvollen Augen an, dass sie sich schwor, wenigstens für ihn alles zu tun, was in ihrer Macht stand. Für Sebastian, Felix und Kai konnte sie nichts mehr tun, außer ihren Mörder zu finden.

»Aber«, fügte sie streng hinzu, »du musst wieder zur Schule gehen.«

Jetzt schaltete sich Karl ein. »Haben wir schon alles besprochen. Er erholt sich jetzt erstmal, dann melden wir ihn zum neuen Halbjahr auf einer Schule an. Wir werden zur Behörde gehen und uns informieren, was für

Möglichkeiten es gibt. Er wird jeden Tag hingehen, abends pünktlich zu Hause sein und mir hier im Geschäft helfen. Nicht wahr, mein Junge?«

Mischa sah ihn ernsthaft an. »Ja, ganz bestimmt. Glaub mir, ich werde alles tun, damit ich hier bleiben kann.«

Dann sah er Karen an. »Wissen Sie denn schon, wer, ich meine, haben Sie eine Spur, wer Kai...«

»Wir sind dicht dran, Mischa, wir haben ihn bald. Mach dir keine Sorgen.«

Mischas Gesicht überschattete sich mit Trauer. Es schien, als würde er sich dafür schämen, dass es ihm jetzt besser ging, während sein Freund tot war.

Karen trat auf ihn zu und legte ihm die Hände auf die Schultern. »Mischa, wenn Menschen sterben, die uns nahe stehen, die uns viel bedeuten, dann denken wir manchmal, dass wir es nicht verdienen, noch am Leben zu sein, wo sie doch sterben mussten. Aber das ist nicht so. Du lebst, und das ist gut so. Dein Freund wird immer bei dir sein. Und du weißt doch auch, dass er als allerletzter gewollt hätte, dass du unglücklich bist.«

Mischa schluckte. »Das stimmt«, stammelte er, »aber er fehlt mir.«

»Ich weiß, Mischa. Aber der Schmerz geht vorbei. Glaub mir. Eines Tages wachst du auf, und es tut nicht mehr ganz so weh. Und das ist gut so. Du wirst es schon schaffen.«

Er fuhr sich mit der linken Hand über die Augen. Karl Storm legte seinen Arm um die Schultern des Jungen. »Du bist nicht allein. Wir werden dir alle helfen.«

Mischa sah ihn dankbar an.

»Gut«, sagte Karen. »Ich will dann mal wieder los. Ich bin kaputt. War ein harter Tag.«

Sie sah Alexej an. »Bleibst du noch?«

Alexej nickte. »Ich werde noch mit meinen Eltern und Mischa essen. Wir sehen uns morgen früh?«

»Ja, ich wünsche euch noch einen schönen Abend.«

Karl Storm umarmte Karen und Mischa gab ihr zaghaft die Hand.

»Danke, Hauptkommissarin Martin, danke auch, Kommissar Storm. Danke für alles.«

Alexej grinste. »Ich heiße Alexej, Mischa. Wo du doch jetzt quasi zur Familie gehörst.«

Mischa strahlte über das ganze Gesicht.

»Und ich bin Karen, okay?«

»Okay. Danke noch mal.«

Karen drehte sich um, stieg die Treppe hoch, verabschiedete sich von Tatjana, die sie wieder einmal ungern gehen lassen wollte, ohne dass sie etwas gegessen hatte, und machte sich auf den Weg nach Hause. Doch als sie in ihrem Wagen saß, hatte sie plötzlich keine Lust mehr dazu. Sie sehnte sich nach David. Sie wollte in seinen Armen versinken und den Tag vergessen. Am besten gleich die ganze Welt. Er sollte sie ansehen und ihr das Gefühl geben, dass alles in Ordnung wäre.

Sie hatte ihren Wagen schon vor ihrer Tür geparkt, als sie den Zündschlüssel kurz entschlossen wieder ins Schloss steckte und den Motor anließ. Sie hatte keine Lust, David anzurufen. Sie wollte ihn sehen. Jetzt.

Karen fuhr durch die dunklen Straßen und machte sich auf den Weg ins Studentenviertel.

Auch vor Davids Wohnung fand sie gleich einen Parkplatz. Wenn ich es nicht besser wüsste, dachte sie, würde ich glatt auf den Gedanken kommen, heute sei mein Glückstag.

Sie stieg aus und hastete durch die beißend kalte Luft zum Eingang des Hauses, in dem David wohnte. Mit einem Blick an der Fassade entlang, sah sie, dass in seinem Zimmer Licht brannte.

Sie lächelte erleichtert. Gott sei Dank, er ist zu Hause. Genau das brauche ich jetzt. Eine heiße Dusche, ein Glas Wein und dann ins Bett kuscheln und irgendeinen Unsinn im Fernsehen anschauen.

Sie klingelte. Es dauerte eine Weile, bis David sich durch die Gegensprechanlage meldete.

»Ja, bitte?«

»David, ich bin es, Karen.«

Seine Stimme klang überrascht, als er antwortete. »Karen, hallo. Was willst du denn hier?«

Karen war wie vor den Kopf geschlagen. Was sie wollte? Was war das denn für eine Frage?

»Ich will zu dir. Ich hatte einen Scheißtag, und jetzt will ich dich sehen.«

»Du, Karen«, kam es zögerlich und seltsam verzerrt aus dem Lautsprecher, »das passt mir jetzt nicht.«

Karen fühlte, wie der Boden unter ihr nachgab. »Das passt dir jetzt nicht? Hör mal, wenn du müde bist, kein Problem. Ich bin auch erledigt und muss morgen wieder früh raus. Lass uns einfach ins Bett gehen und schlafen. Und jetzt mach die verdammte Tür auf, ich frier mich hier draußen tot.«

»Du hättest vorher anrufen sollen.«

Karen verstand die Welt nicht mehr. Es kam ihr vor, als wäre dieses absurde Gespräch durch einen Lautsprecher nur ein schlechter Witz. Gleich würde David lachen und auf den Türöffner drücken. Sie würde ihn für das Erschrecken einer müden Polizistin verhaften und einer ausgiebigen Leibesvisitation unterziehen.

»Komm schon, David. Du stehst doch auch einfach unangemeldet bei mir vor der Tür. Jetzt lass den Quatsch.«

»Karen, ich ...« Plötzlich hörte sie noch eine andere Stimme. Eine helle Frauenstimme.

»Was machst du denn hier so lange? Wer auch immer das ist, schick ihn weg, Süßer.«

Karens Magen krampfte sich zusammen. Sie hörte nichts mehr. David hatte vermutlich die Hand über den Hörer gelegt.

Dann vernahm sie wieder seine Stimme.

»Karen, ich ruf dich an, okay?«

Aber Karen hatte nicht die Absicht, einfach den Rückzug anzutreten. Das durfte doch einfach nicht wahr sein.

»David, ich werde hier so lange stehen bleiben, bis du mir sagst, was los ist. Du kannst mich doch nicht einfach wegschicken wie einen lästigen Vertreter.« Sie war laut geworden.

David seufzte. »Warte, ich komme runter.«

Karen trat ein paar Schritte von der Tür zurück. Sie war nicht in der Lage, einen klaren Gedanken zu fassen. Sie sah, wie im Treppenhaus das Licht anging. Kurze Zeit später öffnete David die Tür und trat mit dem Hausschlüssel in der Hand hinaus. Er hatte keine Jacke an und verschränkte die Arme vor der Brust.

Karen war sich nicht sicher, ob diese Abwehrhaltung der Kälte galt oder ihr. Sie wollte ihn in den Arm nehmen, aber er entzog sich ihrer Berührung.

»Was ist denn los, David?«

»Was soll los sein? Ich habe dir gesagt, es passt mir jetzt nicht. Was ist daran so schlimm? Ich habe Besuch. Kommt doch mal vor. Oder soll ich hier sitzen und warten, bis du Zeit für mich hast und sonst niemanden reinlassen?«

Was für ein kindisches Argument.

»David«, versuchte Karen einzulenken, »du redest Blödsinn und das weißt du auch. Es geht nicht darum, dass du Besuch hast, es geht darum, dass du mich nicht rein lässt. Stell mich doch einfach vor.«

David holte tief Luft und sah verlegen und leicht genervt zur Seite. »Karen, du kannst jetzt nicht hochkommen. Geh nach Hause, ich rufe dich an.«

»Ich kann jetzt nicht hochkommen? Du hast eine Frau da oben, oder? Gib es wenigstens zu. Ich habe doch eben ihre Stimme gehört. Und deine Mutter wird es schon nicht sein, ich glaube nicht, dass deine Mutter dich Süßer nennt.«

David sah sie an. Erst jetzt fiel ihr auf, dass er betrunken war. Seine Wangen glühten und sein Blick war verschleiert.

»Karen, ich muss dir keine Rechenschaft darüber ablegen, mit wem ich mich treffe.«

»Aber du kannst auch nicht so tun, als wäre das hier gerade die normalste Sache von der Welt.

Was bin ich für dich? Ein Zeitvertreib? Wenn es dir in den Kram passt, stehst du wie der einsame Cowboy vor meiner Tür und gehst ganz selbstverständlich davon aus, dass ich Zeit für dich habe. Und wenn ich dich sehen muss, weil ich fertig bin, weil ich dich brauche, dann hältst du mir einen Vortrag über Unabhängigkeit?«

David fuhr sich mit beiden Händen durch sein Haar. Die Geste rührte Karen zutiefst.

Gott, du bist so schön. Selbst jetzt noch.

Alles in ihr schrie danach, ihn in den Arm zu nehmen und für den Rest ihres Lebens festzuhalten. Sie wollte ihn berühren und ihre Nächte damit verbringen, ihm beim

Schlafen zuzusehen. Er sah immer aus wie ein Engel, wenn er schlief.

Als hätte David ihre Gedanken gehört, fragte er sie jetzt: »Karen, was willst du von mir? Du weißt doch, wie es zwischen uns läuft. Ich meine«, er sah ihr direkt in die Augen und Karen erkannte, dass er wütend war, »wir sind doch nicht zusammen!«

Karen spürte, wie ihr die Tränen in die Augen traten. Das war einfach zu viel. Der ganze Stress, der Schlafmangel, der Dreck und die Grausamkeiten, mit denen sie sich in den letzten Tagen hatte rumschlagen müssen, hatten ihre Spuren hinterlassen und jetzt, wo David vor ihr stand und sie verscheuchen wollte wie ein lästiges Insekt, verlor sie die Beherrschung.

»David, ich liebe dich. Das weißt du. Und du liebst mich. Ich brauche dich. Lass uns nicht so auseinander gehen. Komm schon, lass uns hochgehen und über alles reden.« Die Tränen liefen ihr über die Wangen.

»Karen, bitte mach jetzt keine Szene. Mir ist das alles zu viel. Du bist mir zu viel. Geh jetzt nach Hause.«

Karen fühlte sich, als hätte jemand ein glühendes Eisen in ihr Herz gerammt. Aber komischerweise fühlte es sich nicht heiß an, ihre Hoffnungen verschmorten, aber alles, was sie wahrnahm, war eine eisige Kälte.

Sie konnte nicht loslassen. Als David sich anschickte, die Haustür zu öffnen und wieder hinauf in seine Wohnung zu gehen, konnte sie nicht mehr an sich halten. Er durfte sie jetzt nicht verlassen, nicht einfach weggehen. Zu der anderen Frau.

Ihre Sinne benebelten sich, als hätte sie Drogen genommen.

»David«, hörte sie sich schreien, »du brichst mir das Herz. Ich halte das nicht mehr aus. Du machst mich kaputt!«

Er hatte die Tür geöffnet und hielt jetzt mitten in der Bewegung inne.

Er stand mit dem Rücken zu ihr und drehte den Kopf nur so weit über die linke Schulter, dass sie sein Profil sehen konnte.

»Wenn du das so siehst«, hörte Karen ihn sagen, »dann ist es wohl besser, wir beenden das Ganze. Das ist mir einfach zu anstrengend.«

Mit diesen Worten verließ er sie. Die Tür fiel hinter ihm ins Schloss und Karen konnte durch die Fenster des Treppenhauses sehen, wie er, immer zwei Stufen auf einmal nehmend, in seine Wohnung sprintete.

Sie schluchzte. Noch nie in ihrem Leben hatte sie sich so gedemütigt gefühlt, so allein. Sie wusste nicht, was sie machen sollte.

Wie ferngesteuert ging sie zurück zu ihrem Wagen. Sie setzte sich hinein und legte die Arme auf das Lenkrad. Dann vergrub sie das Gesicht in ihren Händen und weinte, wie sie noch nie in ihrem Leben geweint hatte.

Sie liebte David mehr als alles andere auf der Welt. Mehr als ihr eigenes Leben. Und jetzt hatte sie ihn verloren. Es schmerzte mehr, als sie aushalten konnte.

Sie bemerkte nicht, dass ein Wagen mit ausgeschalteten Scheinwerfern langsam an ihr vorbeifuhr.

Nach einer Weile kroch die Kälte in ihr Bewusstsein. Sie nahm eine Packung Taschentücher aus dem Handschuhfach, wischte sich die Tränen ab und putzte sich die Nase.

Karen startete den Wagen. Sie wollte nicht nach Hause. Sie wollte nicht zu Alexej. Sie wollte niemanden sehen.

Sie fuhr durch die wie ausgestorben daliegenden Straßen. Es gab nur einen Ort, an dem sie jetzt funktionieren konnte. Sie parkte vor dem Präsidium und ging hoch in ihr Büro. Sie knipste nur die kleine Nachttischlampe auf ihrem Schreibtisch an. Arbeit war jetzt das einzige, was ihr helfen konnte. Nur nicht an David denken. Nie wieder. Sie musste sich ablenken, koste es, was es wolle. Sonst würde sie einfach aufhören zu atmen. Ihr Blick fiel auf die säuberlich abgetippte Aussage von Klaus Richter. Die nette Kollegin musste sie ihr auf den Tisch gelegt haben.

Er ist jetzt mit der anderen Frau zusammen, schoss es ihr durch den Kopf.

Wie, um diese quälenden Gedanken zu wegzuwischen, fuhr sie sich mit der Hand über die Stirn. Komm schon,

Martin, reiß dich zusammen. Arbeite. Morgen sieht alles wieder ganz anders aus. Und wenn das alles hier vorbei ist, nimmst du endlich einmal Zeit für dich selbst.

Sie las Klaus Richters Bericht und dachte, ich kann ebenso gut jetzt mal bei Stadttaxi anrufen und fragen, wer da vor ihm in der Schlange gestanden hat. Vermutlich hat die Person auch jetzt gerade Dienst, und ich bin genau in der richtigen Stimmung, jemanden zurechtzustauchen, der es nicht für nötig hält, der Polizei zu helfen.

Sie nahm den Telefonhörer auf. Es tat ihr gut, ihre Gedanken auf die Arbeit zu richten. Sie wusste, dieser mühsam kontrollierte Zustand würde nicht lange anhalten. Ihre Gefühle lauerten nur darauf, wieder auszubrechen, und wenn sie nur eine Minute nachgab, würden sie wie eine Meute hungriger Hyänen über sie herfallen. Also durfte sie ihnen keine Chance dazu geben. Sie wählte die Nummer des Taxirufes. Am anderen Ende meldete sich eine Frau.

»Guten Abend, hier Stadttaxi. Was kann ich für Sie tun?«

»Guten Abend. Ich bin Hauptkommissarin Martin von der Mordkommission und hätte eine Frage an Sie.«

»Hauptkommissarin Martin, ja, ich habe sie heute im Fernsehen gesehen.«

Karen hatte die Pressekonferenz schon fast vergessen. Stimmt ja, dachte sie jetzt, die Nachrichten waren ja schon längst gelaufen. »Mit wem spreche ich?« fragte sie jetzt die freundliche Stimme am anderen Ende.

»Mai, Caroline Mai. Was kann ich für Sie tun, Frau Hauptkommissarin?«

»Sie haben unseren Aufruf bekommen, mit dem wir die Taxifahrer, die in der Nacht, als der Junge vom Hauptbahnhof ermordet wurde, Dienst hatten, um ihre Mithilfe bitten?«

»Ja, der liegt hier aus.«

»Gut«, bemerkte Karen. »Es geht um Folgendes, ein Kollege von Ihnen von einem anderen Taxiruf hat uns vorhin darüber informiert, dass er Kai Schneider gesehen hat, als er den Bahnhof verließ.

Ein Wagen Ihrer Firma stand in der Warteschlange vor ihm und ist losgefahren, als Kai in Richtung Einkaufsallee gegangen ist. Der Wagen ist in die gleiche Richtung gefahren, und ich würde jetzt gern mal mit dem Fahrer sprechen, ob ihm vielleicht noch etwas aufgefallen ist.«

»Hat sich denn von uns noch niemand bei Ihnen gemeldet?« Karen verneinte. »Kann es sein, dass diese Person unsere Mitteilung nicht gelesen hat? Hat jemand Urlaub oder hat sich jemand krank gemeldet oder gab es sonst eine Fluktuation in den letzten Tagen?«

»Nein, Frau Kommissarin. Warten Sie bitte mal eben, ich übergebe den Funk mal eben an eine Kollegin, dann kann ich nachsehen, wer in der Nacht Dienst hatte, in Ordnung?«

»Sicher, vielen Dank für Ihre Hilfe.«

Caroline Mai legte die Hand über die Muschel und Karen konnte so nur undeutlich verstehen, was am anderen Ende gesprochen wurde. Sie zündete sich eine Zigarette an.

Dann war Caroline Mais Stimme wieder deutlich zu verstehen.

»So, jetzt wollen wir mal nachsehen.« Sie raschelte mit Papier.

»Also, in der Nacht hatten von uns nur vier Fahrer Dienst, einer hatte sich kurzfristig abgemeldet, weil er beim Verlassen des Hauses ausgerutscht war und sich den Fuß verstaucht hatte und einer unserer Wagen ist zur Zeit in der Reparatur und mehr Fahrer rauszuschicken, lohnt sich in der Woche zur Zeit sowieso nicht, weil die Leute bei dem Wetter lieber zu Hause bleiben. Soll ich den Kollegen sagen, sie sollen sich bei Ihnen melden?«

»Ja, aber geben Sie mir bitte die Namen durch.« Caroline Mai wurde jetzt unsicher. »Werden wir Ärger bekommen? Ich meine, weil sich da einer nicht bei Ihnen gemeldet hat? Ich meine, vielleicht hat er den Jungen einfach nicht gesehen. Kann doch sein, oder?«

»Keine Sorge, Frau Mai. Es geht nicht darum, irgendjemandem Ärger zu machen. Ich möchte einfach nur mit den Fahrern reden. Wissen Sie, manche Menschen sind sich gar nicht darüber klar, dass sie etwas Relevantes beobachtet haben. Aber für uns sind selbst die kleinsten Hinweise wichtig.«

»Das kann ich mir vorstellen. Es muss für Sie auch nicht leicht sein.«

»Nein, das ist es nicht. Geben Sie mir jetzt die Namen und Adressen durch?«

»Gern.«

Karen notierte sich die Daten der vier in Frage kommenden Fahrer. »Haben Sie denn in der Nacht eine Tour über Funk an einen Wagen, der am Bahnhof stand vermittelt? So gegen Mitternacht?« Wieder raschelte am anderen Ende Papier.

»Nein, da ist nichts eingetragen. Aber das muss nichts heißen, Frau Hauptkommissarin. Es kann auch sein, dass dem Fahrer einfach langweilig wurde und er an einen anderen Standort gefahren ist. Oder er ist irgendwo was essen gegangen, verstehen Sie?«

»Sicher, das ist natürlich möglich.« Karen bedankte sich bei Caroline Mai für ihre Hilfe und legte den Hörer auf.

Dann stand sie auf und setzte die Kaffeemaschine in Gang. Die gesunde Kaffee- und Zigarettendiät, hörte sie Alexej spotten. Aber er hatte ja Recht, viel mehr nahm sie im Moment wirklich nicht zu sich. Bis auf die Pizza, schoss es in ihre Gedanken. Die Pizza mit David.

Karen Martin stand mitten im Raum und ballte die Fäuste. Reiß dich zusammen, Karen, jetzt nicht. Vergiss es einfach.

Sie ging an ihren Schreibtisch und fuhr den Computer hoch. Sie hatte keine Lust, durch die Stadt zu fahren und die einzelnen Taxifahrer zu suchen. Sie konnte sie morgen ebenso gut und bequem aufs Revier beordern. Aber sie musste etwas tun, sonst würde sich ihre krampfhafte Beherrschung in Luft auflösen und sie würde vor Schmerz einfach den Verstand verlieren.

Sie gab die Namen zuerst in den Polizeicomputer ein. Bei drei der Namen wurde sie fündig, allerdings handelte es sich stets nur um Verkehrsdelikte. Zu schnell gefahren, falsch geparkt, falsch gewendet. Nichts Ungewöhnliches, wenn man sein Geld mit Autofahren in einer wahnsinnigen Stadt verdiente.

Nur der Name der einzigen Frau auf ihrer Liste tauchte nicht auf. Trotz ihres desolaten Zustandes musste Karen

Martin lächeln. Heißt das jetzt, dass Frauen doch die besseren Autofahrer sind?

Irgendetwas, was Caroline Mai ihr eben erzählt hatte, machte Karen im Nachhinein stutzig.

Sie grübelte. Da passte doch etwas nicht zusammen.

Dann fiel es ihr wieder ein. Wenn ich als Erster in der Reihe stehe, dann gebe ich meinen Platz doch nicht einfach auf, wenn ich nicht über Funk gerufen worden bin. Ich gehe doch nichts essen, wenn ich derjenige bin, der das Recht auf den nächsten Fahrgast hat, der den Bahnhof verlässt oder sonst des Weges kommt. In der Stadt fuhren fast rund um die Uhr Züge ein und es war somit gar nicht unwahrscheinlich, eine Fahrt zu bekommen. Vermutlich war es sogar wahrscheinlicher als an einem anderen Ort der Stadt, vom Vergnügungsviertel einmal abgesehen. Aber dafür war es um Mitternacht fast noch zu früh. So lange die öffentlichen Verkehrsmittel fuhren, hatten die Taxifahrer bei den Nachtschwärmern das Nachsehen.

Also warum ist er weggefahren, fragte Karen sich.

Sie wurde unruhig.

Nacheinander gab sie die Namen der Fahrer in weitere Datenbanken ein.

Stefan Möller, achtundvierzig, verheiratet, zwei Kinder. Keine Auffälligkeiten. Nahm regelmäßig an Schachturnieren teil. Hatte sogar schon mal gewonnen.

Andreas Klein, achtundzwanzig, Student. Spielte nebenbei in einer Rockband. Die Website der Truppe brachte Karen auch nicht weiter.

Hermann Brögelmann, zweiundfünfzig. Ledig. Und anscheinend ein völlig unbeschriebenes Blatt. Die Internetrecherche brachte nichts über den Mann zum Vorschein. Keine Mitgliedschaft in einem Verein, keine politischen Aktivitäten, keine Familie. Ein Eigenbrötler.

Karens Magen kribbelte. Den nehme ich morgen mal genauer unter die Lupe, dachte sie. Ein Mann ohne Eigenschaften, dass klingt doch interessant. Sie nahm ein Dossier aus der Schublade, dass Melanie Steiner ihr nach ihrem Gespräch zugeschickt hatte. Der Mörder handelt aus einem inneren Druck heraus, er ist vermutlich sozial isoliert, aber nicht, weil die Gesellschaft ihn ausschließt, sondern weil er denkt, sie schließe ihn aus.

Sozial isoliert. Einsam. Das passt doch, dachte Karen. Einsamkeit ist das schlimmste Leid von allen. Wer in dieser Stadt lebte und keine Freunde hatte, keine Familie, die ihn auffing, konnte ganz sicher zum Mörder werden.

Sie notierte sich ihre Gedanken auf einem Blatt Papier. Karen spürte, dass sie nah dran war.

Das Jagdfieber packte sie und für diesen Moment war sogar der alles zerstörende Schmerz in ihrem Inneren vergessen.

Zu guter Letzt und mehr, um der Vollständigkeit ihrer Nachforschungen Genüge zu tun, gab sie den Namen der Frau in die Suchmaschine ein.

Ursula Berger. Da war sie. Auf einem Klassenfoto. Karen sah ein junges dickes Mädchen, das seltsam verschlossen in die Kamera sah. Dann stieß sie auf die Todesanzeige für einen jungen Mann, der vor fast zwanzig Jahren bei einem Verkehrsunfall ums Leben gekommen war. Er war ein Klassenkamerad von Ursula Berger gewesen, und alle Mitschüler und Lehrer hatten ihre Namen unter die Beileidsbekundung gesetzt. Karen hatte die Anzeige und das Foto auf einer privaten Website gefunden. Ein Freund des Toten hatte sie unter der Rubrik »Persönliches« archiviert. Vermutlich, um für immer an seinen toten Freund zu erinnern, dachte Karen. Was für eine rührende Geste.

Karen lehnte sich auf ihrem Stuhl zurück. Und plötzlich liefen ihr wieder unkontrolliert Tränen über das Gesicht. Ich bin eine blöde alte Kuh, dachte sie. Oh Gott, es tut so weh. Sie legte ihre Arme auf den Schreibtisch und vergrub ihren Kopf darin. Sie weinte. Lange und still.

39

Das Foto. Die Kommissarin.
Deshalb.
Sie brauchte Hilfe.
So früh am Morgen. Alles schlief noch.
Das war gut.
Das Haus war nicht weit entfernt.
Die arme Frau.
Helfen.
Ein schönes Gefühl.

40

»Verfluchtes Wetter!« Maik Petersen drückte die Tür zum Treppenhaus auf und zog sich seine völlig durchnässte Wollmütze von den kurzen blonden Haaren. Immer noch auf den Regen schimpfend begann er, die Treppen hinaufzusteigen. Im zweiten Stock angekommen, klingelte er und fragte sich gleichzeitig, wie er bis zum Seminar seine Füße wieder trocken bekommen sollte.

Dass niemand ihm die Tür öffnete, trug nicht unbedingt dazu bei, seine Laune zu verbessern.

»David«, brüllte er unter erneutem Klingeln, »wir kommen zu spät, also mach endlich die blöde Tür auf! Ich frier mir hier draußen den Arsch ab. Du musst mir was zum Anziehen leihen, ich bin patschnass. Da draußen geht die Welt unter!«

In Davids Wohnung rührte sich nichts. Maik drückte erneut auf den Klingelknopf. Als David immer noch nicht reagierte, schlug er mit Wucht gegen die Tür.

»David, verdammt, hast du verschlafen? Hör zu, es ist mir egal, ob du gestern gesoffen hast, wir müssen in fünf Minuten los, wir müssen bei Professor Schmidt unser Referat halten! Das kannst du doch nicht vergessen haben.« Er schlug erneut gegen die Tür.

»Dieser Mistkerl«, fluchte er, »der pennt tief und fest, ich fasse es nicht.«

Maik Petersen stellte seine Tasche ab und kramte sein Handy aus dem unübersichtlichen Gewühl aus Mappen, Notizen und Büchern. Er wählte Davids Nummer und ließ es klingeln, bis das Besetztzeichen kam. Nichts passierte. Langsam wurde er unruhig.

Es sah David nicht ähnlich, ihn hängenzulassen. David nahm sein Studium sehr ernst und war im Gegensatz zu ihm selbst ein strukturiert arbeitender und konsequenter Lerner. Das war der Grund, warum Maik gern und oft mit ihm arbeitete. So blieb er auch selbst bei der Stange und ließ sich weniger von Dingen ablenken, die er eigentlich viel lieber tat, als zu lernen. Und jetzt das. Dieses Referat war ungeheuer wichtig für Maik.

Wenn David es verpasste, würde ihm der Professor mit einem milden Lächeln vergeben, David war sein Liebling. Bei ihm selbst sah das leider ganz anders aus.

Er brauchte dringend eine gute Note, um sich demnächst für sein Examen anmelden zu können.

Wenn der Vortrag heute schief ging, konnte er es vergessen, sich im nächsten Semester für ein Praktikum zu bewerben. Das bedeutete noch ein Jahr auf der Uni und seine Eltern würden ihn ob der Verzögerung und der damit verbundenen Kosten vermutlich einen ziemlich gesalzenen Vortrag über Pflichterfüllung und Disziplin halten.

Er bückte sich und spähte durch den Briefkastenschlitz. Im Flur sah er Davids Tasche, seine dicke schwarze Winterjacke hing am Haken, seine Stiefel standen mitten im Flur. Er war also da. Unter die Panik und die Wut, die Maik empfand, mischte sich langsam Sorge. Er hämmerte gegen die Tür. »David, verdammt, wach jetzt auf!« Aber in der Wohnung bewegte sich nichts.

»Na warte«, flüsterte Maik, » dir zeig ich's!«

Er nahm ein langes Holzlineal aus seiner Tasche und schob das eine Ende durch den Briefkastenschlitz. Er bugsierte das Lineal auf die innere Türklinke und drückte sie von draußen herunter. Er rutschte ein paar Mal ab und riss sich die Fingerknöchel an der scharfen Kante der metallenen Einfassung der Klappe auf, aber nach einigen

Versuchen erwischte er die Klinke und drückte so von außen die Tür auf. Diesen Trick hatte David ihm selbst einmal gezeigt, als er wieder einmal seine Schlüssel in der Wohnung vergessen hatte.

Er betrat die Wohnung und ging schnurstracks den Flur hinunter in Davids Schlafzimmer. Die Tür war angelehnt.

»David, ehrlich, Professor Schmidt macht Hackfleisch aus mir und das ist alles deine Schuld. Ohne dich bin ich da vorn verloren, das weißt du. Also wach endlich auf. Ich schwöre dir, ich schleife dich in Unterwäsche in die Uni!«

Mit diesen Worten stieß er die Schlafzimmertür auf und blieb auf der Schwelle wie angewurzelt stehen. Er konnte nicht glauben, was er sah, war nicht in der Lage, zu denken oder sich zu bewegen. Das konnte einfach nicht wahr sein. Das durfte nicht wahr sein. Er träumte, bestimmt träumte er. Dann fühlte er einen metallischen Geschmack im Mund. Sein Magen drehte sich um. Maik schlug die Hand vor den Mund, rannte ins Badezimmer und übergab sich.

41

Karen Martin öffnete die Augen.

Himmel, dachte sie, ich muss eingeschlafen sein. Der Raum war erfüllt von dem widerlichen Geruch von verbranntem Kaffee. Sie hatte die Maschine angelassen und der Kaffee war in den Stunden, die sie geschlafen hatte, vollständig verschmort.

Sie reckte sich. Ihr Computer lief ebenfalls noch.

Dann erinnerte sie sich an die Ereignisse der letzten Nacht. Der Streit mit David. Es traf sie wie ein Schlag in die Magengrube. Ob die andere Frau jetzt mit David im Bett lag? Ihren Kopf auf seine Brust gebettet, ihre Hand auf seinem Bauch?

Hör auf, befahl sie sich. Nicht denken. Bloß nicht denken.

Sie sah auf die Uhr am Computer. Gott, es war fast sieben. Alexej würde bald kommen.

Ich werde ihm nichts erzählen, dachte Karen. Ich muss erstmal selbst klarkommen. Und ich könnte es im Moment einfach nicht ertragen, wenn er mir sagt, komm schon, vergiss ihn. Das war doch nie was Richtiges. Klar, er meinte es nur gut, wollte sie wie immer beschützen, aber sie wollte es im Moment einfach nicht hören.

Karen stand auf, nahm einen Beutel mit Wasch- und Schminkutensilien aus ihrem Schreibtisch, den sie immer im Büro deponiert hatte, damit sie sich nach langen Nächten frisch machen konnte.

Sie ging auf die Toilette und sah in den Spiegel.

Zu Hilfe, ich sehe aus, als hätte mich ein Bulldozer überfahren.

Ihr Haar war mehr als unordentlich, ihre Augen waren rot und verquollen und auf der rechten Seite ihres Gesichtes zeichnete sich das Muster ihres Wollpullovers ab. Es hatte sich über die Nacht in ihre Haut eingeprägt, als sie mit der Wange stundenlang darauf gelegen hatte.

Sie wusch sich das Gesicht, kämmte sich das Haar und trug reichlich Make-up auf. Nach diesen Verschönerungsversuchen war sie mit ihrem Anblick zwar nicht zufrieden, aber sie konnte sich jetzt wieder unter Menschen sehen lassen.

Zurück in ihrem Büro, sah sie immer noch die Todesanzeige des Jungen auf ihrem Bildschirm. Karen machte sich an der Kaffeemaschine zu schaffen, wusch an einem kleinen Spülstein die Kanne aus und setzte dann frischen Kaffee auf. Dann ging sie zurück an ihren Schreibtisch und öffnete ein Fenster.

Die kalte klare Luft, die ins Zimmer strömte, tat ihr gut.

Mehr, um endgültig wach zu werden und um nicht untätig herumzusitzen und zu riskieren, dass sie wieder von einem Weinkrampf übermannt wurde, scrollte sie auf der Website noch ein wenig weiter hinunter.

Sie stieß auf einen Zeitungsartikel, der über den Unfalltod von Ursula Bergers Klassenkamerad berichtete. Das Foto zeigte einen sehr hübschen dunkelhaarigen Jungen, der mit geschlossenen Augen auf der Straße lag. Seine Haltung war fast elegant und wenn nicht die Blutlache unter seinem Kopf gewesen wäre, hätte man meinen können, er schliefe.

Karen las die Bildunterschrift. Und plötzlich wusste sie alles.

42

Die Frau. Jetzt würde sie alles verstehen.
Die Stimmen waren still.
Seht ihr. Ich habe gewonnen. Ich habe keine Angst.

Karen rannte zu ihrem Parkplatz, als wären Dämonen hinter ihr her. Sie sprang in ihren Wagen und würgte ihn vor Aufregung zweimal ab, bevor er sich endlich starten ließ. Sicher, sie hätte eigentlich auf Alexej warten sollen, aber sie konnte es nicht.

Ungeduldig lenkte sie durch den morgendlichen Berufsverkehr.

»Mach schon«, fluchte sie, »fahr zu. Mein Gott, kannst du denn nicht schneller fahren? Jetzt gib Gas!«

Sie war so hektisch, dass sie fast eine rote Ampel überfahren hätte.

Plötzlich klingelte ihr Handy. Sie sah ungeduldig auf das Display. Die Zentrale. Mist. Wenn das Konny Graf ist, der mich wegen gestern zum Rapport bestellen will, sage ich ihm, er soll sich zum Teufel scheren.

»Ja, bitte«, herrschte sie den Anrufer an.

»Hauptkommissarin Martin, wir haben einen Mord im Studentenviertel.«

Der Mann aus der Leitstelle gab ihr die Adresse durch. »Kommissar Storm ist schon informiert. Sie treffen ihn vor Ort.«

Karen legte ihr Mobiltelefon wieder auf den Beifahrersitz. Sie war so mit ihrem Vorhaben, dass sie gerade durchzuführen gedachte, beschäftigt, dass sie einen Moment brauchte, um klar zu denken.

»Verdammt, das Letzte, was ich jetzt brauchen kann, ist noch ein Mord.

Gerade wollte sie Alexej anrufen, ihm ihre Entdeckung mitteilen und ihn bitten, erstmal ohne sie klar zu kommen, als sie über die Adresse stolperte, die ihr gerade genannt worden war.

Das war doch nicht möglich. Es musste sich um einen schrecklichen Irrtum handeln.

Sie setzte ihr Blaulicht auf das Dach des Wagens und fuhr ohne Rücksicht auf hupende Autos wie eine Wilde durch die Straßen.

Keine Sorge, Karen, in dem Haus wohnen noch mehr Menschen. Wahrscheinlich ein Ehekrach mit tödlichem Ausgang. Oder ein Selbstmord, der zweifelhaft war.

Alles war gut. Es konnte, es durfte nicht anders sein.

Wieder klingelte ihr Handy. Sie sah, dass Alexej versuchte, sie zu erreichen. Aber Karen nahm sich nicht die Zeit, den Anruf anzunehmen.

Ich sehe ihn ja gleich, dachte sie. Dann kann er mir alles erzählen. Wir werden das schnell erledigen und dann zeige ich ihm, was ich entdeckt habe.

Sie hielt mit quietschenden Reifen vor dem Haus, vor dem sie in der Nacht schon einmal gestanden hatte. Ein uniformierter Beamter stand vor dem Hauseingang. Er tippte zum Zeichen der Begrüßung an seine Mütze.

Sie beachtete ihn nicht, sondern rannte, so schnell sie konnte, die Treppen hinauf.

Gleich werde ich eine offene Tür sehen, und Alexej wird mir entgegenkommen, rasten ihre Gedanken.

Der erste Stock. Nichts.

Der zweite. Wieder nichts.

Bitte Gott, das darf nicht sein. Das kann nicht sein. Sie war im dritten Stock angekommen. Die Tür mit dem Aufkleber eines Fußballvereins darauf kannte sie nur zu gut.

Er ist es nicht, redete sie sich ein. Er darf es nicht sein.

Sie stieß die Tür auf, wollte den Flur entlang rennen, wollte umdrehen und nie wiederkommen. Sie bekam kaum noch Luft, ihre Hände zitterten. Undeutlich nahm sie die Beamten der Spurensicherung wahr. Seine Jacke hing am Garderobenhaken. Mit einem Seitenblick sah sie in die unaufgeräumte Küche. Töpfe, Pfannen und schmutzige

Teller türmten sich in der Spüle. Auf dem Boden standen leere Weinflaschen.

Sie stieß einen uniformierten Kollegen beiseite, wollte in das angrenzende Schlafzimmer stürmen, aber in diesem Moment kam Alexej aus dem Zimmer und hielt sie auf.

Er war aschfahl im Gesicht und seine Augen waren überschwemmt von Trauer und Mitgefühl. Er packte Karen an den Schultern. »Geh nicht rein, Karen. Bitte, geh nicht rein.«

Sie sah ihn an, als hätte er von ihr verlangt, sich auf der Stelle auszuziehen.

»Wieso nicht? Ich bin Polizistin. Bist du jetzt hier der Chef, oder was?«

Ihr Verstand weigerte sich, zu erkennen, was offensichtlich war. Alexej zog sie in das kleine Wohnzimmer. Dort war es ruhiger. Er sah ihr in die Augen.

»Karen, es tut mir so Leid. Ich weiß nicht, was ich sagen soll.«

Karen sah das alte Sofa, auf dem sie so oft mit ihm gesessen hatte. Selbst aus der Entfernung erkannte sie den kleinen Rotweinfleck, den sie verursacht hatte. Ihr war schwindelig.

»Er ist es nicht«, flüsterte sie.

Alexej sah sie nur stumm an. Dann biss er sich auf die Unterlippe und nickte.

»Nein!« schrie Karen, »nein, das ist ein schrecklicher Irrtum. Du täuscht dich. Das ist sein Mitbewohner. Der ist früher zurückgekommen. Oder ein Freund, der hier übernachtet hat. David ist in der Uni. Er ist es nicht! Hörst du, Alexej, er ist es nicht! Du kennst ihn doch gar nicht richtig, du hast ihn verwechselt!«

Alexej packte Karen an den Schultern und hielt sie fest. »Doch, Karen, es ist David. Er ist tot.«

Die Erkenntnis traf sie wie eine Gewehrkugel. Sie hatte das Gefühl, ohnmächtig zu werden. Nur undeutlich hörte sie Alexejs Stimme.

»Ich wollte nicht, dass du herkommst. Aber die Zentrale hatte dich schon informiert. Ich habe versucht, dich anzurufen. Karen, du kannst hier nichts tun, du bist befangen. Wir geben den Fall ab.«

Karen sah ihren Freund an. »Den Fall?« schrie sie. »Den Fall? David ist tot. Er ist doch kein Fall. Oh mein Gott, nein, nein, nein!«

Alexej wollte sie in die Arme ziehen, aber sie wehrte sich. Geschüttelt von haltloser Wut schlug sie auf ihn ein. Sie weinte und meinte, jeden Moment verrückt zu werden. Alexej hielt sie fest und wartete, bis ihre Attacken schwächer wurden.

Karen sah im in die Augen. »Ich will ihn sehen.«

»Karen, bitte, tu das nicht. Behalte ihn so in Erinnerung, wie er war.«

»Alexej, bitte, du verstehst das nicht. Ich muss ihn sehen. Also lass mich durch oder ich schwöre bei Gott, ich schlag dich nieder.«

Mit einem tiefen Seufzer gab Alexej den Weg frei. »Bitte, Karen, hör doch auf mich. Bitte geh da nicht rein.«

Trotz seiner Bitten wusste er, dass es sinnlos war, sie von ihrem Vorhaben abbringen zu wollen. Was sie in dem Zimmer erwartete, würde sie vernichten. Er fühlte sich schuldig, weil er nicht in der Lage war, sie aufzuhalten. Aber er kannte sie zu gut. Er hatte ihr in die Augen gesehen und wusste, dass sie zu allem entschlossen war. Zur Not hätte sie wahrscheinlich auf ihn geschossen, um an ihm vorbeizukommen.

Der Anblick würde sich für ewig in ihr Gehirn einbrennen. Alexej lehnte sich für einen kurzen Moment mit geschlossenen Augen an die Wand. Karen nutzte den Moment. Sie verließ das Wohnzimmer und ging zurück in den Flur. Alexej konnte sich nicht erinnern, sich jemals in seinem Leben so hilflos gefühlt zu haben. Dann folgte er Karen. Wenn sie sich schon in die Hölle begeben wollte, sollte sie dabei wenigstens nicht allein sein. Er sah, wie sie vor der geschlossenen Schlafzimmertür stand. Er trat hinter sie und legte ihr eine Hand auf die Schulter. Doch Karen schüttelte seine Berührung ab.

Das ist so typisch für sie, fluchte Alexej stumm. Mitgefühl, Hilfe und Trost für jeden, der sie darum bat, aber wenn es um ihre eigenen Sachen ging, will sie immer allein durch. Noch einmal versuchte er, sie aufzuhalten. »Karen, überleg es dir noch Mal. Ich verstehe ja, dass du ihn sehen willst, aber warte doch wenigstens, bis er in der Gerichtsmedizin ist.«

Karen beachtete ihn gar nicht. Sie holte tief Luft und öffnete die Tür zu Davids Schlafzimmer. Er lag auf seinem Bett. Er war nackt. Sein Kopf mit dem zerzausten schwarzen Haar ruhte in seiner rechten Armbeuge. Sein Unterkörper und sein Bauch waren mit einem weißen Tuch bedeckt. Noch bevor Karen den Stoff berührte, wusste sie, dass es Seide war. Sie hatte gar nicht gewusst, dass David seidene Bettwäsche besaß. Muss neu sein, dachte sie. Davids Beine waren anmutig angewinkelt.

Karen trat näher an sein Bett. Sie hatte das Gefühl, jemand anderes würde an ihrer Stelle durch das Zimmer gehen und auf David hinunterblicken.

Das Bettlaken, auf dem er lag und der Teppichboden waren voller Blut. In Davids Brust steckte ein großes Messer. Karen wimmerte. Sie kannte das Messer. Es war das einzig brauchbare, das David besaß. Er pflegte damit alles zu schneiden. Fleisch, Gemüse, Brot. Manchmal mehr schlecht als recht, aber er war der Ansicht, dass ein Messer völlig ausreichte. Karen hätte ihm gern einen Satz anständiger Messer geschenkt, aber sie war in dem Aberglauben verhaftet, dass man einem Menschen, den man liebte, keine Messer schenken durfte. Sie schnitten sonst die Freundschaft auseinander. Und jetzt würde sie nie mehr die Gelegenheit haben, sich mit ihm darüber zu streiten.

»Er sieht fast aus wie die anderen«, sprach sie mehr zu sich selbst.

Und plötzlich traf sie die Erkenntnis wie ein Blitz.

»Das war sie«, presste sie hervor.

Alexej stand hinter ihr, bereit, sie jeden Moment aufzufangen, sollten sie ihre Kräfte verlassen.

Er verstand ihre Bemerkung nicht. »Wer sie, Karen? Wovon redest du?«

Statt einer Antwort stürmte Karen aus Davids Schlafzimmer. Undeutlich nahm sie war, dass Dr. Schröder eingetroffen war. Sie rannte aus der Wohnung, aus dem Haus.

»Karen, warte. Wo willst du hin?« Alexej lief hinter ihr her. Im Rennen gab er Anweisungen an einen Kollegen. »Rufen sie Wahlberg und Reuters an. Die sollen hier übernehmen. Ich erkläre das später, okay?«

»In Ordnung«, hörte er den verdutzten Beamten noch sagen, bevor er die Treppen hinunterstürzte. Karen war schon fast unten angekommen.

»Jetzt warte doch«, brüllte er. »Was zum Teufel ist in dich gefahren?«

Karen riss die Haustür auf und hastete auf die Straße. Erst jetzt sah sie einen Krankenwagen. In der geöffneten Tür saß ein sehr bleicher junger Mann. Er weinte. Aber Karen nahm sich keine Zeit anzuhalten. Sie hatte ihren Wagen fast erreicht, als Alexej sie einholte. Er sprang ohne ein weiteres Wort auf den Beifahrersitz. Er befürchtete zu Recht, dass Karen ohne ihn losfahren würde, wenn er nicht schnell genug war. »Karen, lass wenigstens mich fahren. Du bist nicht in der Lage ...«

Aber sie ignorierte seinen Einwand.

»Alexej, ich weiß, wer das war. Ich hab es letzte Nacht rausgefunden. Und jetzt hat sie David - oh Gott, das kann doch nicht wahr sein! David...« Karen schluchzte laut auf. Ihre Stimme erstickte.

»Wer sie? Was hast du rausgefunden?«

Karen kurvte wie von Sinnen mit heulendem Blaulicht durch den Verkehr.

»Die Taxifahrerin, die am Bahnhof hinter Kai hergefahren ist. Du weißt schon. Sie ist die Mörderin. Ich bin eingeschlafen. Sonst wäre ich früher drauf gekommen. Ich war nicht schnell genug.«

Tränen liefen jetzt über ihr Gesicht. »Wenn ich nicht eingeschlafen wäre, wäre David noch am Leben. Wie hat sie ihn nur gefunden?«

Alexej verstand die Welt nicht mehr. »Karen, du drehst gerade durch. Wovon redest du überhaupt?«

»Da war diese Zeitungsmeldung. Von einem Jungen namens Jonas. Er ist von einem Bus angefahren worden und gestorben. Er sah genauso aus wie die Opfer. Jung, bildhübsch, dunkelhaarig.«

»Ja, und? Was hat ein Verkehrsunfall mit den Morden zu tun? Karen, das kann Zufall sein.«

Karen wich einem Müllwagen aus, der ihren Weg kreuzte. Sie kam dabei fast in den Gegenverkehr.

Alexej zuckte zusammen. »Schluss jetzt«, brüllte er. »Du bringst uns noch alle beide um. Halt an!« Karen reagierte nicht.

»Halt jetzt verdammt noch mal sofort an! Steig aus. Ich fahre. Sofort!«

Karen sah Alexej von der Seite an. Sie wollte nicht anhalten. Aber sie wusste, dass er nicht nachgeben würde. Und er hatte Recht. Sie konnte sich nicht auf das Autofahren konzentrieren. »Okay«, gab sie deshalb nach. Sie hielt an einer Bushaltestelle an. Alexej sprang aus dem Wagen und lief um die Kühlerhaube herum auf die Fahrerseite. Er hatte Angst, sie könnte jeden Moment wieder Gas geben und ohne ihn weiterfahren.

Er riss die Tür auf und herrschte Karen an. »Rutsch rüber.«

Karen gehorchte.

»Wohin fahren wir?«

»Akazienweg 12.«

Alexej fuhr los. »So, und jetzt erzähl mir, wer da wohnt.«

»Ursula Berger. Sie fährt Taxi. Überleg doch mal, was ist zu jeder Tages- und Nachtzeit total unverdächtig? Ein Taxi. Niemand registriert ein Taxi, wenn es irgendwo lang fährt oder anhält. So hat sie ihre Opfer gefunden. Sie hat Sebastian im Vergnügungsviertel aufgegriffen, als er betrunken aus der Kneipe kam. Ebenso Felix. Er war zu fertig, um mit seinem Fahrrad nach Hause zu fahren.

Und Kai, ich meine, er war allein, ihm war kalt, vielleicht hat sie ihm angeboten, ihn ein Stück mitzunehmen. Sie ist ihm vom Bahnhof aus gefolgt, er passte in ihr Raster.«

»Mag sein, Karen. Aber noch mal, was hat das alles mit diesem Verkehrsunfall zu tun?«

»Er war der Erste, verstehst du das nicht? Irgendetwas verbindet sie mit diesem Unfall. Jonas und Ursula Berger waren Klassenkameraden. Und jetzt, nach fast zwanzig

Jahren, mordet sie Männer, die aussehen wie er. Sie drapiert sie genauso, wie Jonas damals auf der Straße gelegen hat.«

»Gut«, räumte Alexej ein. »Aber warum kastriert sie sie?«

Karen hatte plötzlich das Gefühl, sich übergeben zu müssen. Sie sank mit dem Oberkörper auf ihre Knie. »Alexej«, flüsterte sie, »ist David, ich meine, wurde er auch...«

»Nein, Karen. Er starb durch einen Stich in sein Herz. Er war sofort tot. Der Mörder muss ihn im Flur erwischt haben. Von dort zog sich eine Blutspur bis in sein Schlafzimmer.«

Karen richtete sich wieder auf.

»Deshalb kommt es mir auch komisch vor, dass du meinst, es wäre derselbe Täter wie bei den anderen. Okay, die Lage, das weiße Seidentuch, das stimmt überein, aber es kann sich auch um jemanden handeln, der will, dass wir das glauben. Und der es dann nicht mehr über sich gebracht hat, sein Werk zu Ende zu bringen. Dr. Schröder hat ihn zwar noch nicht untersucht, aber ich habe, soweit ich sehen konnte, auch keine Einstichspuren feststellen können. Das würde bedeuten, dass er nicht betäubt wurde. Und er war in seiner eigenen Wohnung. Das passt nicht zusammen, Karen.«

Statt einer Antwort rief Karen plötzlich: »Halt an, hier ist es.«

Alexej stoppte den Wagen. »Karen, wenn du hier jetzt wirklich jemanden verhaften willst, sollten wir auf Verstärkung warten.«

Aber Karen war schon aus dem Auto gesprungen. Alexej rannte hinter ihr her und rief im Laufen mit seinem Handy die Zentrale an, um die Kollegen zu alarmieren. Er hatte das Gefühl, auf einer Bombe zu sitzen. Karen war nicht mehr zurechnungsfähig, aber er spürte auch, dass sie auf der richtigen Spur waren.

Gerade, als er Karen erreichte, kam jemand aus dem Hausflur. Eine alte Frau mit einem Hund an der Leine wollte sich auf ihren Morgenspaziergang begeben. Karen sprach sie an.

»Frau Berger, Ursula Berger, wohnt die hier?«

Die alte Frau blieb stehen. Misstrauisch sah sie die hektische Frau und den groß gewachsenen, dunkelhaarigen Mann an, die vor ihr standen.

»Warum wollen Sie das wissen?«

»Wir sind von der Polizei«, antwortete Karen und hielt der Frau ihren Ausweis hin. »Ich bin Hauptkommissarin Martin, das ist Kommissar Storm. Also, wohnt Frau Berger hier?«

Die alte Dame wurde sichtlich aufgeregt. »Polizei? Ja, hat sie denn was ausgefressen? Sie sagt ja nicht viel. Grüßt auch nie.«

Karen verlor die Geduld. »In welchem Stock wohnt sie?«

»Das ist gleich hier unten links, aber ...«

Karen und Alexej ließen die Frau einfach stehen und betraten den Hausflur. Beide zückten ihre Waffen.

»Karen, du bist nicht bei dir«, versuchte Alexej ein letztes Mal, sie zurückzuhalten. »Lass uns auf die Verstärkung warten.«

Aber Karen hämmerte bereits mit der Faust gegen die Tür. »Aufmachen, Polizei!« brüllte sie.

»Öffnen Sie sofort die Tür!«

Sie hörten Schritte und dann wurde die Tür geöffnet.

Karen erstarrte für einen Moment, als sie die Frau erblickte.

Ursula Berger trug einen dunkelblauen Kapuzenpullover, der ihr viel zu klein war. Er spannte über ihrem dicken Bauch und den großen Brüsten.

Karen erkannte den Pullover.

Er gehörte David.

Das Band, das durch die Kapuze gezogen war, war an den Enden auf unentwirrbare Art verknotet. Das war ihr Werk.

Sie hatte mit den Bändern gespielt, als David an einem Sonntagabend auf ihrem Bett gelegen hatte. Sie hatten ferngesehen, und Karen hatte die Enden des Bandes so lange verdreht, bis sich die Knoten nicht mehr auflösen ließen. David war damals der festen Überzeugung gewesen, dass es sonst niemanden auf der Welt gab, der so etwas fertig bringen würde.

Vor Karens Augen explodierte ein roter Stern.

Sie stürmte mit gezogener Waffe auf Ursula Berger zu.

»Du Hexe! Du hast ihn umgebracht! Du wahnsinniges Miststück, ich bringe dich um!«

Ursula Berger wehrte sich nicht. Sie sah Karen nur mit einem erstaunten Ausdruck in den Augen an.

Alexej lief hinter Karen in die Wohnung. Er konnte gerade noch verhindern, dass sie sich auf die Frau stürzte. Er hielt seine Freundin fest. »Karen, du musst dich beruhigen!«

Er sah, dass Ursula Berger unbewaffnet war und keinerlei Anstalten machte, zu fliehen. Sie setzte sich ruhig auf ein abgenutztes braunes Sofa und lächelte.

»Sie hat Davids Pullover an, Alexej. Das ist Davids Pullover. Sie hat ihn umgebracht.«

»Ich wusste, dass du mich verstehen würdest, Karen«, sagte die Frau jetzt.

Alexej hielt Karen immer noch fest. Er spürte, wie sehr sie zitterte.

»Verstehen?« schrie Karen, »was verstehen? Dass du eine Irre bist? Du hast ihn umgebracht. Und die anderen auch.«

Ursula Berger schien irritiert zu sein. »Aber du hast doch gestern Abend gesagt, er bricht dir das Herz. Er ruiniert dein Leben. Das hast du gesagt«, beharrte sie, als könnte sie Karen eine falsche Erinnerung nachweisen. Karen stutzte.

»Woher weißt du das?«

»Aber Karen, ich bin dir nachgefahren. Ich muss doch auf dich aufpassen.«

»Du bist mir gefolgt?«

»Natürlich Karen. Ich habe dich im Fernsehen gesehen. Du hast mich verstanden. Ich konnte letzte Nacht nicht arbeiten, meine Ampullen sind zerbrochen.«

Sie hob eine zerdrückte Schachtel hoch. »Siehst du?«

Das Betäubungsmittel, erkannte Karen. Deshalb war David nicht betäubt worden.

»Darum bin ich dir gefolgt. Ich wollte in deiner Nähe sein. Wir gehören doch zusammen. Ich habe gesehen, wie du geweint hast. Und ich habe dir geholfen. Er wird dir nie wieder wehtun. Ich habe sein Herz erstochen. Jetzt kann er dir deins nicht mehr brechen.«

Karen sah Ursula Berger an. Sie saß plump und ruhig auf dem Sofa. Sie sah Karen an wie ein Kind, das Lob für eine besonders gute Hausaufgabe erwartete.

»Ich habe das Foto von Jonas gesehen.«

Die Frau lächelte jetzt noch glückseliger. »Jonas war ein Teufel. Aber ich habe aus ihm einen Engel gemacht. Ich habe aus allen Engel gemacht.«

Ursula Berger schob die Unterlippe vor und sah mit einem Schlag schuldbewusst aus.

»Tut mir Leid, ich wollte aus ihm auch einen Engel machen, aber es war jemand an der Tür. Jemand rief seinen Namen. Ich habe mich versteckt.«

Sie sah Karen mit niedergeschlagenen Augen an. »Bist du mir böse? Ich kann es auch jetzt noch tun. Ich habe hier Messer. Sie griff nach einem Lederetui. Hier, sieh nur, ein Skalpell. Das habe ich auch bei den anderen benutzt. Wenn du willst, fahren wir zurück und ich mache das für dich. Ich tue alles für dich.«

Alexej sprang auf Ursula Berger zu und entriss ihr das Etui mit dem Skalpell. Als er sich umdrehte, hörte er ein leises Klacken, dass ihm das Blut in den Adern gefrieren ließ.

Karen hatte ihre Waffe entsichert.

Er hielt mitten in der Bewegung inne. »Karen, um Gottes Willen, tu das nicht.«

Karen liefen Tränen über das Gesicht. »Lass mich, Alexej. Du geht dich nichts an.«

»Das geht mich nichts an? Ich bin nicht nur dein Freund, ich bin auch Polizist. Natürlich geht mich das was an. Karen, ich weiß, du hast ihn geliebt und ich weiß, du bist verzweifelt, aber wenn du jetzt abdrückst, ist dein Leben vorbei. Du kommst ins Gefängnis. Das ist sie nicht wert, bitte, Karen, bitte, tu das nicht.«

Aber Karen hielt ihre Waffe weiterhin auf die Frau gerichtet.

»Weißt du«, sprach Ursula Berger jetzt, die sich der Gefahr, in der sie schwebte, nicht im Geringsten bewusst zu sein schien, »ich hatte so lange nicht mehr an Jonas gedacht. Und dann stieg er in mein Taxi. Er war betrunken, und er hat geweint. Seine Freundin hatte ihn verlassen. Er kam zu mir, nach all den Jahren. Damit ich ihn tröste. Ihm ist schlecht geworden. Ich habe angehalten und er hat sich übergeben. Ich bin ausgestiegen. Ich hatte ihn so lange nicht gesehen, ich wollte nicht, dass er wieder wegläuft. Jonas ist schnell, weißt du, er spielt Fußball. Ich habe ihn gestreichelt. Ihm gesagt, dass jetzt alles gut wird.« Die Frau legte ihre kleinen fetten Hände in einer theatralischen Geste auf ihr Herz, als vollzöge sie einen monströsen Schlussmonolog in einem antiken Theaterstück.

»Ich liebe dich, habe ich ihm gesagt. Ich werde dich nie verlassen. Wir werden zusammen nach Frankreich reisen. Wir werden immer zusammen sein.« Ihre Stimme wurde schrill. Ihre Miene verfinsterte sich, wurde grausam, böse und auf eine absurde Art eitel.

»Aber er hat mich weggestoßen. Und er hat gelacht. Er hat wieder nur gelacht und gelogen. Er hat gesagt, dass ich verrückt bin. Dass ich fett bin und hässlich und dass ich ihn sofort in Ruhe lassen soll. Ich wollte nicht, dass er so hässlich zu mir ist. Er ist doch mein Engel. Er hat sich einfach umgedreht und wollte weglaufen. Und dabei hat er immer noch gelacht.« Ihr Blick veränderte sich wieder, wurde weich und verträumt, fast liebevoll.

»Ich habe dafür gesorgt, dass er aufhört zu lachen. Und plötzlich lag er im Schnee, ganz blass und ganz still. Und diesmal habe ich dafür gesorgt, dass Jonas nie wieder kommt und lacht. Jonas sollte nicht noch mal als Teufel wiederkommen. Ich habe ihm das abgeschnitten. Es macht Jonas böse. Er will dann nur eklige Sachen machen. Obwohl er mich liebt. Hinterher tut es ihm dann immer Leid. Aber Engel haben so was nicht. Deshalb können sie uns nicht wehtun.«

Karen sah die verrückte Frau nur durch einen Tränenschleier. Hass und Schmerz fraßen sich durch ihre Eingeweide. Sie würde nie wieder glücklich sein. Nie wieder. Es war vorbei. Das Spiel war aus.

»Ich habe ihn geliebt und du hast ihn mir genommen«, schluchzte sie. Salzige Tränen liefen ihr in den Mund.

»Du verstehst mich, Karen. Ich weiß es. Es ist besser so. Wir hätten sonst keine Freundinnen werden können. Er hätte alles kaputt gemacht. Jetzt machen wir es uns schön. Ich zeige dir, wie man Engel macht. Es ist ganz leicht. Wir brauchen nur neue Ampullen. Die sind ganz einfach zu besorgen. Dann lachen sie nicht und werden nicht böse, verstehst du? Sie schlafen einfach ein und werden als Engel wieder wach.«

Karen trat mit der Waffe im Anschlag noch einen Schritt auf Ursula Berger zu. Sie bebte am ganzen Körper, sie konnte keinen klaren Gedanken fassen. Ihre Hände mit der Waffe zitterten, ihr war kalt.

Plötzlich entdeckte sie auf einem alten Sessel den *Morgenkurier*. Und auf der Titelseite entdeckte sie ein Foto. Sie erkannte sich und David, wie sie voreinander standen und sich anschrieen. David, der seine Arme als Schutz vor der Kälte fest um seinen Körper geschlungen hatte. Und sie selbst, mit flehend erhobenen Händen und tränenüberströmt.

Deshalb war Hartmut Peschel nicht in der Pressekonferenz gewesen. Er brauchte keine Informationen, die jeder beliebige Journalist drucken konnte. Er wollte eine exklusive Story. Er wollte Karen. Und er hatte sie erwischt. Tödlich erwischt.

Alexej streckte die Hand aus. »Karen, komm schon, ich flehe dich an, tu es nicht. Ich kann dich dann nicht mehr beschützen. Bitte, Karen, ich brauche dich, gib mir die Waffe!«

Karen reagierte nicht.

»Karen«, säuselte jetzt auch die Frau, »komm, setz dich zu mir. Beachte ihn nicht. Wir machen es uns gemütlich. Wenn du willst, können wir aus ihm auch einen Engel machen.«

»Gib mir die Waffe!« schrie Alexej.

Endlich sah Karen ihn an. »Sie hat ihn umgebracht, um mir einen Gefallen zu tun, hast du gehört? Ich war gestern Abend bei ihm. Wir haben uns gestritten. Dieses Schwein Peschel hat mich verfolgt und fotografiert. Wollte wohl wieder darauf raus, dass mir mein Privatleben wichtiger ist als mein Job. Und vielleicht hat er sogar Recht. Wenn ich mich nicht so aufgeführt hätte, wäre er noch am Leben. Ich halte das nicht aus, Alexej.«

Karen packte ihre Waffe noch fester und richtete ihren Blick jetzt ruhig und gerade auf Ursula Berger. Sie zielte genau auf ihren Kopf.

In diesem Moment machte Alexej einen großen Schritt auf Karen zu. Er schlug ihr mit der Hand heftig ins Gesicht.

»Komm zu dir, verdammt jetzt! Du bist Polizistin und eine verdammt gute dazu. Ich werde nicht ruhig danebenstehen und zusehen, wie du dein Leben ruinierst!«

Karen berührte mit der Hand die Wange, auf die Alexej sie geschlagen hatte.

Er hatte Recht. Es hatte alles keinen Sinn. Ursula Berger würde es nicht verstehen. Sie hatte sich in eine Welt geflüchtet, aus der es kein Entrinnen mehr gab. Sie war wahnsinnig.

Karen ließ ihre Pistole sinken. Sie fühlte sich plötzlich unermesslich schwach. Ihr eigener Irrsinn verschwand und machte einer bodenlosen monströsen Trauer Platz. Eine Trauer, die nie wieder verschwinden würde.

»Ich habe ihn zu ihr geführt. Es ist meine Schuld.« Es war nicht mehr als ein Flüstern.

»Es ist meine Schuld.«

Alexej nahm ihr mit einem unendlich erleichterten Gesichtsausdruck sanft die Waffe aus den Händen. Im Treppenhaus hörten sie jetzt das Poltern ihrer Kollegen.

»Hier rein«, brüllte Alexej.

Dann nahm er Karen am Arm und führte sie aus dem Haus. Er setzte sie auf den Beifahrersitz ihres Wagens. »Warte hier. Ich bin gleich wieder da.«

Dann ging er zurück in die Wohnung von Ursula Berger und setzte die Kollegen ins Bild. Weiterhin informierte er die Zentrale, dass Karen Martin in diesem Fall persönlich betroffen war und erst einmal Urlaub nehmen würde.

Danach fuhr er Karen nach Hause. Er wollte sie begleiten, wollte bei ihr sein, aber als sie vor ihrer Wohnung anhielten und den Wagen geparkt hatten, wollte sie nicht, dass er bei ihr blieb.

»Bitte Alexej, ich will jetzt allein sein. Ich möchte wirklich niemanden sehen.«

»Karen, ich versteh das ja, aber hältst du das auch durch?«

Sie sah ihrem Freund in die Augen. »Meine Waffe hast du. Also kann ich niemandem mehr gefährlich werden, oder?«

Alexej legte ihr die Hände auf die Schultern. »Karen, man braucht keine Schusswaffe, um sich...«

Sie legte ihm den Finger auf den Mund. »Keine Sorge, Alexej, ich mach schon keine Dummheiten. Ich will wirklich einfach nur allein sein, okay? Vertrau mir. Ich weiß, das fällt dir vielleicht gerade schwer, aber du kennst mich doch gut genug.«

Widerstrebend gab Alexej nach. Was sollte er machen? Ab jetzt Tag und Nacht an ihrer Seite sein? Er konnte nur auf ihre Stärke vertrauen und auf ihre Vernunft.

»Okay, aber ich rufe dich nachher an. Und wenn du reden willst, wenn du irgendwas brauchst, dann melde dich. Egal, ob bei mir oder bei meinen Eltern. Versprichst du mir das?«

Karen nickte. Dann umarmte sie Alexej. Sie hielt ihn fest und flüsterte in sein Ohr.

»Danke, mein Freund. Danke.«

Alexej strich ihr eine Haarsträhne aus der Stirn. »Karen, ich kann dir gar nicht sagen, wie Leid es mir tut. Aber, bitte, denke daran, es ist nicht deine Schuld. Die Berger ist das Monster, nicht du.«

Karen schluckte und antwortete nicht. Sie drehte sich um und ging ins Haus.

Als sie ihre Wohnung betrat, sah sie, dass der Anrufbeantworter blinkte.

Sie drückte automatisch auf den Wiedergabeknopf und während sie ihren Mantel auszog, hörte sie plötzlich Davids Stimme. Sie hielt mitten in der Bewegung inne.

»Karen, ich bin's, David. Karen, es tut mir Leid wegen vorhin. Ich habe mich wie ein Arschloch benommen. Weißt du Max war da, ich hab dir schon mal von ihm erzählt. Er hatte eine Freundin seiner Freundin dabei. Und, ja, ich war erst heiß auf sie. Sie hat mich angemacht und ich hatte was getrunken und, ach, was rede ich denn. Ich war ein Idiot, Karen. Ich habe die ganze Bande rausgeworfen, als ich wieder oben war. Das kam mir plötzlich alles so blöd vor. Bitte verzeih mir, ich wollte dir nicht wehtun. Wirklich nicht. Bitte ruf mich an, wenn du nach Hause kommst. Oder bist du da und gehst nicht ran? Wenn du da bist, bitte, Karen, nimm den Hörer ab, es tut mir Leid.«

Es folgte eine Pause. Karen konnte sich vorstellen, wie er auf seinem Bett gesessen hatte, den Hörer in der einen Hand und mit der anderen spielte er an der Telefonschnur. Das machte er immer, wenn er telefonierte. Er wartete, ob sie ans Telefon ging. Dann sprach er weiter.

»Du bist wohl nicht da. Karen, ich weiß nicht, was ich noch sagen soll. Das ist alles so kompliziert mit uns. Aber ich, ach was, Karen, bitte ruf mich an, okay? Ruf mich an. Ich mach's wieder gut. Ich verspreche es.«

Wieder folgte eine Pause. Sie hörte David atmen. David, der nie wieder atmen würde. Er musste ihr die Tür geöffnet haben. Sie hatte sicherlich einen guten Vorwand. Eine Panne, ein defektes Handy, eine Frau, die einen Gefallen wollte. David war immer hilfsbereit.

»Eins noch, Karen«, hörte sie jetzt, »ich will das mit uns. Wirklich.«

43

Dieses Mal hatte Karen Charlottes Einladung nach Venedig angenommen.

Von ihrem Zimmer aus konnte sie sehen, wie der Regen in die Lagune fiel.

Was hatte sie zu Mischa gesagt?

Irgendwann tut es nicht mehr so weh.

Karen Martin saß da und wartete.

Wartete darauf, dass der Schmerz nachließ.